你好，小乔！

——我的支教手记

左　琦 著

天津出版传媒集团
百花文艺出版社

图书在版编目（CIP）数据

你好，小乔！：我的支教手记 / 左琦著. -- 天津：百花文艺出版社，2023.5
ISBN 978-7-5306-8551-8

Ⅰ. ①你… Ⅱ. ①左… Ⅲ. ①散文集-中国-当代
Ⅳ. ①I267

中国国家版本馆 CIP 数据核字(2023)第 062781 号

你好，小乔！：我的支教手记
NIHAO XIAOQIAO WO DE ZHIJIAO SHOUJI
左琦　著

选题策划：王　欣
责任编辑：于静筠　**装帧设计**：云上雅集
出版发行：百花文艺出版社
地址：天津市和平区西康路 35 号　**邮编**：300051
电话传真：+86-22-23332651　（发行部）
+86-22-23332656　（总编室）
+86-22-23332478　（邮购部）
网址：http://www.baihuawenyi.com
印刷：长沙市精宏印务有限公司
开本：710 毫米×1000 毫米　1/16
字数：230 千字
印张：18.5
版次：2023 年 5 月第 1 版
印次：2023 年 5 月第 1 次印刷
定价：89.00 元

如有印装质量问题，请与长沙市精宏印务有限公司联系调换
地址：湖南省长沙市岳麓区观沙岭街道西江庭院 006 栋 705
电话：(0731)85817162
邮编：410023

序：左琦，靠右行驶

⊙邓建华

教师节和中秋节一起来了，我选择这个假日完成这段文字，也算是一位老文字工作者向辛勤打拼、才情卓著的年轻作家的致意吧。

左琦，一次偶然机会认识的语文教师，文学青年。她负责整理我某次天马行空的讲座稿。我平时是特别不喜欢讲座之类的，一是电脑操作不是蛮熟悉，课件搞不定，二是方言讲了一辈子，普通话讲不妥，三是不太愿顺着人家规定的意思讲，面子上挂不住。还好，主办者说我们知道你的个性，你在烟盒上打个提纲就行了。还好，他们安排左琦协助我。还好，讲座基本达到了预想的效果。左琦将待定稿发给我把关时，我就已经被她的认真劲儿感染了。她是湘南长大的女孩子，听望城话很吃力，整理我语速较快的讲稿，应该让她备受折腾。

后来，我发现，左琦不怕折腾。她很忙，要忠于教书育人的职守，要管好学业正紧的孩子，要顾及心心念念的写作，还要保持小女子七七八八的小情小趣。她不乱。学校说，你是区党代表，党务工作你多参与，她乐意接受；领导说，要派一位优秀教师去边远小学支教，你年轻可以考虑，她都没考虑就报名了；某天我随意说，在偏远水乡待一年，何妨写写支教笔记，果然，支教结束后，她就抱着一本12万字的书稿来了。忙而不乱的左琦，将书稿交给我，我以为她可以消停一下了，不料她又折腾别的事去了：利用暑假争取去了鲁迅文学院，挤在一大帮子文学一线的作家中，热之闹之去求教大师。

她的书稿，在我的案头安静地躺着。翻动着这本书稿，如同收看一部连续剧，开了头，就不想停下来。

她的书稿，是典型的有着左琦职业痕迹的非虚构写作，立意于时间的光影中留存生命的底片，呈现一种特定记忆。我担心沉浸式体验后的创作容易真实性过剩，艺术性、叙事性相对不足，曾经以我的写作经验建议过左琦，是否在文本里虚拟一只怯生生的猫，或者一棵柔弱的攀墙植物，让这个参照物从一开始就不断显现于文本之中，参与到作者的叙事和情绪中，以增加阅读的情趣，或者巧妙寄寓作者某些思考。左琦应该是听进去了，但没有这么做。她的文字取材于支教生活的原生态场景，题材丰富多彩，多层面、多角度地展示了生活观察和个体记忆。虽然，我依然固执地认为，文本整体的技巧，不足以托起她应有的才情，但从另一个角度看，这本原汁原味的手记有着比文学本身更深层次的意义。至少，对于她文本中提及的如花的少年，相伴的同事，多彩的水乡，寂寞的校园，是这样的。至少，对于憧憬未来、心无城府的左琦，本真书写，就是一截在土壤里斫取的可能还带着虫眼的甘蔗，没有经过严密加工的甜，可以伴她走很远。

她的书稿，每一个章节每一个故事，我都看得仔细。左琦零零碎碎发给我读过的。我感动故事里每一丝慰藉，每一次慌乱，每一份获取，每一点失落，每一回放松，每一片茫然，每一声探询。支教，本身的意义也不在于为某个地方补充一个人手，不只是为参与者提供一次填补履历的机会，不在乎换一个舞台秀一次来自更高层次的优越。支教，这个费力不一定讨好的差事，更是需要借助一种形式，来打通某些闭锁的关节，或者是转换一个角度，观照人们习惯的视角疏忽的独特镜像。左琦将所作所为、所思所想、所愿所盼，以一种鲜活的方式存盘，将本来有点寂寞的被她深情称之为“小乔”的乔口小学，置于美丽渔都这个乡村振兴大背景下用心用情记录，于她，是一份额外的辛苦，于每一个偏远小学、于三地四县交界处的乔口、于当下常常迷茫的青年教师群体，是一个有着特殊意义的路标。乔江之滨，有一个叫作柏乐园的旅游景区，那里的大堤上，矗立着一个可以远瞰洞庭的摩天轮，左琦不一定上去过，但她的视角，她的手笔，她的思路，已经成功搭载。

左琦毕业于人文气息浓郁得化不开的湖南师范大学，

自觉向文学篝火聚拢，以业余创作明心见性，优势天然。眼下，底层文学爱好者，有点像缺氧池塘里的鱼，耐不住寂寞，争先恐后在小刊报、微信平台刷存在感，微信里三五好友欢呼雀跃，相互捧场，成为某种常态。作为旁观者，这景致，无须去反感，至少，有点像三更半夜夜宵摊边烟火气，也是不错的。做人做文都难，有点响动，比寂寞无奈好。但日子久了，就会形成一种病态，不良情绪容易彼此传染。我以为左琦也会成为小摊边的喧哗者，她近年在各大报刊发稿多，让人眼前一亮的佳作不断出手，但她能保持着不动声色的起飞时的姿态，保持着行稳致远者独有的清醒。认真做她的事，老实写她的字。左边，她牢牢守住的教书育人这个雷打不动的码头；右边，她将文学创作悄悄驶入标识明确的快车道。她要带着她的梦、她的文字、她的学生、她的读者去领略更多风景。她一刻也不想耽搁，她左右都必须兼顾。凭这一点，我和我的文学同仁，没有吝啬对她的溢美之词。

《你好，小乔！》，左琦以一本支教笔记，传递了一个边远小学彩霞满天的期盼！

读完这本书稿，我们也有期待：远方不远，一切安稳，左琦，靠右行驶，尽快抵达！

2022年9月10日

（邓建华系中国作家协会会员，长沙市望城区人大常委会副主任）

目录 CONTENTS

第一辑　唯有真情与你我无垠

第二辑　优美的身影如同一个漩涡

Part 1

第一辑

唯有真情

与你我无垠

缘起 **

为改变部分农村学校相对落后的现状和面貌，均衡区域教育资源和力量，以期达到逐步实现教育发展均衡的目的，2021年8月，长沙市望城区教育局特组织一批自愿报名参加支教的老师，统筹安排到各乡镇学校，开展为期一年的支教工作。而我，选择了望城最北端的乔口镇乔口小学。

站讲台十几年，从未站过农村学校的讲台，这样的职业之路并不完美。2021年的8月30日，我驱车四十多分钟，到了支教学校所在的片区校报到。我将在这里工作一年，我想把我的热爱与情思，带到这个美丽的地方。

▲江南水乡乔口

我将在这里工作一年，我想把我的热爱与情思，带到这个美丽的地方。

初见

▲学校大门

来交流，就要带来一种思想，带来一种影响，树立一种榜样。

靖港片区校的陈超平校长是刚从向阳中学调来的，我们之前因为工作的关系也打过交道，他和片区校的刘国良主任喜上眉梢：“我们迎来了新鲜血液，靖港片区的教育更有希望了！”

有溢美，也有真心，但对于我来说，更多的是责任。正如教师交流会上区教育局人事科领导所说，来交流，就要带来一种思想，带来一种影响，树立一种榜样。这便是我来支教的初心。

刘国良主任说要代表片区校送我至今年需要支教的地方——乔口小学。一路尾随他的车，经过青青的农田和绿荫铺满的小道，弯过河塘无数，时间不及地匆匆一瞥，只能寄望接下来有闲情去慢慢欣赏乡间之美了。

十几分钟后，拐进乔口古街的一个岔路口，别有洞天的视野里，一方池塘相对的，就是这个精巧、干净、简单的乔口小学了。

你好呀，小乔！

适应是个动词

第一次教师会议开始了。

一个椭圆桌子刚好坐下十五个人，这就是加我在内的所有教师了。环顾一圈，老中青都有，领头羊谢再良校长明年就要退休，看到我的到来，脸上的表情颇带愉悦。他说，本来学校人手不够，是打算请一个校聘教师的，得知我要来，喜从天降，既然是长沙市一中金山桥学校这样的名校过来的名师，自然是要委以重任：六年级班主任，除教语文外，还要任教音乐、科学、综合实践活动、信息等科目，担任语文教研组长，一周十二节课，一周2—3次课后服务。对了，一个月两次值日，要7点到校哦！

额……是不是任务有点儿多？虽然我来自大学校，虽然披星戴月的日子也过惯了，但这样的安排还是让我觉得有些突兀。要知道，我还要照管读初二的儿子，每天来回差不多两个小时，可能到了冬天，天不亮就要出发。最难为情的是，我是专业教语文的老师，如何又能驾驭科学课、综合实践课、音乐课和信息课呢？

我的表情有些僵硬了，脑海里一片黑沉沉。

“这么年轻的老师，开花没？结果没？”席间有老师调侃。

众人笑。

这样的会议，确实没有想象中那样庄肃。

“问你结果没有呢？没有我来想办法！”谢校面带笑意。

额……场面有点尬。

“我儿子上初二了！”我牵强地笑了一下。

众人又笑。

下午，我的心郁郁的，向老领导唐书记吐槽。书记见多识广，一番话就拨开了云雾。他说：“要及时化解情绪中的消极因子，诚然

『这么年轻的老师，开花没？结果没？』席间有老师调侃。

你工作量大，这个量相较于平均工作量，不仅是达到了，甚至是超过了，但你是不是支教人员中最最辛苦的那一个呢？你所在的学校条件在支教学校中是不是最最艰苦的那一个呢？对你的考验到了，你如果换个角度想，这样的考验都经受住了，那就是真正的党员教师了。”

汗颜，我想我应该要学会适应。

适应是个动词，适应要见行动。

适应是个动词，
适应要见行动。

一人支教全家出动

儿子不放心，妈也想看看——我即将付诸心血和精力的地方，究竟是一个怎样的所在。

学校给每个教师安排了公租房，我也有一间可供休息，只是卫生状况不佳。

母亲和儿子热火朝天地扫、擦、洗、抹，挥汗如雨。

我对儿子说，你读初二的这一年很关键，我的支教之路虽远，但我坚持每天回家陪你，最重要的是，你要学会靠自己了哦！

儿子笑了笑，好像在给我一颗定心丸吃，又像是在暗暗期待不受管束的日子，似乎对自己的自律非常有信心。

我暗暗担心：他能管好自己吗？学习会不会一落千丈？

“你难道没觉得这个暑假我调皮的频率大大减少了？”儿子一龇牙，扛上我的被子和凉席就往宿舍跑，脸上挂着汗珠，背上一片濡湿。

还是选择相信吧，就以他对我的怜惜和关心。我来支教，他来收拾宿舍，他来拖地打水，这不就是我养育他的一种成功吗？

妈长了个肺大泡，干起活来一气三歇。她拍了张图片给我，表示宿舍收拾好了，让我放心。

我像是一个被人呵护得很好的小公主，虽然对自己工作的分身乏术颇感无奈，但家人给予了对我工作的最大支持，我唯有更加努力，才能回馈这份关爱了。

彼此惦念，各自安好，让这样的幸福长长久久地延续下去吧！

有痣少年

报到的时候，出现两对双胞胎。

一对是一模一样的两姐妹，李岱璇和李岱霖。我纳闷：如何区分呢？李岱璇指了指额间的一颗小黑痣，说：“我是妹妹李岱璇。”我又瞅了瞅姐姐，果然李岱霖的额间没有痣。

一对是一模一样的两兄弟，廖泽航和廖泽翔。我纳闷：如何区分呢？廖泽翔指了指眼角的两颗小黑痣，说：“我是弟弟廖泽翔。”我又瞅了瞅哥哥，果然廖泽航的眼角没有痣。

原来有痣少年这么可爱，不过我还是有点懵！

不受欢迎的冬瓜

▲学校食堂一角

老师除了是老师，还是清洁工、安保员、食堂大妈。

老师除了是老师，还是清洁工、安保员、食堂大妈。

第四节没有课的老师都得去给学生打菜。

午餐不错哟：基围虾、香干炒肉、冬瓜。

整个学校只有139个学生，午餐时他们拿出自带饭盒到食堂排队，高的矮的胖的瘦的闹的静的，混在一起。低年级的孩子瞪着萌萌的大眼，跟在高个子大哥哥大姐姐身后，哥哥姐姐纷纷拿眼觑那油润光泽的基围虾，对负责打冬瓜这道菜的我和我面前的这盆冬瓜只是匆匆一瞥，弟弟妹妹们就也跟着只是匆匆一瞥，我感觉自己成了一只被冷落的冬瓜。

队伍在我这自动弯成一个弧度，很多人只是绕道，有个女生看我们门前冷落，景况凄凉，就真诚地做了解释：“我是真的不爱吃冬瓜，换作土豆我肯定会吃。”

贴心的小人儿，还知道给人安慰。

一个内设三个空格的饭盒伸到我眼前。只听一个小女孩的稚嫩童声："我要一点点，一点点就好。"

我的冬瓜"心"有一点暖，她的这"一点点"很重要，至少不是所有人都抛弃了冬瓜，至少还有人关注到了口罩上方的我眼神里的企盼。

偶像不必有包袱

六（1）班的前任班主任杨建红老师对我说："这个班，有点复杂……"

校长复议。

科任老师复议。

我竟没有一点慌，反而觉得，有点期待与"神兽们"交手了。

开学第一课，我开始画饼：每周被我表扬10次的，无论是卫生、纪律、就餐、排队，还是作业、答题，只要表现好，周五的总结会上我会有奖品。

花里胡哨的笔、便利贴、橡皮、尺子、修正液在他们面前晃悠一遍，然后统统收拢了，消失在他们面前。

孩子们眼睛一瞬不瞬，发出光亮。

我开始标榜：我来自长沙市一中金山桥学校，毕业于岳麓山脚下的湖南师范大学，教书十几年，学生们没有不喜欢我的，都把我当朋友。我特别喜欢写文章，不少登载在报刊上，我还有名作家签名的书呢！

"哇！老师牛叉！"安静的教室响起了廖泽翔的声音。其他人只

我竟没有一点慌，反而觉得，有点期待与『神兽们』交手了。

是用沉默的专注来表达钦佩。

“夸我‘牛’就行，后面那个字请省掉！”我微笑。

任免“钦差大臣”的机会就这样自然地来到了：“既然讲到语言文明，那廖泽翔就做文明专干，若是班上有同学说了脏话，你负责纠正他！”我继续微笑。

新鲜出炉的文明专干表示幸福来得太突然，欣然应允。

“这么喜欢写作的我，要把你们都写下来。”

“那我们是不是要表现好一点？”又是廖泽翔的声音。

“我不会把你们夸出花，我笔下的你，就是你。”

“你们也要跟着我慢慢地从不会写，到写好几句话，再到写好一段话，这样，写好一篇文章就有可能了！”

学生再次用沉默的专注来憧憬。

谁说这个班复杂？传说中的“神兽”呢？完全是因为没有遇到对的人嘛！

我分明看到了他们眼底里简单的质地。朴实的孩子们，第一天，我就喜欢上了你们！

朴实的孩子们，第一天，我就喜欢上了你们！

不会写名字的她

第一次见她，我发现花名册上没有她的名字。

“你叫什么？”

“晓叶。”声音很清晰。

她的个子不高。六（1）班的高个子和矮个子站在一起，让人觉得相差好几个年级。

她的大眼睛很灵动。

“你能在黑板上写下自己的名字吗？”

“老师，她不会写，她只会写几个数字。之前老师对她的作业和考试不做要求的。”班长刘晨嫣说。

我有些惊诧，多好的孩子呀，怎么会……

“你很漂亮！”我赞美晓叶，她完全领会我的善意，报以感激地一笑。

教务主任杨贝说，她是随班就读的学生，有点特殊，所以要多关注她，上课前要提醒她去上厕所，有时候她胆小不敢说，会尿湿裤子。

才上了两天的课，晓叶就频繁地接近我，站在我的办公桌旁，滔滔不绝地自说自话。她在说话的时候配以手势，反复强调她说的都是重点。

“老师，你的课好美！”

“老师，你好厉害！”

我觉得她的领悟力不错，至少她学会了，如何去真心赞美他人。

我觉得她的领悟力不错，至少她学会了，如何去真心赞美他人。

无处不在的眼睛

谢校当了30多年校长，浑身一股校长气。

他说明年我支教时间一到，他也要退休了。

他说：“干脆你接了我的位置，在这里扎根算了。”

我的心弱弱抖了一下。

他经常出现在学校的各个角落。

▲小乔全貌

校长是无处不在的眼睛，也是无处不在的奉献。

第一天课间操，他拿着麦克风在楼层疾走，瞭望每个班，用望城本地口音喊话：“排队哒！集合哒！”

好稀奇！从我入学到我入职，还没有见过这样的整队方式，这也是村小特有的方式吧！

每个年级只有一个班，多的二十几个学生，少的十几个学生。他们鱼贯而出，在走廊上站立好，走到操场上，沿着篮球三分投球线的弧度行走，再规矩地站到指定地点。

我说：“校长好可爱，整队的方式我从没见过。”

“那你见过校长淘水沟，校长看大门，校长捡垃圾吗？”谢校觉得我观察不够仔细。

是的，校长是无处不在的眼睛，也是无处不在的奉献。

黑色喇叭裤 *

学校里有个光头男老师，穿着一身黑衣裤，裤口喇叭样张开，蹬着一双黑皮鞋，仿佛昭示着：我是舞王。

他是即将退休的刘宏为老师。

“你跳桑巴？伦巴？”我很期待看他起舞的样子。

“都会啊！”他说得云淡风轻。

“对了，我孙女在你班上哦！”他说得轻描淡写。

我想起来了，那个古灵精怪、细长精瘦的班长。

菜菜老师进来拿打印文件，全校就校长办公室有一台打印机，所有老师需要的打印文件都产自这台上了年纪的机器。

喇叭裤尾随菜菜老师走出，他们在议论。

“这个新来的老师挺可爱啊！”菜菜老师的声音。

“嗯，有点儿小味！”喇叭裤的声音。

岂止是有点小味？我要带来更多色彩，添上更多活力，留下更多痕迹。

岂止是有点小味？我要带来更多色彩，添上更多活力，留下更多痕迹。

写下每个名字 *

第一堂课，我想和孩子们聊天。

我说作为中国人，要写好中国字，尤其是自己的名字。

报到那天，彭耀龙在黑板上写的名字里，“耀”那四横就少了一横。

我拿着花名册，每念到一个孩子的名字，便注视着他的眼睛，在黑板上一笔一画写下他的名字。让学生们看笔顺，看架构，看间距，我用行动告诉他们，写好每个中国字，是多么郑重的一件事。

直到27个名字占满黑板，密密的，很大气很壮观的样子，这些生命的代名词在黑板上静静的，是多么庄重的一件事。

我用行动告诉他们，写好每个中国字，是多么郑重的一件事。

飘臭的垃圾桶

第一天，我猜到了工具间的垃圾桶定然不是空空如也。

实际上，垃圾桶满溢得快要炸裂。

恰好陈玉春在教室，我让他将垃圾倾倒出去。

过了一会，他告诉我，垃圾无法倒出，都黏在桶子里了。

阵阵异味飘散而出，像黑色精灵在教室的空间游弋，让人难受却又避之不及。

这个垃圾桶储存了一个暑假的脏污，让我意识到要把教室治理得干净、整洁、有序已迫在眉睫。我带来的大号黑色垃圾袋，平整地套在桶子里。垃圾有了归宿，工具间回归秩序，一切仿佛都清朗了。

勤劳朴实的陈玉春，默默承担了倾倒、清洗的任务，就他了，我们班的卫生专干！

无所谓**

孩子们都说班里午睡的纪律差得不止一星半点儿。

他们说中午睡不着，不用睡精神也挺好。

所以第一个午睡，思想工作要做好。

我扫视一遍教室，像探照灯旋转在旷野上。

我说午睡与奖品挂钩，午睡与智力挂钩，午睡与大家的纪律意识挂钩。

我说，你们的午睡表现，我很期待。

然后，我去午休了。

下午，班长喜鹊一样飞来："老师，今天的午睡纪律进步得不止一星半点儿耶！"

"噢？是吗？"我有些小得意。

我在班里大肆表扬了一番，值日生说杨承宇还是有些爱说话的。

我说除了杨承宇大家都加分，杨承宇不加分，但也不扣分，争取明天再加分。

杨承宇懒散地坐着，他就是这样，手总放的不是地方，好像一只不想待在笼子里的困兽。

他从牙缝里冒出三个模糊的字音："无所谓。"他的些微不屑写在脸上。

也许这个孩子之前被批评过很多次，早已习惯了批评的话语。但我不能让他对我有刻板印象，如果让他认为所有的老师使用的是一个模子印出来的教育方式，那就是我的失败了。

"每个孩子都是优秀的，你再无所谓，我不能无所谓，因为你在我的心里，很重要！"我看着他，哪怕他在渐渐躲避我的眼神。

他看我的目光里有些柔软了，他体会到了我对他的珍视和期盼，

每个孩子都是优秀的，你再无所谓，我不能无所谓，因为你在我的心里，很重要！

我觉得他可以是更好的他，他这点儿小调皮，是孩子天性的正常释放啊！

用一片绿野打开语文 *

我得把这篇课文上慢一点儿，让美扎根在学生心里。

教材第一篇课文是老舍的《草原》，作者用美得让人窒息的语言描写美得让人窒息的风景，让人不忍速读。我得把这篇课文上慢一点儿，让美扎根在学生心里。开好头，谋新局。

“空气是那么清鲜，天空是那么明朗……”课文里的草原，空气是洁净的鲜，透着幽幽草香；天空高远明朗，蓝天白云分明。老舍抓住了敏锐的嗅觉角度和高远的视觉角度，手法高妙。

“在天底下，一碧千里，而并不茫茫。”小丘、羊群，甚至小丘的线条都看得特别清晰，让作者自然联想到泼墨晕染的中国画。这是深度的联想，不只是停留于自然，而是跨越到文化，把草原的自然特征美化了，诗化了。

“马上的男女老少穿着各色的衣裳，群马疾驰，襟飘带舞，像一条彩虹向我们飞来。”多豪迈的蒙古人！

“欢呼声，车声，马蹄声，响成一片。”多奔放的蒙古人！

“也不知道是谁的手，总是热乎乎地握着，握着不放。”多深情的蒙古人！

天、地、人，草原的宽广，人心的博大，是多么值得用心体悟和高声赞颂，难怪老舍会有诗情，会有画意，会想高歌抑或低吟，会想停驻或是四望。

我要带着孩子们，在课堂的草原上驰骋、奔跑、打滚、嬉闹。

“美丽的草原我的家。风吹绿草遍地花。彩蝶纷飞百鸟儿唱。一湾碧水映晚霞。骏马好似彩云朵。牛羊好似珍珠撒……”

在悠扬的歌声中，我们翻开语文课本；在无垠的绿野里，我们打开语文之门。

恰恰恰

课间操由刘宏为老师组织。

当《兔子舞》的音乐响起，动感的韵律让人控制不住小腿弹跳起舞，扭脖拧颈，心底的欢欣也瞬间流露。

刘老师在队伍的最前头，穿着他的招牌喇叭裤。他左脚偏出，开始起势。

他跳动轻快的脚步，挥洒舒放的手臂，扭动柔软的腰身，绽放灿烂的笑容。热辣恰恰，激情爆表。他脸上透露着自信、活力的气

他跳动轻快的脚步，挥洒舒放的手臂，扭动柔软的腰身，绽放灿烂的笑容。

▲学校操场

息，在这个平平无奇的操场上大放异彩。

再看看他身后的学生，舞姿就不那么有章法了。

再看看队伍后面也想活泛活泛筋骨的校长，额……比喻成笨拙的熊不知道他会不会生气。

我笑出声了，这样的课间活动，有味！

小小✻*

我要想方设法多给它一些关爱，不能让它自生自灭，辜负了学生的一片心。

陈思涵端过来一盆小小的多肉植物，说装点我的办公桌。

“左老师，你要好好帮我养着，记得常浇水哟！”她像要出门度假的贵妇，临走让邻居照顾她的小宠物一样。

我满口答应，心想：这多肉不就和仙人掌一样，沙漠里也能活，哪有那么娇贵？

小小的多肉住在典雅精致的陶釉花盆里，亭亭玉立的身姿跃然沙土之上。花瓣洁白无瑕，形似顽强的梅花，饱满的花尖上带着微微的粉红。多可爱的小盆栽！

工作一忙起来，我就完全忽略了它。倒是陈思涵时不时跑来看看这个小生命。

“老师你又忘了给它浇水！”陈思涵语气里有些小小的责备，但又舍不得责备我这个容易忘事儿的人。

然后她就端着多肉去给它补水。

我有些惭愧了，小小的生命也不失贵重，我要想方设法多给它一些关爱，不能让它自生自灭，辜负了学生的一片心。

桌把子人

学校总共15名教师，开会桌把子人。

吃饭也是桌把子人。

学校虽小，却是个五脏俱全的小麻雀。工作量分到每个人身上，都不小。比如胡老师除了教学还兼总务，熊老师除了教学还负责校园安全和文明创建，思远老师除了担任班主任还兼了少队工作，杨贝一个弱小女子要任教数学、英语、体育，还担任了事务特别繁杂的教务主任。其他的人，教学之外的亦有别的安排。总之，每个人都没闲着，为这个学校的正常运转而尽力。

初来乍到，已经有几个老师请过大家吃饭了。吃饭的地点几乎固定，就在临街的饭店，包厢也是固定的，大家挤一挤，围成一桌大快朵颐。起初大家把我当客人，我也确实不是本地人，所以当“乔口渔都”的招牌鱼、特色虾、本地肉呈上来的时候，大家就格外热情地招呼我下筷子。不知怎的，一桌子菜很快就光盘了，是在一起吃的氛围佳，感觉好？还是这家店的菜品的确让人吃不腻，难忘记？

学校总共15名教师，开会桌把子人。

吃饭也是桌把子人。

团结友爱的桌把子人。

学校虽小，却是个五脏俱全的小麻雀。工作量分到每个人身上，都不小。

秋天走过的支教路

已是秋，太阳的光芒依旧热烈。

我每天都要在这条支教路上来回奔波。

天微亮出发，天擦黑回家。我的车就是一匹战马，一路飙驰。

清晨，天空的云霞向东西延伸，拖出长长的、令人激动的流苏。满世界金碧辉煌。

幢幢林立的高楼飞一般地往后倒退，直至视野里再看不到。车流愈少，就愈能闻到泥土与植被的气息。

远离喧嚣的城市，贴近淳朴的乡村。

我把四面和顶处的车窗打开，风源源不绝地耳语，似热情地呼喊。天空的蓝是肆无忌惮的蓝，大地的绿是不管不顾的绿。我刚洗过的发丝向椅背飞舞。

天空的蓝是肆无忌惮的蓝，大地的绿是不管不顾的绿。

到了，鸡犬之声相闻的乡村。

到了，烟霭袅袅升起的乡村。

村庄的秋天是从乡村振兴的擘画里展开的。风从山谷里吹来，吹成流光溢金的油彩。民居在古镇上鳞次栉比。溪水潺潺，流过房前屋后。鸟鸣空旷，一声声玲珑婉转，有剔透的况味。

我似乎成了这宁静乡村的入侵者，飞驰而来的车惊骇了一群悠然散步的鸟儿，它们在感知我的到来后扑啦啦飞腾而起，乡村静谧的气层被搅乱。假寐的狗四散着避开我的车轮，戴草帽的农人骑着三轮开始绕道。唯有小道两旁的树向我示好，它们给我浓荫，遗我蝉鸣，赠我绿意，送我清鲜，它们代表村庄接纳了我，让我无比相信，这是个美好的早晨，这是个愉快的开始。

黑山羊很会觅食，它们后腿勉力踮起，活像芭蕾舞者顶立着脚尖，前腿搭在护栏上，脖子伸长到极致，这样的瑜伽动作一般难度不小。终于够到了——那高高的泛着油光的绿叶！它们咬住树枝，“簌簌”地撕裂，或者将叶子连着枝干拔起，然后磨碾一阵牙齿，慢慢咀嚼，这费尽心力得来的早餐，似乎吃得格外有韵味。

一个扎着羊角辫儿、绑着红头绳的女孩站在路口，仿佛在提醒我来此的意义。我认出她来了，我的学生！她像一轮朝阳迎接着我，她如此朴实、沉静而专注，我从她身边经过时，她绽放的笑脸胜过娇艳的春桃。

傍晚的云很低，天很沉。太阳像个涂满胭脂的贵妃，正在鲜艳的红霞中沉没，余晖将天地万物镀上一层金红色，微风带着十二分醉意，在我身边推推挤挤。

开始返程了。

静静的水塘纵容了鸭子的胡闹。它们悠闲地漂浮在水面上，如同一只只小船，无人驱使，随性烂漫。红色的脚蹼不停地在水中划动，恰如两只船桨，荡起的一层层涟漪，弧线般地传向远方。

日出而作，日落而息，像永远不会打乱的程序。村民的日子，就像山间潺潺溪水一般，不紧不慢的，缓缓地流逝。

一个扎着羊角辫儿、绑着红头绳的女孩站在路口，仿佛在提醒我来此的意义。

▲云天一色的乡村

我的车辙划过来时的印痕。我从孩子们叽叽喳喳的笑语里走出，独行的路上思绪平静。不必依依惜别，无须恋恋不舍，我知道，明天太阳升起的时候，我会再次看到他们欢愉地蹦跳、天真地嬉闹；我知道，他们会满心欢喜地等我到来，他们会记住我的嘱托，教室窗明几净，桌椅平整有序，晨读童声清脆，书写端正美丽。

大车小车川流不息，满路的漫漫风尘里，折射着浓得化不开的情意。这条路成了我与乡村这帮孩子情感联结的纽带，他们像一本本新奇瑰丽的书，需要我去耐心、用心地读。

保存笑靥，保留深情，我将成为一株离土地最近的草，成为一名期盼已久的朴素园丁……

我将成为一株离土地最近的草，成为一名期盼已久的朴素园丁……

假如你不想读书

与孩子们打了几天交道，发现有些孩子在学习上确实有些怠惰和懒散。背课文打折扣，做作业很拖沓。

我给孩子们看纪录片《翻山涉水上学路》。第一集讲的就是肯尼亚的孩子们。马塞族村庄的孩子们要穿越十几公里的大草原，徒步来回数小时去上学。一路上经过肯尼亚大草原，狡黠的鬣狗、凶狠的狮子、敏感的大象、暴怒的犀牛、潜伏的猎豹都是孩子们随时会遇到的“不速之客”。8岁的莫斯卡，凌晨四点起床，在家门口点燃篝火，防止野兽突袭羊圈。天快亮的时候，他会钻到家里母牛的身下猛嘬几口牛奶当早餐，然后去上学。12岁的女孩科坦卡，每天早上第一个出发，却最后一个到达学校，这一路上她要跨草原、越山谷、躲野兽。天气炎热，这路上找不到食物，甚至找不到能喝的水，饿了只能靠路上的野果充饥。尽管生活艰辛，危险重重，孩子们还是勇敢地走在上学路上，因为他们渴望用知识改变自己的生活。

刘俊驰说："他们好可怜呀！"

"同学们，你们的上学路也许是三五成群，嬉笑玩闹，也许是家人牵引，安全无虞。现在你们知道了，这个世界上，有许多人可能要以生命的代价，踏上属于他们的上学之路。我们该怎样珍惜现在的幸福，去对待学习这件事儿呢？"

下课了，邓紫嫣马上跑到我跟前背诗，这是她昨天拖欠的功课。

教育是一种自醒，是一种人类的自醒，一种你的自醒。

苟延残喘的投影仪 **

教室的投影仪有点儿不太给力。

想打开它的时候，它探出的眼睛一片黑漆漆。

好不容易灯亮了，屏幕上的颜色又几近黑白。

以至于我给孩子们放纪录片的时候，非洲人在屏幕上几乎不存在。学生说只有白皙的牙齿才能让他们判断屏幕上的的确确有一个人。

我给孩子们放草原的美图，那辽阔无垠、一望无际、白云朵朵、翠色欲流的旷远意境，大打折扣。

有时候无法投屏的原因是地上的电线接触不良，需用一张桌子牢牢抵住，它才来电。

所幸，音箱是完美的，草原的歌曲嘹亮清越，课文的朗读清晰动听，能够弥补一些遗憾总是好的，但我多希望真正繁复多姿的色彩能出现在大屏幕上，就像看着黑白电视的人渴盼拥有一台彩色电视一样。

暖心教师节 **

孩子们很热情，向我献上鲜花和卡片。

在乔口小学过教师节很温馨呀！

事务长周长老师对我们吃什么很上心，他采购了桃子和李子，寓意大家桃李满天下。

孩子们很热情，向我献上鲜花和卡片。我才教他们几天，他们就开始大方地表达情意了。

菜菜老师说，这代表孩子们真心喜欢我。

这个班的课基本是我和杨贝老师分着上，她下午出去开会，于是由我包班坐镇。

从下午两点二十到五点半，两节课加两节课后服务，我和孩子们相处了大半天，如果算上上午的两节课和早自习的话，我几乎是扎根课堂一整天了。

即便如此，这样的教师节依然很温馨呀！

小可人儿

班长刘晨嫣是未见其人，先闻其声。

当我被安排担任这个班的班主任时，她就主动打电话询问："老师，需要我做什么吗？"

阵阵暖意掠过心头，怎么会有这样贴心的小可人儿？

我当然需要她的帮助，卫生打扫、书籍分发、黑板报出刊……

我约她第二天到学校来协助我，她还带上了陈紫萱。两个女孩像燕子衔泥一样忙活开了。

在校园里维修墙面的工人说："这么能干的学生，你要请吃一顿饭啊！"

那是自然！我早就想尝尝"乔口渔都"的鱼味道如何，饭桌上正缺伴儿呢。

班长说起话来手舞足蹈，声音像百灵鸟一样好听。

她说："老师，班上的座次表、班干部安排表、课表都是空的，要贴在墙上，我知道这都是班长该干的事情，我会做好，只是向您报备一下。"

哇哦！见过贴心的，没见过这么贴心的。

课间操，她在低年级队伍前领舞。修长的腿或进或退，踩着鼓点的节奏保持得恰恰好，我太庆幸自己能拥有一个得力干将了。

学生们每天来挺早，但在座位上无所事事也挺浪费时间的。我提出大家朗朗的读书声能响彻校园的希望。

班长很上心，一来就打开多媒体，播放古诗课件，孩子们就"撕心裂肺"地吼起来。

我很欣慰。改变，正在潜移默化中开始。

我很欣慰。改变，正在潜移默化中开始。

我就是春天

我出生于立春，我自诩春的使者。

也许想为这样的村小添些鲜活的色彩与气息，我会在每天夜里构想第二天穿衣的颜色。

阴天的时候，我穿的是一袭淡绿的长裙。

晴天的时候，我的宝蓝色套装会引来老师们长久的注视。

同事说我字母纹样的衣服很显洋气。

学生说我棉麻质地的汉服散发仙气。

周长老师说我的每套衣服都好看。

刘宏为说看到了我就像看到了春天。

菜菜老师说我的美丽与洋气给这儿带来了活力与朝气。

我的旧衣服于这儿而言都是新鲜的，我把衣柜里的衣服轮番穿个遍也不带重样儿的。

乔口的地名来源久远，民间传说三国时周瑜之妻小乔曾居住在

我出生于立春，我自诩春的使者。

▲美丽的乔口

此。小乔沉鱼落雁，国色天香，把美的因子留在了这片林峦攒秀、碧波荡漾的古镇，若我能追随其万一，也是好的。

“纷吾既有此内美兮，又重之以修能。扈江离与辟芷兮，纫秋兰以为佩。”屈原以内修为美，美在德行。

而我要做的，是美在课堂，美在言行，美在心灵。

生气你就输了

“老师，张智钦动我的东西！”

“老师，张智钦拒绝去打扫厕所公区！”

“老师，张智钦还没倒垃圾！”

…………

告状的人像提亲一样踩破门槛。

张智钦，在我眼里聪明机灵，作业的书写和课文的背诵都挑不出啥毛病来，何以至此？

我才不生气呢！我决定采取欲抑先扬的方法。我在班里大肆表扬起来。

“张智钦，你看你长得多帅气，五官清秀，全身透着一股机灵劲儿。课文背得好，字也写得好，怎么看也不像是个不靠谱的孩子。你说你不做卫生不倒垃圾随便动别人东西，合适吗？”

众目睽睽下，张智钦羞涩地摇摇头，脸微微红。

他会改的，即便不是统统改好，懂得难为情的孩子，完全可以自我超越。

写好几句话 *

第一单元的习作时间到了。

班长说大家的习作都很烂，写不长，更写不好。

刘俊驰还酸酸地对我说：“你是作家，我们当然比不上你啦！”

烂到什么地步，我无从知晓，但我在课堂上提出的要求是：写好几句话就行。

不要把难度定得太高，但也不能不做要求。

不要把难度定得太高，但也不能不做要求。

我让孩子们把纪伯伦的《花之歌》读透悟透。诗人用花的语言来叙述大自然的话语，文中尽显轻柔、凝练、隽秀与清新。我觉得此文值得一仿。

我以“地球自述”为题，模仿《花之歌》的第一段在黑板上写下了这样一段话：

> 我是银河系的一员，万物在我的怀抱里得以繁衍；
>
> 我是水的摇篮，生命在此获得生长的源泉。

我让孩子们动笔写写自己想写的事物，不少人手中的笔处于停滞状态。

当然，也有奇迹。

过了10分钟，我读到了几位孩子的原创：

> 我是夜空中最闪耀的孩子，照耀着地上的小草，照耀着人们回家的路；
>
> 我是云朵妈妈的女儿，夜晚我躺在她的怀里昏昏睡去。
>
> ——刘雨晨
>
> 我是蓝天白云下一把把绿色的大伞，苍天将我搂入怀

中，大地将我捧在手心。我为世间万物遮风挡雨。

我是神的宠儿：冬让我满树银妆，春使我萌发新生，夏让我茁壮成长，秋让我舞姿翩翩……

——陈梓萱

我是白云的天使，它带着我飞翔到世界各地；

我是云里的一颗鹅卵石，晚上照耀着每一个角落；

我好像坐在软软的热气球上度假一样；

我看到忽飞忽落的小鸟，最后看到深蓝色的一片大海。

——陈子信

我突然觉得这个班级有可能诞生天才，他们的语言能力竟超越我许多。我鼓励大家去创造、去想象，不要剽窃作文书和网上的文章，要写出属于自己的语言。

令我震惊和欣慰的是，班里27个学生，本次习作获评优秀的就有18人，我的评价标准很简单，写好几句话，必须是原创。

虽然有病句、错别字、漏标点等问题，但瑕不掩瑜，他们的文字值得被记录：

我突然觉得这个班级有可能诞生天才，他们的语言能力竟超越我许多。

我讨厌垃圾，它污染环境，我的工作就是将它清除，簸箕是我的好搭档。

——刘俊驰《扫把的自述》

我是火元素之子，释放的温度足以让靠近我的事物燃为灰烬。

——刘星源《太阳》

清晨，我就一直在天空中，风吹到我，就像万马奔腾似的，非常壮观。

——刘玙腾《飘在天上的日子》

我是雨的化身，水的灵魂。

我是一艘帆船，小鸟是我的乘客，我和小鸟聊天。风吹过来，我扬帆起航，和小鸟一同飞翔。

我总是俯视地面，对地上的生活心驰神往。我从不唉声叹气，也不黯然神伤。

——邓智宸《飘在天上的日子》

我是人们想得到却得不到的床。

——刘佳怡《飘在天上的日子》

我是衣服的衬托，衣服有了我会飘飘欲仙。

我是主人的装饰，掠过腰间，拢搭在手上。

我是汉服的经典风情。

我是发丝的帮手，当它凌乱不堪时，我将它整理。

——彭雅曦《放飞的飘带》

我是温暖来到了的象征；我是炎热来到了的象征；我是丰收来到了的象征。

我是一种奇特的蝴蝶，从大树上轻轻飘入花丛。

——刘心琪《叶子的自述》

我在他们的作文本上不吝赞美，我在校长面前表露欣喜。我带给孩子们的东西还不够广博，但愿对他们的影响足够深远。

读，是对诗词的最好尊重

班里的朗读常态是拖拉无力。

一篇课文会被孩子们习惯性无感情的声音糟蹋得毫无意趣。如何有感情地、自信地、有节奏地朗读，是语文课堂的训练重点。

如何有感情地、自信地、有节奏地朗读，是语文课堂的训练重点。

这天，我在讲《西江月·夜行黄沙道中》。这首词抒写的是当时夏夜山道的景物和词人的感受，这洋溢着丰收年景的夏夜凸显了作者的喜悦。把它读好，是品悟看似平淡之中词人潜心构思的基础。

我先放了一遍课文朗读音频，但我觉得仅仅这样是不够的，学生最可能模仿的不是音频，而是老师的朗读。

我用标准的普通话、浓郁的感情、清晰的节奏朗读了这首词，我强调上下阕的朗读中间要有停顿，即留白。我解释留白是中国艺术作品创作中常用的一种手法，指书画艺术创作中为使整个作品画面、章法更为协调精美而有意留下相应的空白，留有想象的空间；我强调诗词的朗读要注意悠缓，不能操之过急；我强调“七八个星天外，两三点雨山前”的停顿把控是出味的关键。

在做了一系列说明后，我让孩子们试一遍齐读。

还不错！

我倾情赞美，孩子们如沐春风，我说，再读一遍更美的好吗？

孩子们来了神，读得更好了，我说，掌声送给自己吧！

哗啦啦，齐刷刷，笑盈盈，乐呵呵的课堂结束啦！

孩子们来了神，读得更好了，我说，掌声送给自己吧！

乡道上的校车

橘黄色的校车每天在乡道上穿梭。

乔小的孩子们，迎着朝阳出门，朝着希望出发，带着收获归来，乘着夕阳回家。在韶光的空隙里，在阳光的褶皱里，色彩艳丽的校车，记录和收藏了生活的瞬间，温柔和拥抱了求知的岁月。

开校车的刘师傅和他的妻子共同经营着这辆校车。妻子负责维护校车上的纪律，查点校车上的学生人数。一台校车的正常运行非得两个人合作不可。

“你们只负责接送乔小这一个学校的孩子吗？”我问。

“是的。”刘师傅身材颀长，面上很是朴实谦和。

“乔小学生不多，坐校车的也并非全部，你们的收入……”我有点儿担心夫妻俩会入不敷出。

“生源在减少，确实一期下来挣得不多。”刘师傅面有难色。

“还是要想办法做点副业了。”校长说。

刘师傅勉力一笑，并未答话。

从攀谈中得知，刘师傅有两个孩子，我准备了一些文具，送给了他。

他的妻子满是感激：“早就听说空降了一位美丽可爱的副校长，今天看到了，果然是人美心善！”

早就听说空降了一位美丽可爱的副校长，今天看到了，果然是人美心善！

我握住她的手，突然有一种强烈的期望：橘黄色的校车一定要长长久久平平安安地继续奔跑在绿荫铺满的乡道上，它是小镇的生机和希冀呀！

送花的男神

学习委员邓智宸据说是班里的学霸，开学那天我很热情地向他打招呼，他却有些无情的冷漠。

我把它理解为——内心无比窃喜的得意。

既然是这样，我倒要使点儿颜色给他看看。

第一堂课，我就表达了这样的观点：

怎样学语文？听、说、读、写、思。有的同学也许考试分数很厉害，但并不代表他的语文能力、语文水平达到了相应的要求，所以，所谓的学霸，在我这儿不一定是真的学霸。

我瞟了一眼学霸，他淡定中透着一丢丢凝重。

教师节那天，他给我送了一束花，只要按下花束里的小电钮，五彩的灯光就在斑斓的花丛里闪烁，格外惹人喜爱。

我随即说了声：谢谢男神对我的喜欢！

班里响起“咦——”的长音，学生们脸上的笑意味深长。

我瞟了一眼学霸，他淡定中透着一丢丢羞涩。

第一单元习作讲评课上，我表扬了18名优秀的孩子，挑出了学霸和彭雅曦的文章在班上朗读。

我先读邓智宸的文章，接着读彭雅曦的文章，在读到彭雅曦的文章时，我特别强调这篇是班级最优，选材最特别，用词最精到。

我瞟了一眼学霸，他淡定中透着一丢丢不服。

要的就是这个效果！学霸，我可是看好你的哟！

我说，抄写是最简单最没有难度的作业，但是又最需要细致耐心和认真。

一次批评

刘俊驰的小字本有错误，能力培养与测试有错误，家庭作业有错误。

我利用一个早自习来强调作业正确率的重要性。

我说，抄写是最简单最没有难度的作业，但是又最需要细致耐心和认真。用心的作业，字是端端正正的，排列是整齐有序的，给人的感觉是严谨规范的，最关键的是，写上去的内容不能是错的。

我把刘俊驰写错的字板书在黑板上，让他心服口服。

我说这样没有太高质量的作业无异是在浪费彼此的时间。

我说宁愿你们写慢一点儿，也不愿看到不像样的作业。

“今后立个规矩，假如谁的作业是最差的，我一定也要像把最好的作文拿来当范文读给大家听那样，将他到底哪里写得差告知大家。”

刘俊驰闷声低头，若有所思。

接下来的课堂练习，班上氛围好极了，大家都一丝不苟地、小心翼翼地书写着。

优秀的作业特别多。我的警示教育成功的原因之一，还是因为这帮孩子实在很乖啊！

我的警示教育成功的原因之一，还是因为这帮孩子实在很乖啊！

午睡枕

有爱心人士给全校师生捐赠了午睡枕。

我的办公桌上摆了一个粉色的午睡枕，学生们先一睹为快。

枕头有个小支架，可以调节高度，我轻轻地蹭上去，男生们满怀期待与好奇地问：“舒服吗？”

我闭上眼睛假寐，用行动和表情回答了他们。

他们乐不可支地问：“我们都会有吗？”

我点头。

“可不可以不是粉色的？”

“有灰色的。”

“那太好了，我才不想要粉色的。”男生说。

为什么男生都不想要粉色的？多梦幻与温柔的颜色呀！是怕被

笑话吗？

晓叶兴奋地跑过来：“多好的枕头啊，想抬高就抬高，想放低就放低，中午睡觉就靠它了！”

今天的午睡，会出奇地安静吗？

“吕秀才”

“吕秀才”指的是乔口小学的熊祥老师，我觉得他很像《武林外传》中喻恩泰饰演的吕秀才。

第一次见他是在教育局的支教轮岗会议上。当时局里通知支教老师和对应学校的校长参会。人事科科长说点名的时候双方都站起来互相认识一下，加深交流。

点到我的名字后，我站了起来。

我很期待传说中的谢校长长什么样。

然后我身边一个“吕秀才”模样的戴着眼镜的男老师站起身来。

众人笑了。

科长笑言：“其他人都遥遥相望，你俩倒好，就在眼前！”

我问“吕秀才”：“您就是谢校长？”

“我是来代开会的，我叫熊祥。”熊老师的笑容里有一丝羞涩，白皙的皮肤上几粒痘痘跟着红起来。

熊老师的笑容里有一丝羞涩，白皙的皮肤上几粒痘痘跟着红起来。

共事的日子里，他总是热情、周到又面含笑意。我带的电脑要连通打印机，他来下载软件；教室的电脑宕机了，他负责救火。

他还说些好听的话来愉悦我的心情，比如：“你吃这么多，怎么吃不胖啊？”

额……扎心了，老铁！

蹄膀

有一次外出聚餐的时候，面对牛杂火锅和手撕鸭，我的筷子伸向了蹄膀。

众人看我吃下一小块肥瘦得宜的肉，又亲见我再夹了一小块肥瘦得宜的肉咽下去。自此，左老师爱吃蹄膀这样的定论就诞生了。

食堂工友问校长，晚餐做什么菜呀？

校长说："左老师不是爱吃肉吗？肯定要蒸一块呀！"

额……我只是在不喜欢吃鸭子和牛肉且没有更好选择的情况下，挑了自己可以吃的菜而已，结果大家都认为我无肉不欢。

按照校长的想法，我在这儿待一年，必须长肉，否则是乔小亏待了我。

按照校长的想法，我在这儿待一年，必须长肉，否则是乔小亏待了我。

按照唐书记的想法，不在乔小瘦个20斤，便不能体现我支教之用心，工作之劳心，思虑之费心。

"其实，我还是比较喜欢吃青菜的。"我想改变大家对我的固有认知。

"来，熊祥！吃上一大块！"校长用筷子把这大块蹄膀劈得四分五裂，夹出一块颤巍巍的肥膘给"吕秀才"。

"吕秀才"怯懦躲闪地移开自己的碗筷，表示自己与日俱增的体重已不配拥有这块膘了。

在校长同志般信任的目光投向我之前，我火速离开了餐桌。

乔小，对我太厚爱啦！

灵魂有香

我的办公地点就在校长办公室，我初来的时候校长说门口这张桌子就给我了。

我自带了很多东西来上班，台式电脑、扩音器、带移动电源的小电扇、蝴蝶坐垫、蓝牙小键盘、煮茶壶……我在想明年支教结束的时候是不是要大卡车来拖回这些东西。

每次上课，我都“拖家带口”一大堆，校长说我“法器”太多，表示我的世界他看不懂。

我发现他不怎么在办公室待着，总是坐在隔壁教师大办公室。

“你在的地方太香了，弄不清是花香呢还是香水香呢还是什么其他东西散发的香，香得我吃不进饭，喷香的，我太难受了！”校长吐槽。

周长复议。熊祥复议。刘宏为复议。

我发现后三人在窃窃私笑。如果校长不在的话，他们的笑声更为凛冽。

好吧，如果调侃我两句也能给人带来快乐的话，我也跟着一笑而过就好，谁叫你们长久地待在这儿，有时候的确也有些无聊呢？

我曾读到泰戈尔的这段话：“总有一天我们会明白，死亡永远无法夺走我们灵魂已经获得的东西。因为灵魂所获得的，已经和她融为一体了。是的，外在的一切，诸如财富、名誉、金钱，声望，都可以被世界所夺去，但是，唯有爱与智慧，早已深入到我们的灵魂里，成为永恒的精神财富，就像弥漫在灵魂里的香气一样，永不干涸，永不老去。”

我倒是愿意做一个自我灵魂的调香师，让灵魂充满馨香，自带光芒！

如果校长不在的话，他们的笑声更为凛冽。

小乔的外衣

小乔披着菜园和鱼塘的外衣。

学校的北面有一个葱郁的菜园。菜园的主人一定是勤劳又细心。菜地成畦划垄，每一畦菜都有固定的格式。豆角、黄瓜畦里，高高的竹竿架是琴骨，绿色的嫩苗为弦，弹奏出你追我赶的旋律，爬满支架的绿腕，结出漂亮的果实五线谱。辣椒、西红柿、大葱、茄子、白蒜为菜园着色，红黄绿紫白，五色混杂，丰满了金秋。蜂蝶飞舞沐浴在这浓浓的乡土风情中。

我倒是愿意做一个自我灵魂的调香师，让灵魂充满馨香，自带光芒！

阳光有脚，蔬菜也不想错过好时光。它们互相借力，信心百倍地生长。

万物自得。

阳光跑到鱼塘里，鱼塘亮闪闪的晃眼睛，它们豆腐块儿一样分布在学校的西边。

▲校外的世界也是一片辽阔

每块鱼塘都接住了一个太阳，接住太阳的鱼塘浑身笑嘻嘻地颤，涟漪一圈圈漾开，复制出无数个太阳，无数片云霞，白的金的似一片锦，看得人心潮涌动。

鱼塘有多深？单从绿得沉郁的颜色来看，仿佛是个厚底子的。太阳搂着云，池水搂着鱼，激动非常。

如果把手探进去，池水一定是热得发烫。生命的细胞在暖流里加速分裂、扩充、繁殖、生发。这些鱼一定比别处的更智慧更健壮，它们沐着铃声听着晨读，就如那菜园里的瓜果一样，日渐肥硕，日渐丰满。

小乔的外衣别处寻不到，很特别。

云深不知处

乔口有点沧桑感的观音寺，与办公室的后窗正对着，它是镇上的一个文物保护单位。

沿窗而望，学校与寺庙只隔着一个菜园的距离。

寺门大开，左右写着“大千世界”“不二法门”。

来乔小大半月了，如此清净的一个所在，竟还未去过。

这天上午，我信步而往。

只需绕过校门，就迈进了观音寺。

观音寺坐北向南，黄瓦盖顶，飞檐翘角，精致小巧，古朴庄严。主体建筑有主殿和南侧的厢房，敞开的大门散发着浓浓的香烛气息。

佛音袅袅，却不知道寺庙的住持去了哪里。是去化缘了吗？他会是一个清瘦个高的中年男子，还是微微发胖的白髯老者？如果他在的话，我和他之间会有怎样的对话呢？

“松下问童子，言师采药去。只在此山中，云深不知处。”这里没遇见童子，只有菜园里的白蝴蝶，蹁跹绕飞，它的舞姿，似是高深莫测的语言。

总有机会，那神秘的住持会现出真颜，待我下一次到访的时候。

我对这土地爱得深沉

这个年代的少年，得有一点儿信仰、骨气和血性。

2021年9月25日晚，孟晚舟乘坐的包机落地深圳宝安机场。

第二天我问孩子们，知道孟晚舟这个人吗？

孩子们摇头。是的，他们对书本了解得不多，对时事政治了解得更少，天知道课余的时间他们都去干吗了。

我想，我教他们的日子里，他们追的流量明星会少一点，他们对国家飞速发展的近况和有突出贡献的科学家能了解得更多一点。这个年代的少年，得有一点儿信仰、骨气和血性。

我给每个人印发了孟晚舟在中国政府包机上的感言：《月是故乡明，心安是归途》，让大家在班里齐读。她的这篇感言，语言优美，饱含深情，无论是从语用角度还是从情感态度价值观角度，我都认为值得一读，值得一学。我简单介绍了孟晚舟的身份，以及其被加方无理逮捕的事件始末。我告诉孩子们，她的顺利回国，是党中央坚强领导的结果，是中国政府不懈努力的结果，是全中国人民鼎力支持的结果，是中国人民的重大胜利！

正好我们学到的第二单元课文的人文主题是“重温革命岁月，

▲航拍镜头下的乔口镇

把历史的声音留在心里”。《七律·长征》《狼牙山五壮士》《灯光》，这些课文是革命战士为后辈的幸福与安宁艰辛付出的明证；《开国大典》里洋溢的人民翻身做主的喜悦不言而喻。此时将孟晚舟回国的消息告诉孩子们，恰恰是爱国主义教育的最佳时刻。

要补充的内容远不止这些。

我给孩子们讲中国核潜艇之父黄旭华的事迹，让孩子们观看“时代楷模”张桂梅的感人视频，告诉孩子们快递小哥雷海为是如何凭靠自己的努力拿到“中国诗词大会”的冠军……书本以外需要传授的内容太多太多，我要尽可能地将这些内容挤进课堂，为孩子成为人格完整的人着想。

为什么我的眼里常含泪水？那是因为我对这土地爱得深沉。

厕所公区

六年级的公区是教学楼一楼的男女生厕所。

校长做此安排的时候，我想起了我的小学生活。

那时我们的公区也是厕所。厕所无疑是脏乱臭的代名词，卫生清理难度极高，还要克服一定的心理障碍。

我任命陈子信、刘子睿作为公区专干，负责每天的人员安排和定期督查。

我看到了他们身上的质朴和勤劳，这让我真心欢喜。

在一楼学习的均是中、低年级学生，做好的卫生维持的时间并不长久，所以一天需要两次以上的卫生清扫，公区专干的任务可不轻。

陈子信是个值得信赖的高大个子，性情忠厚，任劳任怨；刘子睿表面木讷，经常站在我的办公室门口静静地望着我，她天天扎着羊角辫子，有时我会在乡道上看见她的身影。

他们两人都不怕脏不怕苦不怕累，我看到了他们身上的质朴和勤劳，这让我真心欢喜。若是换作城里孩子，估计这样的公区早就避之不及了。

物质条件的优越会改变人心吗?

看心情

学校经常断网。有时候需要查找资料或是上传文件，就会发现电脑屏幕上有个圈圈不停转，它的提示语便是：歇菜了。

偶尔来了网络就像涨工资一样兴奋。

我问这网络为什么会像天上的流云一样如此捉摸不定？

思远说："不知道，看心情吧！"

看她说话的样子，似乎习以为常。

一天来了个修网络的师傅，他说："政务网的平台是新建的，可能不稳定。"

看心情的网络让我的工作时不时出现卡顿，也好，我抽屉里的书也可以拿出来翻阅一下了。

攒着的一群小脑袋 *

小时候，经常会看见攒着的一群小脑袋。

他们观战拍画片，那黝黑的手啪啪地在地上拍打，也不知道痛，翻飞的卡片是他们胜利的果实。

现在，我的身边也攒着一群小脑袋。

尤其是有人告状后，"肇事者"被扭送到办公室，其他的人尾随而来，从门缝里挤进来看热闹，一副幸灾乐祸的样子。若是被"驱赶"出去，就会在我的窗户边跳鱼儿一样地跳，此起彼伏，此消彼长，跳跃的高度和频率代表着他们想窥探屋内一切的迫切。

我的眼神越是执着而平静地迎接他们，他们退逃的速度就越快。

每每这时，我就像守株待兔的农人一样，等着那一个个跳起来的小脑袋。我的眼神越是执着而平静地迎接他们，他们退逃的速度就越快。直至最后，窗边的跳鱼儿悉数离场，我才开始和"被告人"进行语重心长的长谈。

有时候却不。午饭后，正有些犯困，这群小脑袋又跑过来询问我的文字写了多少，有没有写到自己。他们把我层层围住，黑色的脑袋集拢过来，热气腾腾的呼吸交错着，看我用键盘敲击一个个字。

“哇，左老师写了这么多，看她多会写！”

“左老师，我有那么调皮吗？你写的不是我。”

“快快快，刘晨嫣，写到你爷爷了！”

七嘴八舌的声音，彻底赶跑了我的困意。

我的文字就是在一群证人的关注下，走向繁盛。

我的文字就是在一群证人的关注下，走向繁盛。

纤细的羽毛

班长刘晨嫣有个妹妹叫刘夕羽，纤细如羽。

最开始见到她的时候，就觉得她细弱精致的外表下亦有小女孩的倔强。红白格子的小旗袍更显她的娇小玲珑。

果然，听说她是二年级的班长，行事果敢泼辣。

我细细观察她，她也静静看着我。

“多美的小姑娘，这身小旗袍很适合你哟！”我禁不住赞美。

一丝红云染上她的脸颊，很快又消失。

这对姐妹花，都是老师身边的得力干将。

一次她来找爷爷刘宏为，我笑言：“刘老师福气真好，以后两个孙女婿提着好酒来登门，您就光剩个乐呵了！”

刘宏为喜得合不拢嘴，眼眯缝着：“那就承你吉言啦！”

每次楼梯口的相遇，或是食堂的会面，她都会用恭敬专注的眼神看着我，我从她的眼神里读到了——喜欢。

这感觉，就像细羽撩拨心尖，酥酥麻麻，太受用啦！

小班额

刘勇波老师任教的五年级只有18个学生，我羡慕地说，改起作业来是多么省时省力！

他无奈地摇头，曾经这个班40多个学生，转走的一个接一个，班里的第一名、第二名、第三名、第四名、第五名、第六名、第七名相继转走，他把成绩单晒给我，上个期末的成绩差不多在全区垫底。

村小的规模在日渐缩小，成绩优秀的学生慢慢流失了，不少人在城里购置了房子，自然学生会在城里就读。对于老师来说，这种离开让人心痛。

想想我们班的学霸、班长、雅曦、星源……优秀的都还在，我是有多幸运！

想想我们班的学霸、班长、雅曦、星源……优秀的都还在，我是有多幸运！

▲乔口小学校园一角

老师好白

▲走廊上的女孩子

我看了看她们的脸蛋，皮肤黝黑，表情天真，没有矫饰的那种自然。

三年级的几个孩子排着队在办公室门口等待兑奖，他们手上拿着盖了章的小卡片。

“老师你好白呀！”一个小可爱声音甜甜的。

“是的是的，老师你真的好白！”

有吗？我可能粉扑得厚了点儿。

我看了看她们的脸蛋，皮肤黝黑，表情天真，没有矫饰的那种自然。

我想拍下她们的小女孩情态，大部分都配合地摆姿势，只有一个紫衣姑娘在扭捏地躲镜头。她是害羞呢！

“你们真乖，想不想做我的学生？”

“想呀想呀，您教几年级？”

“六年级呀！”

“啊？”她们质疑的声音里带着失望，“那您要在这里多待几年，您愿意吗？”

三年级的孩子给了我灵魂拷问。是的，我愿意吗？

要退休了

学校里除了校长明年要退休，还有更早于他的刘宏为老师，以及一年后就会退休的刘晓菜老师。

校长说刘宏为老师这期结束退休后，他承担的课时还得分给我们，学校不再另聘教师，因为编制超了。

也就是下期我的课还会增多。

我还是不希望刘老师离开的。他总是来得很早，走得也最晚，要等最后一班校车离开，他才下班。

他总是来得很早，走得也最晚，要等最后一班校车离开，他才下班。

经常可以看见他拿着撮箕扫把在各个角落扫垃圾、清理垃圾桶的身影。

他担心我值日的当天路太远赶不过来，早早地站在校门口了。

“多待一期嘛，我们需要你。”我真情挽留。

“不想做了，做了几十年，疲倦了。我想在湘西找座清静的山，种点小菜，过舒心的日子。”

“何不去五台山？那里更清静。”

“不行，还是得去个有女人的地方。”他眉眼弯起来。

这个会跳舞、写得一手好字、能打乒乓球、脑袋超级灵光的“不正经”，开始憧憬起他的退休生活来，仿佛明天就要退休了似的。那陶醉的模样，像极了喝到微醺的状态。

“哇！男朋友！”

作业不写一个字的晓叶，却是信息传声筒。

“哇！看到没？左老师戴了一只金色的表，表链子闪闪发光，一看就比我的好太多！”她的语词还挺有品质的。

“哇！左老师今天的表又不一样了，红色的表带，好漂亮！”她可真是观察入微。

一天，马哥来帮我装电脑。我知道学校资源有限，所以自带了台式电脑，顺便也把马哥带了过来。

“你们看到没？左老师的男朋友来了，好帅！”晓叶喇叭样的嗓门喊起来，人尽皆知。

学生们像看外星人一样看马哥。

老师们也上下打量。

刘宏为说：“左老师我说的话你听了可别不高兴，你老公长得比你还好看！”

周长说：“那肯定了，只有优秀的人才能与优秀的人相配！”

校长很开心，他有个郴州媳妇儿，恰好我是郴州人，这也是缘分。

你们看到没？左老师的男朋友来了，好帅！

▲拿到奖品的孩子们

“男朋友”还挺称职，给我准备了一大箱文具做奖品，那些款式新颖的自动铅笔、各种形状的便利贴、流畅顺滑的水性笔，如果我是学生，我也会心动的。

孩子们乐得屁颠屁颠。

我们能给这儿的孩子带来快乐的一切付出，都是值得的！

活动一下筋骨

九月的大部分日子都是晴得让人巴望快快下雨的大热天。

总窝在教室里也不行，课后服务的第二节课，我让孩子们下去活动活动。

学生借了办公室的两副羽毛球拍，在操场上快活地打起来。校车司机也参与其中，看得我心痒痒。

长沙市一中金山桥学校的羽毛球场特别大，我每周会抽时间去出出汗，会会球友，但是支教的这个月，都没摸过球拍。

我和校车司机先过招。他身材高大，像是篮球运动员，打过来的球够高够远。我喜欢快速抽打，又惯用左手，所以他一时半会儿还适应不了我凌厉的攻势。

刘星源、邓智宸、陈玉春、杨承宇、张智钦、代宇航排着队来应战。

小屁孩们可不服。刘星源、邓智宸、陈玉春、杨承宇、张智钦、代宇航排着队来应战。我们玩起了“三个下”。

刘星源的球技不赖，虽然动作不专业，但我打过去的球他基本能接住，说明他的臂力和反应能力都不差。

邓智宸很期待和我过招，一丝胆怯也没有，只是个子小力量弱，不过勇气可嘉。

▲乔口小学的操坪

跟孩子们打球挺尽兴的，没有人教过他们规范动作，却挡不住活跃的腿脚。

张智钦个子不高，发球的时候铆足了劲，他先把球高高抛起，用力抽打，发完球他的身体打了个趔趄，足以说明他已使出吃奶的劲儿了。眼望着这个球越过我的头顶，让我退之不及——这小个子后发力不容小觑！

跟孩子们打球挺尽兴的，没有人教过他们规范动作，却挡不住活跃的腿脚。学校里体育器材很少，我决定带上我的专用球拍，下次再来个酣畅淋漓的对决！当然，学生们也心怀期待！

娘家来人啦

国庆节一过完，长沙市一中金山桥学校就决定来乔口小学送教，娘家人还有一个更重要的目的，就是来慰问我。

我当然很开心。九月份天天盼着娘家人过来看我，可惜没盼到。

虽然我每天晚上都回长沙市一中金山桥学校做点儿事，和娘家人几乎天天见面。

即便如此，我还是特别想他们过来看看我，还有这个小小的学校。

校委六人除李军校长扭伤腿不能来以外，其他校级领导、部分中层干部和老师一行12人悉数到来。这阵容还是挺强大的，小小的乔小校长慌了。

中餐可以在学校开一桌，来12人，再加上片区校的领导，那恐怕在学校就餐比较困难，只能到外面接待了。

小小的乔小接待费用也是少得可怜。

我有些不好意思了，我说校长是不是给你们添麻烦了？

校长说那怎么是添麻烦？他提前一天召开会议，让所有人把卫生做彻底，教室、办公室、会议室、功能室统统打扫干净。

他安排六年级负责打扫四楼卫生，这个神秘的四楼长啥样呢？

他说你都来一个月了没上过楼？

我摇头。

他拿出一个铁圈，这像是校长的独门法器，上面全是钥匙，摇晃起来叮当作响。每一扇门用什么钥匙打开他全知道，麻溜得很。我暗暗佩服，果然是无处不在的眼睛。

他拿出一个铁圈，这像是校长的独门法器，上面全是钥匙，摇晃起来叮当作响。

音乐室、少队室、劳技室、机房、录播室……小小的乔小隐藏了不少秘密。这些功能室使用频率不多，布满灰尘，班里的学生清洁了好一阵。

我惊喜地说：“送教的课可以在录播室上了，这里的多媒体色彩正常，比班里的强太多。”

大队人马终于到了。我站在校门口迎接，看到的面孔如此亲切，熊书记、黄校、向校、熊校、喻主席、辉姐、白安……多想给每个人来一个温暖的抱抱。

白安说：“你真幸福，在景区里教书。”

同事李洁给孩子们带来了一堂语文课——《桥》。孩子们正襟危坐，朗读的时候干脆整齐，一点儿也不拖泥带水。他们把我前一天交代的事儿牢牢记在了心里。我在教完第一课时的时候便说过，这篇课文利用简短句子表现暴雨的急和猛，一定要读得短促有力。

能够让他们拥有外校老师执教一堂课的体验，也是另一种形式上的开阔视野。

送教启动仪式上，陈超平校长说我在这儿受苦了，乡村条件有限，感谢我能来这儿做奉献。

活动总结会上，黄校说我在这儿待一个月更漂亮了，气色更好了，感谢乔小的关心和照顾。

大家客气着，我的心暖暖的，这绝不是口头上的客套，这话是说到了我的心里去的。我真心感谢两边的所有人，为了这次慰问和送教，长沙市一中金山桥学校一方的方案我参与修改，乔小一方的接待我认真准备，其中也融入了两边许多人的心血和精力。我觉得自己成了一座有益的桥梁，两个学校是因我而结缘呀！

陈校对谢校说：“给你一个任务，左校在这里一年，体重不能增一分，也不能减一分，保持现状是最好的！”

还不待谢校接话，我就说：“乔小的伙食太养人，我已经长胖啦！”

众人皆笑。

虽然秋风凉意袭人，秋雨绵绵如丝，但我今天的心情确如春花一样灿烂，如春风一样温煦。

秋雨绵绵如丝，但我今天的心情确如春花一样灿烂，如春风一样温煦。

娘家又来人啦

安保科主任贺伟洪9月就说要代表个人来看我，我只当一句玩笑话，几乎天天见面，有啥好看的？

他说必须要来看看。

我们是亲密无间的球友，在长沙市一中金山桥学校宽大的羽毛球场里，我经常被这个业余里最专业的对手摁在地上狠狠摩擦。

他经常发一个让我反应不及的球，脸上憋着一股子坏笑，一看就不怀好心。

我觉得他正存蓄某种力量发高远球的时候，他的假动作创造了一个网前球。

我认为他会轻轻一拍发个网前球的时候，他的假动作创造了一个高远球。

我就像一只满场跑的小犬，气喘吁吁。

我说："贺主任你是个大骗子！"

于是我找来外援。这些把孩子送来专业训练的家长，都是羽毛球爱好者。其中一个额前只有一绺白发的易叔，尤其厉害。还有一个医院的马院长，也是个中高手。

在场的说我有个易叔就够了。易叔让我守在网前，犹如守在前沿阵地，他就在后场把握全局。

结果对面的球打过来基本没我什么事儿，球打在左边，易叔就越到左边接，球打在右边，易叔又腾地迈几步跨到右边，哪怕是属于我的范围的球，他也照接不误。除了我站的位置他不涉足以外，其他场域他都跑到了。他那矫健轻快的步伐，料事如神的应变，变幻莫测的接发，让我想到了金庸笔下的扫地僧。

我之前被贺主任剃了光头，这下要剃贺主任的光头，我一脸嘚瑟地朝他拼命地笑。

贺伟洪说："你只要站那儿别碍事就行。"

这简直是嘲讽。刚好一个球擦网而来，我像拍死一只苍蝇一样机灵地把它拍落在地，球直射地面，连一丝挣扎也没有。

贺伟洪和队友瞠目：这小妮子捡死鱼还挺灵泛。

易叔的那绺头发因汗水而紧紧粘住脑门，我看到他的样子心里很自责，是我连累了他，明明是双打，现在变成了一对二，我成了一个不给力的队友。

易叔不嫌弃我，还插空指导我该怎么打。我的发球基本也没有失误，我们赢了四五局，但易叔终于体力不支了。

我的发球基本也没有失误，我们赢了四五局，但易叔终于体力不支了。

毕竟对手也不是省油的灯。

易叔说要休息，我赶紧叫马院长过来组队。贺伟洪又嘲讽说："就知道抱大腿。"

马院长不是水平不高，只是没摸清对方的套路，所以连失几球，贺主任抓住了气势上的先机，所以赢了这一局。

他眉飞色舞地说："怎么样？找队友还是我最合适，谁叫你嫌弃我？"

▲乔江边的羡鱼亭

我不服，又找来易叔开打，我知道我胜之不武，靠的是实力强的外援，但是能赢了贺主任还是很开心呀！

可惜自从支教，我们再也没有打过球。

秋日里艳阳高照，贺主任电话打来："我来看望你啦，请你吃个饭！"

乔口老街口的饭馆里，他递过来一堆水果牛奶，还点了一条大鱼。

我感动得不可名状，这真是个有情有义的同事啊！可惜我没有太多时间陪他在哑河边走一走，我说还有午自习，得回去了。

"没事，下次我再来，挑个晚上的时间吃蟹！"他爽朗一笑。

他一脚油门车就飞出去了，这来去如烟的时光里，充溢的是满满的真情。

丢垃圾

他一脚油门车就飞出去了，这来去如烟的时光里，充溢的是满满的真情。

学校的垃圾定期会有专人过来收，这个"定期"就代表不会天天来。

每周二、周五下午是专人到来的时候。

天冷还好，垃圾在经过几天发酵后产生的异味不是太明显；天一热，垃圾累积多了，就成了一个令人头疼的问题。

这天下着雨，我看到一个身穿雨衣手推小车的大妈，我问她为什么不能天天来呢？她说："垃圾量不大，一周只来两次。"

量不大也需要每天清理呀，好希望她每天都能来！

校长带我去兜风

初秋的傍晚，天空高远，白云轻盈，清风温柔，把太阳也感染得含情脉脉了。

彩霞满天，映红了天际，夕阳由淡黄色变成橘黄色，继而又通红通红的，平时没有一份闲情细细品味的乡村晚景，居然这样仪态万方。

清少纳言曾言：“秋天最美是黄昏。夕阳斜照西山时，动人的是点点归鸦急急匆匆地朝窠里飞去。成群结队的大雁，在高空中比翼而飞，更是叫人感动。夕阳西沉，夜幕降临，那风声、虫鸣，听起来也愈发叫人心旷神怡。”

我邀请校长这个老乔口人做向导，他乐不可支。

多让人神清气爽、心旌摇荡的一段文字啊！乔口的傍晚，我想去看看。

我邀请校长这个老乔口人做向导，他乐不可支。

我们沿着柳林江一路西行。中途他说停下，我们从一个岔路口下来，就看到了古镇街旁的哑河。

水流清冽静稳，一路低吟浅唱蜿蜒东去。河旁杂树多姿，婀娜有韵。一位大叔正悠闲垂钓，小凳一张，鱼竿一支，渔网一兜，人和自然是多么熨帖地融在一起。

鱼竿扬起，摘鱼、装饵、放钩，轮换着一次又一次的收获。

鱼被钓上来的次数很繁密，几乎一钓一个准。上钩的鱼银晃晃的，十厘米长，被本地人叫作鳑鳊鱼。它们从水里出来的时候摇头甩尾，似极不情愿，又似极享受，不知是预知了大难临头，还是从未体验过大快朵颐，总之活蹦个不停。

大叔说：“来跟我学钓鱼啊，收获这么多，多好玩！”

我感叹自己平日时间太少，没这闲情逸致。

“抽个周末来吧，校长总不会让你周末也工作吧？”

校长呵呵一笑，叫上我继续出发。

我们的头发和柳树的头发都歪向一边，沿江的公路一片坦途。校长说这里是益阳、岳阳、宁乡、望城的交界处，这是他土生土长的地方，也是他扎根教育事业一辈子的地方。

我们绕到了南湖，这是校长的老家。大片的荷塘似迟暮的美人，虽然叶已萎败，但水光潋滟中的风姿绰约依然摄人心魄。

我们在盘龙岭村的“荷里乔江”游赏，这里是美丽乡村建设的典范。幢幢民居上都有色彩鲜丽的彩绘，多以“荷”“虾”为主题，给这里带来无穷生机。

“荷里乔江”的民宿被围在一片漾漾的芙蕖里，几只鸭子形状的小船摆在湖边。若是盛夏光年，荡一叶小舟行于湖面，耀眼的夏日阳光下，一望无际的碧绿荷莲铺在水面，绿莲红荷随徐徐清风摆动，招招摇摇。划船闯入其高没顶的荷丛，人旋即被密密匝匝的碧叶红花所淹没，周遭的红和绿浓得化不开。人面荷花相映，天光水色共溶，是湖在天上，还是天在湖中，难以分得清了。

▲乔口老街

荷花池中的民宿，恰是一处幽僻之地，倦了，推枕卧南窗，闲看稚子引鸳鸯，不知身在水云乡，这不是世人向往的诗意人生吗？

翠绿的树林围绕着村落，与青青小草映画出田园美景。清风吹来，无际的稻田像无数连接的手臂，成熟的力量在这些手臂上传递，人的心就是这

翠绿的树林围绕着村落，与青青小草映画出田园美景。

力量的接收器。你会产生一个强烈的意识：它们饱满得即将裂开，那是农人绽放的笑脸呀！

美丽屋场，美丽乡村，我禁不住感叹，现在的新农村，可真让人刮目相看！

回到老街，校长总会遇到熟人，敲敲这户的窗，望望那户的门，跟谁都熟络。

因为熟稔而有深情吧！

她告诉我，给学生打鸡腿配上少许油汁和佐料，学生吃得更香。

两个厨娘

食堂里两个厨娘，瘦的矮，高的胖。

两个人都是住在附近的居民。

高胖的厨娘勺掌得好，经她手出品的辣椒炒肉是佐餐佳品。偏瘦的肉片细嫩多汁，香而不腻，青椒香辣开胃，早餐的面条配上这样的炒码我会禁不住多吃一筷子。

这里人还惯吃酸蕹菜的，有时候也用它做面条的炒码。

绿色米豆腐是我第一次见到，说是里面放了韭菜汁。

瘦矮的厨娘总是默默在一旁切花菜，削土豆皮。

土豆丝、青豆炒肉末、蒸蹄膀、红烧冬瓜……每次大家的食欲都被高胖厨娘香气腾腾的菜品勾起，我觉得来这儿真是有口福呢！

学生总盼着周五早点儿到来，有鸡腿吃。高胖厨娘做鸡腿亦是巧花心思，油汁淋漓，配以姜、葱、蒜、酱油，难怪让人垂涎不绝。

她告诉我，给学生打鸡腿配上少许油汁和佐料，学生吃得更香。

果不其然，有的学生吃完就在橱窗边等着，看有没有机会等到第二个，小眼巴巴地望着，期待再来一“腿”。

我每次都放弃了吃自己的那份鸡腿，让某个学生多吃一个也是好的呀！

我对厨娘的厨艺赞不绝口，她听后如沐春风，说大家满意就行。

减肥，是一项无限延后的工程啦！

一次测验 **

因为对班里学生的学习基础不了解，所以我的教学进度有些慢。

第一单元的小检测也来得特别晚。

试卷题量不大，题型简单。考出来的成绩真是喜忧参半，有一部分特别优秀的，也有8个不及格的。有些孩子平时看上去听课挺认真，作业也算过得去，但交上来的几乎是白卷。

我和前任班主任杨建红老师聊到成绩问题，她提到了几个学生，恰好也是这次不及格的学生。

比如任子聪，长得高大，表现也很乖，做卫生不怕苦和累，帮我干活也挺热情，可是一做起题来就抓瞎。杨老师说他的奶奶曾经督促他背诗，结果奶奶背出来了，他还是背不出。

杨老师说他的奶奶曾经督促他背诗，结果奶奶背出来了，他还是背不出。

我想，这8个不及格的孩子当中，一定有一些是因为懒惰或学习方法失当导致不及格的，也有一些确实是学习力弱，难以达到通俗意义上讲的及格。

这样的孩子也有可爱之处，我想每周的评奖要多设一些门类，让每一个孩子在各个方面都得到肯定，谁也不知道今后的他们会在哪个领域闪光。

尴尬的音乐课

语文老师上音乐课的经历真是细思极恐。

我还是不想让我所教的其他科目课程都变成语文课或练习课。一个学期下来，学生总要学会唱几支歌吧！

翻开音乐书，第一首歌就是《我的祖国》。这首歌的原唱是郭兰英，她的嗓音婉转动听、引人入胜，我自叹弗如。

我是要感到欣慰还是悲哀呢？语文教得有多成功，音乐就教得有多失败。

放完音频后，我开始尝试一句一句地教，我教得笨拙且不得要领，完全不像平日里在KTV那般纵情恣肆、收放自如，可见民族唱法是多么不适合我呀。

学生受不了了，邓紫嫣看出了我勉为其难，说了句心里话："老师您还是教语文吧！"

我说："那我就讲语文喽？"

学生点点头，小鸡啄米似的。

"你们确定不上音乐课啦？"

学生点点头，小鸡啄米似的。

我是要感到欣慰还是悲哀呢？语文教得有多成功，音乐就教得有多失败。

我发现音乐课本里还是有一些歌我比较熟悉的，一首是方芳演唱的《摇太阳》，一首是高枫演唱的《大中国》。

这是我十几岁时听过的歌，百度显示两首歌都诞生于1995年，颇有年代感，我有些纳闷音乐教材里的歌曲为什么没有与时俱进。

我搜到了《摇太阳》的MTV版，上面显现出唱卡拉OK样的字幕，方便大家学唱。

视频一放出来，全班哄笑，包括我。

20世纪90年代的潮流风，于现在而言是有些夸张和过时了。女主方芳的身后，三个戴着墨镜梳着分头穿着牛仔的小伙子，他们时而勾肩搭背，时而故作潇洒，跳舞的动作实在滑稽。

班上气氛自动嗨起来，没有我的任何授意。杨承宇站起来跟着音乐浑身扭动，别看长得肥硕，扭起来很灵活轻松，像一条蚯蚓。

廖泽航也站起来，用手掌虚摸自己的头发，做出抹头油的动作，潇洒小哥一般，表现自己非一般的帅气。

我没有制止，就让这堂课变得好玩一点吧！

学生听了三遍，旋律基本清楚。我说能唱就一起唱吧！

“摇来摇去摇碎点点的金黄，伸手牵来一片梦的霞光，南方的小巷推开多情的门窗，年轻和我们歌唱……”

我们一起唱起来，我不是高高在上的神色威严的老师，而是能和学生们打成一片，一起疯一起闹的孩子。

“我们一起来摇呀摇太阳，不要错过那好时光，心儿随着晨风在蓝天上飞翔，太阳下是故乡……”

一遍唱完，又唱一遍，学生觉得跟我一起唱很来劲。

估计乔小的校园从未响起这么轰动的歌声，校长闻声而来，想一探究竟。

估计乔小的校园从未响起这么轰动的歌声，校长闻声而来，想一探究竟。

我们唱到高潮，旁若无人，他来了也无暇顾及。

我看大家兴致不减，又放出《大中国》的MTV，我起了一个头：“我们都有一个家，名字叫中国，兄弟姐妹都很多，景色也不错……”

张智钦唱得卖力，他是不是把这当作个人演唱会的预演了？

“中国！祝福你，你永远在我心里……”高音部分，学生因亢奋喊哑了嗓子。

我挺高兴，平时精力过剩喜欢叫嚣的杨承宇、廖泽航、廖泽翔，被几首歌收拾得服服帖帖，因为他们已无力再废话。

“摇来摇去摇碎点点的金黄……”好奇怪，这样的魔音在课后不断在我脑海里回放。

不过语文老师终于让学生们能开口唱两首歌了，快夸我！

上面来人了 *

“上面”，是一个指代不明的词，是一切上级组织的统称。

教务主任杨贝说明天有上面的人过来检查。

这个“上面”指的是靖港片区校主管教育教学的几位领导，过来检查课堂教学和常规资料。

我想，学校14个老师，除开校长、即将退休的老师、两个临聘教师，最有可能被听课的就是我了。

下课了，杨贝向我竖起大拇指，说领导给予高度评价。

第二天，三个领导来了，彭志球、刘国良我都认识，还有一位大叔我没见过。

这位大叔在我经过走廊的时候瞟了我一眼，我预感他会来听我的课。我走进教室，他随后搬了一条凳子也进了教室。

果然不出我所料！

我才不怕呢！只要我的教学理念是正确的，教学方法是适切的，教学态度是端正的，教学准备是充分的，即便课堂有问题有瑕疵也是正常的，教学本来就是一门遗憾的艺术，谁来听课都是一样地上。

我需要关注的是学生，而不是坐在后面听课的人。

我上的是《宇宙生命之谜》的第二课时，这篇科普文的写作思路很清晰，非常好把握。

这位大叔听了半节课，就搬着凳子出去了。

下课了，杨贝向我竖起大拇指，说领导给予高度评价。我说：“他是谁呀？”

杨贝说：“片区校的周灿明主任。”

周主任把我叫到身边，让我坐下，查看我的教案，看我是不是按照备课来上课。

“你教了多少年书了？”他问。

“十几年了。”我说。

“难怪！课上得很好嘛！”他说。

那是，这点儿自信我还是有的，我自得地想。

不过，骄傲的话还是不要说出来啦！

“没有没有，我还在不断学习中。”我给了周主任一个谦虚的浅笑。

我请你

事务长周长有点像《水浒传》里仗义疏财的好汉。他偶尔买些乔口镇上包子铺的包子油条来改善我们不是面条就是蛋炒饭的早餐。

这些包子和油条总能被吃个精光，足见受欢迎程度。

他在我面前说的最多的话就是“我请你！”

他问：“你喜欢采耳吗？我请你！”

他说：“我这几天去趟广西，带螺蛳粉给你吃。”

我原本打算国庆假期去海陵岛度假的，他说认识南航的机长，可以请我坐免费的飞机。

他还说了很多请我吃喝玩乐的话。

大多数话我都不太当真，没有无缘无故的“我请你”，况且我也不需要采耳、吃螺蛳粉或者坐免费的飞机啥的。

但是周老师这番盛情我依然要感谢。

有一天他买了阳光玫瑰的青提，又大又甜，和我家附近水果店卖的相比，品质更上乘。我吃完不过瘾，问他哪里买的，多少钱一斤。

事务长周长有点像《水浒传》里仗义疏财的好汉。

他说：“我请你，不谈钱。”

第二天他就带来两包，我只要了一包。

结果还想吃。我再次问他哪里买的，多少钱一斤。

他说：“我请你，不谈钱。”

他又带来两包。

我吃完青提，决定不再问，也不再吃了。

不能老是占人家便宜对不对？

胡老师把这一大张撕成看似均匀的一块块，分给每个人。

红薯片子

胡老师带来一块红薯片子。

说是一块，其实是一大块。

它像毛巾一样，不断打开打开再打开，沿着它当初被制作好后对折对折再对折的逆程序，然后就从洗脸巾那么大变成了搓澡巾那么大。

上面密密的布满白芝麻，还有辣椒和紫苏细碎的身影。

胡老师把这一大张撕成看似均匀的一块块，分给每个人。

每个人领到了一块“洗脸巾”，刚被手撕扯过的薯片，又被人用牙齿撕扯起来。

说它软吧，有嚼劲儿；说它有劲儿吧，却不费牙。

有的薯片还混杂了酸枣和紫苏的味道，这反复地品咂竟可以分辨出薯片里所有食材的味道，真神奇！

每个人的嘴都在上下左右地咬合，像骆驼咀嚼干草，像山羊咀嚼树叶，赶走的是岁月寂寞，留下的是齿间的清香。

冰火两重天 *

整个九月太阳只熄火了一天，即开学典礼那一天。其他时间它的工作都是一丝不苟，极其尽责。

我的车载空调温度达到了最低值，放在学校空地上的车经过一天的裸晒，热气蒸腾，让人无法落座。

我祈祷太阳的激情能够收敛些，别这么张牙舞爪。

太阳可疼人了，索性国庆假期后就撂挑子，让我披上了棉衣。

乔小的老师们看我在棉衣里哆嗦，不禁问道："有那么冷吗？"

我说："这儿比城里低个两三度也是有的。"

我打开暖手宝和发热桌垫，煮茶壶的恒温模式也开启了，校长表示我的"核武器"真多。

女人不就是一种麻烦的生物吗？

我的车载空调温度调到了最高，这才不到一个月的时间，怎么会从一个极致到了另一个极致呢？

原来，比女人更任性的是天气呀！

老了老了 *

天冷了，刘老师戴个圆皮帽子，嘴角边干皱，像树皮，老态尽显。

他抓住了一只误入食堂深处的斑鸠，用小细绳绑住它的双腿。

那斑鸠的眼里一片澄明，似乎还不懂得失去自由之后接下去会失去什么。

“你抓它干什么呀？多美的一只鸟。”我说。

“我老婆常年头痛，据说吃了鸟能医头痛的。”

这个老头，还挺疼老伴儿的。

不过，我趁他不注意的时候，扯开了斑鸠腿上的细绳。说不定它也有老伴儿，它要是不见了，老伴儿也该头疼，那谁来医呢？

斑鸠叽叽咕咕地叫了两声，黑豆一样的眼珠亮晶晶。

“飞走吧，别回头！”我对着它远去的身影说。

你笑起来真好看，就像花一样！

一天开会，校长连说了19件事，我望见坐在角落里的刘老师百无聊赖，他似乎在等待宣布散会的那一刻。

我看着他，咧开嘴一笑。他回我一笑，然后我的手机上就多了三条短信。

是他发来的。

“你笑起来真好看，就像花一样！”

“人，年轻真好！”

“我们太老了，再见了青春！”

怎么突然觉得有些淡淡的悲伤呢？

大家口中的“威威”

学校这期开了课后服务，校长说食堂肯定也要开晚餐了。

校长要总务主任胡耀宜去“威威”买一个电压力锅，专门煮饭用。

高胖厨娘用这个锅煮出来的饭又粘又软，口感超好。

我夸厨娘水平高，夸这个锅买得好。

大家就夸起“威威”来。

威威文体用品商店是乔口镇上开了十几年的商店，里面的货品齐全，价格公道，老板极会做人。

学生说：“我们的文具都在‘威威’买。”

“那‘威威’有红薯片子卖吗？”我问。

“有的有的。”刘娟老师说，“你要是去就帮我带一包。”

校长怕我走错地方，让思远陪我去。

“威威”的店面果然算大，是一般铺面的两倍，里面文体、食品、日化商品，摆放齐整。

我买了三包薯片，像三床叠好的床单，到了学校就开始“撕床单”，每个老师都有份。

大家说：“不必这么客气。”

我把糖分给大家：“今天必须甜，我的结婚纪念日呀！”

校长说：“那早点下班去约会吧！”

校长果然“吃人嘴短”。

我把糖分给大家：『今天必须甜，我的结婚纪念日呀！』

嗡嗡声

这个班上课举手的人数少得可怜，回答问题的声音小得可怜。

有时候我在课堂上抛出一个问题，就如石沉大海，没有激起半丝涟漪，甚至有的学生不知道我在问什么。

偶尔班里能看到一只举起的手，就像沧海里的浮木一样给人希望。

这是廖泽翔的手。

廖泽翔很积极，但再往深里问，他就开始摇头了。

如果是刘苗、代宇航、刘子睿回答问题，他们发出来的声音我怀疑连他们自己都听不见。尤其是刘子睿，我试图从她张开的嘴型识别她的吐字，可惜她有时连张嘴都吝啬。

噢！我的天哪！绝望如我！

我必须让他们自信地大胆地表达，哪怕是错了也不要怕。课堂不是我的独角戏，真正的主角是他们！

我大肆表扬班里大声回答问题、读课文流利的孩子，树标杆、立榜样。设计的问题降低难度，让大家先尝到甜头，学会思考，学会融入。

我大肆表扬班里大声回答问题、读课文流利的孩子，树标杆、立榜样。

一些胆怯的孩子也不想自己和别人的差距太远，渐渐声音大起来。我觉得自己是个挺优秀的教练，这嗡嗡的，小得让人费老了劲儿听的声音，总算变成了不用弯腰侧耳屏息凝神去搜索的声音了。

实时播报

羽毛球的混战队伍开始扩大。

陈子信、李岱璇、刘苗、陈思涵从观众变成了参与者。

我抽过去的球直愣愣地射向陈子信的脸，杀气腾腾如利剑一般，陈子信招架不及，直呼恐怖。

刘苗的力气就和她的名字一样，还处于柔弱状态，打过来的球都到不了我跟前。

倒是李岱璇的技巧不错，可以大战几个回合，但是她的球力量有余而速度不足，没有丝毫威慑力。

一众人马纷纷与我交手，任子聪的嘴开始不闲着。

“杨贵妃接住了，他打了一个又高又远的球，左老师回给他的球实在太有力量，杨贵妃又接住了！这是他接住的第二个球，比赛依然胶着，左老师毫不慌张，她志在必得！噢！杨贵妃失掉一球，现在场上比分1：0，左老师领先！”

“杨贵妃重整旗鼓，发起攻击，左老师有力回击，杨贵妃打偏了，他把球打到水沟里去了，左老师再得一分！”

天哪！天才！这个上课从不举手，考试从未及格的人，居然有这般口才。他眼疾嘴快，观人于微，浑身像通了电一般活泛跃动，哪儿像上课那般沉默木讷灵魂飘移？

“杨贵妃”就是杨承宇，课上我说唐朝以肥为美，大概就是杨承宇这般肥胖。孩子们便把“杨贵妃”的头衔给了他。

我也有接不住的时候，杨承宇的球技精进不少。刘星源书念得好，球也打得好。我打得不好的时候，会让对方多来一个球。他们轮一圈等待得也不容易。

“看到没？左老师让我再多打一个。”学霸邓智宸得意扬扬。

几个男生上去哄抢他手里的拍子，表示不能得了宠还这么骄矜，做人要低调。

邓智宸一双大眼瞪向我，求救。

我制止了喧闹，表示玩闹适可而止，还是抓紧时间吧，后面的人等着呢！

校车司机手痒了，跑过来和我打了几轮，杨承宇起初看我们的对打挺专注，后来发现自己被剥夺了上场权，受不了，大叫着：“我们也想打。”

刘师傅也知趣，把球拍还给了他。

一节课下来，羽毛球被打成残花败柳，几片羽毛已脱落，剩下的羽毛叉开着，像乞丐的头发。

杨承宇说：“下次我自己带球拍，还要和左老师打。”

他除了读课文用普通话，其他时间一律说本地话。

杨建红老师说：“一个班都打不过你，好厉害啊！”

我说：“后生可畏，不久后他们就会像凶猛的小狼，具备很强的攻击力了。”

比如任子聪，我就没想到，还会实时播报。

假如我们都没有听过贝多芬创作的曲子，又如何感知他的伟大和卓越呢？

懂不懂尊重

音乐书上有一课是贝多芬谱曲的《欢乐颂》，我打开视频让学生欣赏。

画面中出现了一个激情昂扬的指挥，正入情入境地挥舞指挥棒。

音乐到了低缓处，刘俊驰和廖泽航觉得乏味，玩闹起来。

我停止播放，目视他们。

我说：“本学期我们将要学习一篇课文叫《月光曲》，讲的是贝多芬来到莱茵河边的一个小镇上演出，晚上散步的时候，他被断断续续的钢琴声吸引，来到了一所茅屋前，他听到茅屋里兄妹的对话，情不自禁地走进茅屋，为兄妹俩弹奏了一首自己的曲子，又即兴创作出月光曲的故事。”

“为什么兄妹俩那么喜欢贝多芬创作的曲子？”

“假如我们都没有听过贝多芬创作的曲子，又如何感知他的伟大和卓越呢？”

全班肃静，刘俊驰和廖泽航的笑容开始收敛。

我继续说："上个周末我去长沙音乐厅听王琛和湖南民族乐团的演奏，我迟到了，管理人员说里面正在演奏，需等到演奏完这支曲目，才能入场。我只能在场外等待。这就是对表演者和观众的尊重。"

"我进了场，认真聆听，在此期间没有接打电话、喧闹和拍照，这也是对表演者和观众的尊重。"

"节目结束，所有观众都会鼓掌，这更是对表演者的尊重。"

"如果你不感兴趣，可以试着去了解，世界这么大，有趣的事物这么多，看看听听总没错。"

"我希望下次音乐课，大家能学会尊重。"

刘俊驰和廖泽航瞬间乖巧了不少。

还能给到学生什么

我挺喜欢听音乐的，我想让学生知道更多类型的音乐。

比如民乐合奏。

我放出《春江花月夜》的民乐合奏视频，演奏家们或弹琵琶，或奏古筝，或拉二胡，或敲扬琴，或吹箫，如痴如醉，如醉如痴。优美质朴的抒情旋律，流畅而富于变化的节奏，丰富多彩的演奏技法，有如一幅动人的长卷山水画，贴切地表现了乐曲的诗情画意。

我放出《十面埋伏》的民乐合奏视频，琵琶高超复杂的绞弦技巧真实地再现了战争的惨烈。难怪白居易会感叹"大弦嘈嘈如急雨，小弦切切如私语。嘈嘈切切错杂弹，大珠小珠落玉盘"，这样的描

我挺喜欢听音乐的，我想让学生知道更多类型的音乐。

述是多么精妙！

我放出《百鸟朝凤》的唢呐演奏视频，演奏家用唢呐模仿鸟叫声，由笛子与之相对答呼应，互相竞赛，展现出山雀啼晓的意境。

我说：“西洋乐器中的萨克斯，我们也可以感受一下。”

一首经典曲目《回家》在教室里响起。

学生们安静地听着，我有些欣慰，他们至少学会了倾听。

音乐课还能给到学生什么？我想到刘铁芳教授在《兴发教育何以可能》这场讲座上谈道：“在个体与世界感性相遇之中，唤起个体向着世界的爱。”

学生们安静地听着，我有些欣慰，他们至少学会了倾听。

音乐，就是个体生命向世界敞开的一个通道。

我向学生推荐加拿大人气兄弟音乐组合“音乐旅行之爱”（Music Travel Love，简称MTL）。

在田纳西州的空无一人的白色大铁桥上，这两个人，两把吉他，两个话筒，两个耳机，再加上一部苹果笔记本，用富含磁性而又温柔万分的嗓音，竟然把一首歌演绎出了一个新高度，用情至深，直抵心灵深处。

他们推出的*Right Here Waiting*，*What a Wonderful World*，*Perfect*，*See You Again*，*Somewhere Over The Rainbow*，*Heal the World*等经典翻唱歌曲视频中，有美国犹他州广袤的沙漠图景，有东南亚海天一色的异域风情，有大湖、峡谷和瀑布等令人叹为观止的美丽风景。

他们，就站在这些美景的中央，温柔地吟唱。丰富的拍摄视角，给观众营造出亲临现场的恍惚感受。

从MTL的音乐作品中，可以感受到的是歌手对爱情、友谊和美好生活的歌颂和向往，这些元素正是驱散隔阂、无知和愚昧的良药。

欣赏不同风格的音乐，让我们有机会体会大千世界的多元。

我把河南卫视的舞蹈《祈》带给了学生。

舞者翩若惊鸿，婉若游龙，在水下上演了“飞天”，水随舞动，衣随水流，舞姿清逸灵动，刚劲有力。

爱这个世界，融入这个世界，给予个体成人以本根性孕育，我的每一堂课，都不能荒废。

误闯教室的蜜蜂

蜜蜂自认为像个无人机，静静低低地飞进教室，无人知晓。

其实它并不庞大的身躯却因了一根蜇人的刺而倍增恐怖。它悬停在谁的脑袋上方，谁的头皮就一阵发紧；悬停在哪块区域，哪儿就一片尖叫。

课没法继续下去了，因为当它就在我的头顶时，我也有点慌。

刘俊驰拿起书本驱赶，蜜蜂飞翔的速度加快了，左躲右闪，它在尽力逃避那灭门的一拍。

我指挥着学生门窗大开，想让它安全无虞地离开这里，相安无事是最好的。

果然它还是向着更广阔的地方飞走了。

我长吁一口气，回到上课状态。

结果王者归来。它是从外墙未关的窗户里飞进来的，它在教学楼兜了一个圈，像从电影院的入口出去，又从电影院的出口进来一样。

它再一次误闯教室，让人觉得这是一种不要命的故意。

它再一次误闯教室，让人觉得这是一种不要命的故意。

一阵慌乱的尖叫响起，拿起书本拍打驱赶它的队伍在扩大。它飞舞的姿态不再悠闲轻巧，而是带着意识到了大难临头的慌张。

“啪！”正在我反应不及、蜜蜂也反应不及的时候，刘俊驰拍死了它。

课堂恢复安静。蜜蜂的身体就在窗台上躺着，阳光掩埋了它。

兑现蟹的承诺

美食家称吃蟹，是秋天最隆重的事。一步一景的秋天，最具有代表性的风物，便是菊黄蟹肥。

贺伟洪来电话了，说一直答应请我吃蟹的，再不吃就误了季节。乔口就不来了，但是买到了乔口的蟹，可以找个地方加工。

晚上我们约了几个同事，聚在一个环境清幽的农家小院。和上次小聚一样，他点了我最爱的鱼。

今年的阳澄湖大闸蟹没吃出什么味儿，可能是买早了，蟹黄不怎么肥。

“食蟹，西风，饮酒，赏菊，吟诗”，文人雅士爱做的事，我们先挑第一件来做。十几只蟹蒸好了摆在圆盘里围成一个圈。梁实秋在《雅舍谈吃》中写下：“食蟹不失原味的唯一方法是放在笼屉里整只的蒸。”

要的，就是这份纯粹。

吃蟹，是一项复杂的事。先是剪掉螃蟹的几条腿，然后轻轻一拨，露出完美的蟹黄。蟹黄肥美得流出油性液质，真是好蟹，乔口的蟹可不逊于阳澄湖的蟹呢！去除几处不能吃的部位，剩下的就搭配一些姜丝醋慢慢品味。吃螃蟹是不能急的，需要耐心而细致地去与之相处。

月明之夜，轻微的秋风拂过，清凉如水的日子，自醉其中。

月明之夜，轻微的秋风拂过，清凉如水的日子，自醉其中。

和诗以歌

《经典咏流传》用“和诗以歌”的形式将传统诗词经典与现代流行相融合，为现代文明追本溯源，树立文化自信。音乐课让孩子们看看，再合适不过。

经典传唱人王俊凯说：“一首经典，教会我们惜时如金，时间是人生最宝贵的资源，对于古人来讲，时间就是未来，而对于今天的我们来讲，未来已来。我把《明日歌》唱给你们听！”

孩子们听得很认真，一是王俊凯是青年偶像，年龄与形象都具有亲和力；二是歌词易于理解，旋律轻松流畅。

“我们这一代新鲜人的血液里面，还是流淌着中国文化的基因，让我们时时刻刻感受到自己成长的根基在哪里。”

王俊凯所说的，也正是我想对学生说的。

满族歌手那英演唱了由清代著名词人纳兰性德的《长相思·山一程》改编的《山水又一程》。

孩子们五年级曾学过《长相思》这首词。我也写过一篇此篇课文的文本解读和教学设计，所以此时听到音乐版的《长相思》，格外兴奋与亲切。

那英的歌声，像是把听歌的我们带回了那个风雪交加的夜晚，看千帐灯火，雄关漫道。千百将士，“虽则雄壮，思乡情切”。

李宇春用歌唱的方式演绎中国现代诗人海子的代表作，一曲《面朝大海，春暖花开》轻柔温暖。

“从明天起，做一个幸福的人，喂马，劈柴，周游世界。从明天起，关心粮食和蔬菜，我有一所房子，面朝大海，春暖花开。”

歌里有海子的美好祝愿，海子的真诚善良，他愿每个人都能在尘世获得幸福，从明天起，做一个幸福的人。

向那些久盼春天的日子告别，向那些深埋凛冬的遗憾告别。

向那些久盼春天的日子告别，向那些深埋凛冬的遗憾告别。

笑与泪，经历与成长

本学期语文教材中的“快乐读书吧”的主题是成长小说。

“成长小说”是指主人公自幼年或者少年至成年，经历一系列或苦或甜的经历，从天真烂漫至成熟世故的历练过程。例如《小英雄雨来》是革命题材的成长小说，讲述了抗日战争时期，晋察冀边区的少年雨来从调皮淘气，到掩护革命干部，和日本鬼子斗智斗勇，经历各种艰难，最终如愿加入游击队共同抗击日本鬼子的爱国故事。

本学期语文教材中的“快乐读书吧”的主题是成长小说。

“快乐读书吧”中的C位（Center）小说是苏联作家高尔基的自传体小说《童年》。作为开篇小说，导读更是需要缜密的部署。导读时，我先通过秒懂百科的小视频让学生明白小说中的主人公阿廖沙就是高尔基童年的原型，接着向学生介绍，所谓自传体小说，指的是作者以自己的亲身经历为小说的原型，运用小说的叙述方式，再经过想象加工而成。

《爱的教育》是日记体小说，我补充了亚米契斯的资料，并让学生观察目录，浏览大致内容，说一说这部小说和自传体小说有什么不同。学生马上发现《爱的教育》是以日记为主要写作方式的小说，讲述了意大利一名叫安利柯的四年级男孩逐步成长的故事。

有了之前“快乐读书吧”三部小说的阅读方法，学生对“成长小说”已经比较熟悉了，我拓展到课外的“成长故事”。

我向同学们推荐了望城籍作家邓建华老师的《红冰的少年》，此文讲述了一位叫红冰的孩子二至五年级的成长小故事。

可惜的是，装得太多了，裤管、裤裆死沉，就在他空出一只手捡书包时，脆弱的布裤带不堪重负，“噗”的一声断了，裤子垮了下去，酸枣子满世界滚。

读到“偷枣”这一节时，这样的情节实在有画面感，学生们忍俊不禁。

> 红冰说，山里的野猪、野鸡、野兔、斑鸠、牛屎八哥都给捉尽了……

读到“敲鱼”这一节时，孩子们听到“牛屎八哥”这个词，一阵哄笑。

> 红冰长这么大，第一回看见牛跳舞，就丢下蚂蚁团队，往牛这边过来。
>
> 刚刚靠近牛，他就狂叫不止，捂住脸、额头，满地打滚。
>
> 我的天，老牛踩翻了个马蜂窝！

读到“遇蜂”这一节时，滑稽的老牛仿佛就在眼前，学生们笑得合不拢嘴。

读到『遇蜂』这一节时，滑稽的老牛仿佛就在眼前，学生们笑得合不拢嘴。

廖泽翔说：“这样有趣的书哪里买？我要买一本！”

我说：“这只是一篇小文章，我也慨叹它太短小，看不过瘾，不过从这篇文章中不难看出，写成长小故事不那么难，很容易让人共情，只要你将故事写得有神采！”

在丰富多样的阅读活动下，学生逐步走近人物，感受他们的成长，体会自身的成长。这样的旅行一定会让学生身心愉悦，满载而归。

对啦

又到了羽毛球时间，中低年级的小观众瞪着眼睛看我们的对决。

刘宏为老师想体验一下和我交手的感觉。他拿球拍的姿势有些不自然，他解释为好久没打了。

他发球的姿势更不自然，刚发过来的球就被我抽了回去。他的第一反应是摸自己光溜溜的脑袋，而不是去接球。因为球是擦着他的头皮过去的。

又一个回合，李岱霖的回击依然漂亮。

“不要那么凶嘛！”刘老师嗔道。

我才不听他的，谁叫他平时尽讨些嘴上便宜，总拿我开心？我想用另一种方式告诉他，有些玩笑是不可以随便乱开的。

不一会儿他就弃了拍子走了，明显不是一个量级的嘛！

李岱霖长得高挑，也非常珍惜和我对打的机会。她打过来的球比较高远，我想把她的手腕训练得更有力。

我说对准目标再用点力。球果然更高更远了。

“对啦！”我报以肯定。

又一个回合，李岱霖的回击依然漂亮。

“对啦！”我报以肯定。

就这样四五次“对啦！”，旁边观战的小屁孩们就跟着起哄。

一个球打过来。

“对啦！”

又一个球打过来。

“对啦！”

整个操场响起了来自不同年级的、比读书声还整齐的“对啦！”

我简直可以闭嘴了，因为一切有他们代劳。有时候学生打过来的球角度不够好，我就会说：“错啦！”然后场面就不可控了。

对面的球过来了。

“对啦！”

“错啦！”

“对啦！”

“错啦！”

夹杂着或对或错的童音，飘进了白云的耳朵里，我分明看见它在笑。

戏精上身

口语交际课，学生们自选话题进行交流，主题是“请你支持我”。

杨承宇和代宇航结为一组，他们选择的话题是“说服妈妈，让她同意你在家养一只小狗”。

杨承宇扭着肥胖的身子登场了，一看就是个霸气侧漏的“妈妈”；代宇航本就瘦弱，说话来细声细气，像极了一个唯唯诺诺不敢吭气的“儿子”。

口语交际课，学生们自选话题进行交流，主题是『请你支持我』。

代：妈妈，我能问您一件事吗？

杨：港撒！

代：我想养条小狗。

杨：伢子哎，养狗奏么加咯？

（一阵哄笑）

代：因为我每次做完作业后很孤单，有条狗我可以逗它玩儿。

杨：你到学校里切又哦里搞？

（一阵哄笑）

代：我会给它准备好足够的水和食物。

杨：好啰崽哎！

杨：空几年给你把那条狗炖哒恰噶！

（全场笑翻）

还别说，这方言的效果杠杠的，杨承宇那脱腔的话语，不经意传递的神情，活脱脱一位严中有爱的家庭妇女。如果再顶一头短卷发，那就是十成十的“堂客”了。

这个戏精头脑还蛮灵光呀！我开始发掘他身上的无限潜能。我经常叫他读课文选段，他基本上能做到一字不差，这也再次证明了他的应变能力和表达能力的突出。我表扬他的每一次进步，让他在我的课堂上少做点抽屉里烤羊肉串的小动作，而是乖乖地交叠手臂，成为一个向上向善的好少年。

这个戏精头脑还蛮灵光呀！我开始发掘他身上的无限潜能。

比起九月份从不睡午觉也闭不上嘴的那个他，现在已然好多啦！

扭啊扭啊扭啊扭 **

张智钦走起路来浑身软软的，尤其是腰肢部分。从远处走来，就看见他扭啊扭啊扭啊扭，说话间的举手投足也有些女态，这就是他惯于人前的人设？

这家伙每次小测验知道我会用什么试卷，提前会瞄下参考答案，但又恰到好处地犯点小错，让人觉得他不是照搬照抄，让人觉得他不是瞄的答案而是恰好和答案想到一块儿去了。

自以为聪明的小伎俩怎么可以瞒过我？

看破不说破，还有师生做。

就让事实赤裸裸地展现出来吧！

有一次我在讲转述句这个知识点，我出了一道题在黑板上。

我说："张智钦，你每次小测验都是优秀，你上讲台把这道题做完。"

张智钦写。

"错啦！"我说。

张智钦写。

"错啦！"我说。

张智钦写。

"错啦！"我说。

"你每次考得那么好，怎么这道题错三次还不会？是不是其中有诈？"我话里有话。

他有些脸红。

"下次随堂检测我会找另外一套题，假如平时优秀的人依然优秀，那就是真金不怕火炼了！"

我又看向他。

他的脸更红了。

我想起他向我走来的那扭啊扭啊扭啊扭的情态，看着他红到耳朵根的神态，心突然破防了。

多可爱的小男生呀！

嗲声嗲气 **

刘星源的领悟力和接受力很强，是我打心眼里喜欢的学生。

他的成绩可是NO.1哦！

他的单元习作总能抓住训练要素，写的切题而且质量上乘。

我每次改他的作文和试卷，都有一种“心有戚戚焉”的感觉。

深得我心呀深得我心！

只是说话吐字没法字正腔圆，还带点儿小男生声音将变未变的嗲声。

读课文吧，这种嗲声就特别明显。

长得一副帅气小伙样儿，怎么说话没个小男子气概？

我受不了了，模仿他的语音说，这样读课文好吗？

班上笑翻了。他脸上飞起一片红云。

然后我用普通话做了一遍示范。

之后我就总会嗲声嗲气情意绵绵地叫他“刘星源——”

之后班里学生就会嗲声嗲气情意绵绵地叫他“刘星源——，左老师叫你！”

他脸上飞起好多片红云，给了我一个羞涩的眼神。

多像掀起盖头的新娘呀！

刘星源的领悟力和接受力很强，是我打心眼里喜欢的学生。

换座位 *

一开学就有家长说自家孩子眼睛视力不好，能否做到中间靠前的位置。还不止一个家长有这样的要求。

中间靠前，黄金VIP地段，谁都想要的位置，炙手可热的位置，万众瞩目的位置。

答应了你，如何安抚他人，确保公平？

我的规矩是按身高相对平均站队，分批次排座，每周横向纵向位移，简单一点说，即每个人任何座位都要轮流坐到，没有任何特殊情况可言。

“她现在是近视镜了，度数已达到了五百度，所以麻烦老师可以调中间一点坐吗？”家长说。

“因为她的个子本来就矮小，移到后面她还能看得到吗？前面的同学都比她高，再加上她本来是属于注意力不集中的那种，我怕她上课开小差时间多，听课的时间少。”家长又说。

我发了篇网上的文章给这位家长——《开学了，家长要求老师把座位安排在前排，这样好吗？》，文中强调：“一直坐前排或固定一个位置，这会将假性近视的孩子变成真性近视，或使近视度数进一步加深。因此，最有效的方法是如果出现视力下降、视物模糊的情况，要尽快到专业视光机构进行科学验光，以确定近视的真假。不要让孩子一直坐在某一个固定位置，最好是一周调1—2次座位，前后左右都坐坐。”

然后我回复：“我会按规矩来，会关注每一个孩子。”

家长再无多话，还是蛮通情达理的。

芝麻豆子姜盐茶

菜菜老师穿了件新衣服。

她告诉我们的时候，我们都献上赞美："好看！"

她给每个人端上一杯芝麻豆子茶，端给我的时候，我说："太客气啦！"

她说因为穿了新衣服啊！

下午，桌上又摆了一杯新泡的芝麻豆子茶。擂碎的生姜和炒熟的芝麻、豆子漂浮在表面，飘逸阵阵香气。冬天喝些姜汤水本就暖身，再加上里面的吃食，这茶就更让人心有期待了。

我总想吃到杯底的豆子，所以急急地喝完水，待到喝得一滴不剩，就是豆子被消灭的最好时候。我不喜欢把杯底混杂的姜末、茶叶、芝麻、豆子一股脑儿倒在手心里吃，也不喜欢用手指在杯底一阵抠挖，我就喜欢纯粹地挑豆子吃，不夹杂其他的任何东西。

如何吃到呢？我的秘诀是摇啊摇啊摇。摇晃一下杯子，一两粒因水黏着茶叶姜末的豆子像抖落一身泥土的叶子，一身轻松地滚落到杯沿，然后就落到我的嘴里。

啊，我像喝到水的乌鸦一样开心！

啊，我像喝到水的乌鸦一样开心！

晃啊晃啊晃，又有几粒豆子被我吃到嘴里。

这几粒黄豆突然像变身成了糖豆，竟是这样甜！

直到杯底的黄豆被我吃尽了，才是彻底的满足。

第二天，菜菜老师又端来一杯。

要不要这么持续的热情啊，仅仅为了一件新衣服？

陪你走走

11月的上旬一系列的好天气。

每天都有人陪我去乔口的小河边走走。

菜菜老师说："我陪你走走。"

我把车停在镇政府，绕过百寿街口，就到了小河边。

真羡慕河边的原居民，就在自家门口支个架子，将大小衣服、床单被罩晾晒在大太阳下，赤裸裸地吮吸阳光的味道，婴儿吸奶瓶一般。

我也愿意在这样的冬日暖阳下晾晒自己，把自己当作一件衣服，刚洗过的带着洗衣粉清香的衣服，晒得轻飘飘，晒得飘飘然，一点儿也不想躲到阴影里——那没有暖意的阴影。

街口摆了个小摊，叫"秦记口味鱼"。

菜菜老师说："难得看你摆摊呀！"

老板娘说："难得天气好！"

菜菜老师说要请我吃这些口味鱼，这些鱼嘴巴、鱼肚子、鱼泡、鱼肉做的腊制品。

我摆手。她说："不吃你会后悔的。"

她买了一斤给我，我带到办公室，用手拈了一块。

不知道学生们是不是属猫的，嗅着香味而来，鱼贯而入，纷纷围观我吃鱼的样子。

"老师我也想吃。"邓紫嫣的眼睛在流口水。

我有些尬，这一袋鱼也不够分呀！我抱歉地摇摇头，在大家留哈喇子的时候吃完了一块鱼。

味道真是不错呀！

吴景林老师说：“我陪你走走。”

她指着河边一户人家说：“这就是我的家，这条小河就是我童年的乐园。”

她的母亲站在门口，健朗朝气。

吴老师说，她的母亲已经70多岁了。

这地方可真养人！

河边几个男人在钓鱼，吴老师说要试试手。

她豪气地跨坐在凳子上，静等一会儿就起竿，一条小小的鳑鲏鱼在钓钩上扑腾。

她说：“运气真好，上来就是一条，你来试试！”

我没钓过鱼。

旁边的男士帮我甩出鱼钩，说：“待会鱼漂沉下去我叫你你就起竿。”

我试了几次，每次起竿的时间都是对的，但没看到鱼。

男士说：“这个点的鱼口不好。”

就是鱼想吃又不想吃的样子，就像人没有好胃口一样。

鱼漂沉下去，我感觉这次是上钩了。我猛地提起来，鱼竿有些沉，露出水面的一点儿银亮，让我欣喜万分！

人生第一竿，怎能不喜欢？

吴老师拍下这历史性的一幕。

鱼还咬着钩不撒口，尾巴前后摇摆，极尽生命的欢腾。

鱼还咬着钩不撒口，尾巴前后摇摆，极尽生命的欢腾。

男士教我摘鱼，脱钩放入鱼护。

我很是喜欢这地方带来的闲适、宁静，云堆满了天空，蓝蓝的底色只露出了那么丁丁点点。云铺满了河面，河底有什么根本看不清。原来鱼翔浅底的最好掩护是天空中的云啊！云和水，相濡以沫，难分难离。

一阵阵家常菜的香味飘来，一阵阵锅与铲的碰撞声传来，如此

▲美丽的乔口小河边

熟悉又亲切。人对炊烟的迷恋，就像人对大地的迷恋，那是踏实和安全的源泉，只有闻到这温暖的气息，听到这样清脆的声音，漂泊的灵魂才得以安定。

我突然想在这里长长久久地住下，在水一方，在水之湄，在水之涘。多少次午夜梦回，我的脑海里都出现了一片辽阔而神秘的水域，我是多么想做一条天空的鱼，一条小河的鱼，一条生活的长流里蹦跳不息的小鱼，在纯净的烟波里游弋。

一个老太太端出一盆水来，泼洒在自家的小院里。

我有些失望。这里是不会有空房子的，这里的人都安于这清静，是不会选择离开的。别处有什么好？对于他们来说，生活在此地，优于生活在别处。

吴老师说："等有人转卖屋子的时候，我再告诉你。"

但愿有这样的好消息吧！

云，再陪我走走。

水，再陪我走走。

我突然想在这里长长久久地住下，在水一方，在水之湄，在水之涘。

送本书给你们 *

我早就在心底酝酿，要给学生们留下无可替代的影响。

我想把纪红建老师的《哑巴红军》送给班里的每一位学生。这部作品发表于2006年第7期的《中国作家》，反响强烈，中宣部、中国作协作了推介，《人民日报》《文艺报》进行了专门评论，获得了“中国作家鄂尔多斯文学奖”、解放军文艺优秀作品奖。

待师生共读完整本书后，纪红建老师能到班上来和学生面对面交流，那就更好啦！

我把这些设想说给纪老师，他的回复是：“我一定来！”真是开心又感激。

我把这些设想说给学生们，学生们充满期待的眼神里闪着无数小星星，他们的表情告诉我，“好极了！”“太棒啦！”

我把这些设想说给校长，他表示全力支持。

双“十一”，我买下27本纪老师的书。学生把办公室围个水泄不通，纷纷想一睹为快。杨承宇剪下包裹上的编织带，27本整整齐齐码好的书便露出了真容。

学生们高兴坏了！我让班上字写得最好的陈梓萱在每本新书的右上角贴好标签，写下每个学生的名字。

陈梓萱一丝不苟地贴着、写着。

下午，我把书发到大家手里。我说，大家一定要好好爱惜这本书，千万别把它弄脏了，等到纪老师过来，大家可以找他签名哦！

学生们点点头，小鸡啄米似的。

我说，不了解这个人，就不会彻底读懂他的文，我们先来认识一下纪红建老师。

我说，不了解这个人，就不会彻底读懂他的文，我们先来认识一下纪红建老师。

我打开网上关于纪老师的简介和创作经历，细细道来。

纪红建，湖南望城人，著有《乡村国是》《大战“疫”》《哑巴红军》等长篇作品二十余部，获第七届鲁迅文学奖、中宣部第十五届“五个一工程”特别奖、第二届“茅盾文学新人奖”等，中宣部“宣传思想文化青年英才”。

学生们秒变小粉丝。

我说，送大家一本书，是希望大家通过这一本书去打开生命中的多本书。读书是静定的滋养，要学会从书中去发现世界的新奇、新鲜和新知。我们不能匆匆读完了事，师生共读后，我们还需自己在寒假里精读几遍。明末有个思想家叫顾炎武，他的读书方法是“新旧法”。他花大量时间复习读过的书，每年至少空出三个月不读新书，只复习和整理旧知识。用他的话说：“贪新而弃旧课，徒劳无益。”可见先贤大儒并不只顾着读新书，更注重旧知识的复习。大家可以做读书笔记，写读后感悟，画思维导图，编演课本剧，让这本书产生最大的能量。

我坦诚地说：“教了这么多届学生，还就是这个班，我是每人送了一本书的哦！你们看我的爱有多深。”

我说，送大家一本书，是希望大家通过这一本书去打开生命中的多本书。

▲手捧纪红建老师新书的孩子们

学生们心领神会，眼睛里流露出的是感激。

“来，大家把书立起来，我拍个照！”

学生们看着镜头，镜头里的学生腼腆得不敢咧开嘴笑，这是最本真的童心啊！

一次征文

镜头里的学生腼腆得不敢咧开嘴笑，这是最本真的童心啊！

我把《望城文艺》的征稿启事读给学生们听：

> 为培养和提高我区农村学生的写作兴趣，《望城文艺》冬季刊特开设“校园艺蕾”栏目，稿件要求原创首发，主题为“一江两岸　爱我家乡”，文体不限。
>
> 一经选用，稿费每篇50元，赠送当期《望城文艺》二本、鲁迅作品一本、非遗文创纪念品一个。

因为平时我在学生面前没少说过，我之前带的学生在某某报纸上发表文章的事儿，那新鲜感和兴奋劲儿通过我的讲述传达到了学生们的心里，再加上这次的奖品奖励价值丰厚，学生们跃跃欲试。

我说，乔口是个美丽的地方，大家要写好它，写透它，写出它区别于其他地方的韵致。

我把自己发表在《长沙晚报》的《柳林美景》读给学生们听，把刘亮程的《炊烟是村庄的根》读给学生们听，我告诉他们，诗化的语言才是美的，你看，几股炊烟都能写成一篇文章，说明一件小小的事物只要你写透了，它是可以传神的。

学生们交上了草稿，有几篇还真的底子不错，我像在草丛里发现了钻石。

岸边，几头黄牛摇着尾巴慢悠悠地向这走来，走到岸边时停了下来，低下头来吃草，吃几口就停了下来，静静地站着，尾巴停止了摇动，眼睛呆呆地望着前方，在思考什么似的，又像是欣赏着柳林江这独特的美景，迟迟不愿低头吃草。

——邓智宸《顺着江的方向》

靖港，我璀璨的家乡。时间的浮沉，千秋的逝去，往事翩飞拂过，永远地离去，唯一不变的是家乡于我的心。步入靖港，映入眼帘的是一条大道的摊子，这里的店铺不会卖电子产品，多的是原住民做的纯手工制品，仿佛不与时代挂钩，但还是深入人心。这里的一切都很特别，慈祥的奶奶拿着小板凳坐在摊前，用苍老的手一针一线地绣着布鞋，尽管手上长满了老茧，但是很容易看出奶奶对绣布鞋这件事的喜爱。坐在她旁边的不是奶奶的老伴，而是不知从哪里赶过来的美术生在给奶奶作画。我打心眼欣慰，也为奶奶感到开心。

——彭雅曦《风吹过的港》

不远处，一条幽静的小路上，时不时传来一阵爽朗的笑声，在灯光的倒影下，两个身影并排走着，那是爷爷奶奶在手牵着手散步呢！他们有说有笑，谈论着今天的趣事，也享受着这眼前的美好。湖面上若隐若现的点点蓝光，那是傍晚在柳林湖边垂钓的叔叔们鱼竿上的小夜灯……

——陈思涵《柳林湖畔》

在这片菜地里连虫子也在享受。虫子是爱吃草叶子的。每次外公都得来检查好几遍，看看到底有没有虫子在吃新长出来的叶子。但这些虫子在这片菜地里吃叶子的时候，也会很享受。如果有人问谁家的菜叶子烂得最多？那肯定数外

学生们交上了草稿，有几篇还真的底子不错，我像在草丛里发现了钻石。

公家。虫子爱吃我们家的菜叶子也是有原因的。因为外公家的菜十里飘香，保护得很好，所以虫子在吃我们的草之前，都会闭上眼，深吸一口甜润的空气，再去吃菜叶子。

——刘晨嫣《溢香的菜籽》

夜幕降临，路边、桥旁的灯都会一齐绽开五颜六色的彩灯，那灯光璀璨夺目。当你在桥上走着时，可以隐约听见几声鸟叫声或老虎声，不要害怕，只是因为在桥的不远处有一个动物园。如果你站在金鱼雕塑旁，一眼望去，就能看见一个又高又大的摩天轮。摩天轮早上的时候不太会转动，但到了晚上它就会发出绚丽的灯光，五彩斑斓，一闪一闪的，像天上的星星穿上了彩色的衣服，在天上眨着眼睛。

——刘佳怡《渔乡的曲子》

夏季时在小路上行走，你一定会听到蝉在某棵茂盛的树上欢快地唱歌，好似在迎接这炎夏的到来。一不留神，火辣辣的太阳将不再烘烤这片大地，藏在那半山腰，小路上就会有形形色色的人们在散步，而这些事情往往又增添了几分风味。

——刘心琪《千变万化的村庄》

上河街边的柳林江的景色则更为迷人。在山花烂漫之时，景色尤为惊艳。唐代的王维有诗云“桃红复含宿雨，柳绿更带朝烟。”清代曹雪芹亦有诗云“将那三春勘破，桃红柳绿待如何。”由此可见柳林江在春天时的美丽。若气运绝佳，更有幸见得更为美妙之景：片片桃花瓣飘向江面，条条柳叶垂落水中，漾出缕缕波澜，也漾出只只探出水面的白鹅，如同出土的春笋。

——刘星源《流淌的水，不变的情》

天哪！我是在带一个作家班吗？幸福来得好突然呀！

天哪！我是在带一个作家班吗？幸福来得好突然呀！

读懂你的眉眼

刘子睿是不怎么吱声的人。

我问她和谁住在一起，她用几不可闻的声音说和奶奶住，爸爸妈妈在外面工作。

大部分时候，我和她说话，她都不出声，我只通过她微挑的眉和稍稍睁大的眼，读出她对某件事的赞同，或对我任务安排的赞同。

晓叶和她走得最近。

她俩经常在我的办公室门口站着，看我喝水看我改作业看我敲键盘。简直是哼哈二将。

晓叶的嘴里不断会有十万个为什么蹦出来。

而她很安静。

她安静地看我，等我发号施令，比如去叫一下谁谁谁，去帮我拿一个什么物品，她接令后飞也似的跑走了，很快就完成了任务。

我表扬她，她几乎没有笑容的面目上眉眼稍动，那是她高兴了。

我表扬她，她几乎没有笑容的面目上眉眼稍动，那是她高兴了。

我把她叫到跟前，给她一包零食，说："公区专干不容易，奖给你的！"她几乎没有笑容的面目上眉眼稍动，那是她高兴了。

居然还有这样沉得住气的人呀！我惊呆了，换作我，我早就喜形于色了。

我可没有她这样的好修为。

但是她对别人不这样，我也听过她声音较大的时候，比如："左老师港滴（方言，'讲的'的意思），……"

我的话是"圣旨"吗？有这样一个小迷妹我很开心呀！

一天课上我提了个问题，发现她的手似举非举。天哪，这是在准备回答问题吗？

我欣喜若狂。

她张了嘴，回答问题的声音居然被我听到了。天哪，这是奇迹吗？

我欣喜若狂。

这变化也太大了吧？这也太给面子了吧？难怪我长了一张大圆脸。

她总扎着两个冲天炮一样的羊角辫，看我的眼睛定定的，那眼神像天山的水一样纯净。

她看住我的时候，我就明白了，她是喜欢我的，是的，喜欢我！

我的班长真是超级乖巧超级懂事的。

谢谢你的喜欢！我也喜欢你呀！

这么懂事的你

我的班长真是超级乖巧超级懂事的。

她会把练习卷复印得好好的，A3正反面那种。

她会把晨午检做得好好的，体温枪对准了每个人的额头。

她从不说谎，为人正直，她读书大声堪称模范，她巧妙地避免与捣蛋鬼的正面刚，又十分有原则地指出班上同学存在的陋习。

她简直完美！

这么完美的女孩竟是刘宏为老师的孙女！我感到画风严重不搭。

我在班里调查留守儿童的情况。她第一个站起来。

我惊诧了。

她说父母都在江西赣州做饮食。原本国庆要回来看看她的，因为疫情没回来。

她把这份思念写进作文里，我感动得稀里哗啦。

父母不在身边的孩子，才格外懂事格外乖巧格外惹人怜爱吧？

打开她的作业本，书写工整娟秀，字迹清晰美观。她尊重我的每一个指令，什么时候用电脑，什么时候关电脑，早读读什么内容，一概不需要我多一句废话。

我喜欢和她打交道。打交道就是相处，像朋友一样，不必多言的那种打交道，不必废话的那种打交道。

我给她的眼神她领会得到，我和这个女孩是如此相见恨晚。

太珍贵的女孩了！

新鲜可人的农家菜

校门外是一块菜地，想要在冬天里看到春天，这里就可以。

莴笋叶、韭菜、齐心白、小白菜……绿得鲜亮，看着可爱，一位老农正在培土，这长相可人的菜与主人的精心照料密不可分。

我问：“可以买你们家的菜吗？”

老农说：“当然可以。”

他家婆婆刚好骑个三轮过来，说从另一块土里刚摘下新鲜菜。他们把我领进堂屋里，屋子大大的，摆设甚少，显得空旷而整洁。

我想尝尝所有生长在新鲜空气、肥沃土壤里的农家菜，每样都要了一点儿。我看见编织袋里的红薯，这也是好东西呀！

老农说：“不光有红薯，还有紫薯呢！”

婆婆拿出一兜紫薯，一个大的旁边围着几个小的，它们同根挂着。

婆婆掰下一个最大的紫薯，掺了几个红薯一齐装起来，说：“以

校门外是一块菜地，想要在冬天里看到春天，这里就可以。

后想要买菜，上午11点以后都在家的。”

一来二去，他们知道了我就在乔小教书，不管买不买他们家的菜，老头都会热情地招呼：“左老师！”

我拎着一袋绿色返校，校长问：“哪里买来的？”我指了指路边的民居。

“你不知道自己在土里摘吗？在我们乔口，凡是晾晒在外面的，随便拿就是了。”

啊？果真如此吗？

冬天的太阳真是让人喜得发疯。

一切都在太阳下

▲太阳底下的乔口人

冬天的太阳真是让人喜得发疯。

乔口人把床单被罩衣物放在太阳底下，把鱼块猪肉条放在太阳底下，把刀豆橘子皮放在太阳底下，把小银鱼条儿白菜叶子放在太阳底下。

这是在准备冬天的食物了，腊鱼腊肉坛子菜，这些食材就跟盖在身上的被暴晒过的棉被一样，带着一股太阳味儿，暖意融融的。

当然他们也把自己放在太阳底下，笑意融融的。

微笑是冬日里最好的太阳。

光荣地去送教

长沙市一中金山桥学校对口帮扶龙山县洗车河学校，对方点了一堂课，部编版小学语文六年级上册第八单元，也是小学阶段唯一一个作家单元——鲁迅的一篇课文《好的故事》。

这篇课文写于20世纪文学初创时期，且不说语言表达的陌生化让小学生摸不着头脑，单单它要言说的意义，学生也难以领会。作者苦于在当时的社会环境中无法直抒心声，借一个美丽、优雅、有趣的梦境，间接、隐晦、象征性地表达自己内心的希望。黑是社会的黑，白是希望的白，要学生尽可能理解这样的写作意图，理解鲁迅的心，难度指数五颗星。

接到任务到出发只有一天半的时间。我把自己关在办公室，静心备课。

还是老方法，先把课文读几遍，想想怎样着手，找什么样的点去突破。网上资料繁多，择其善者而从之。关键是龙山的孩子们学情如何，我是一概不知。

联系到对方班主任刘老师，我列出一个预学单，预习非常重要，而且必须是沉下去地预习，否则这篇课文将很难讲透。

刘老师很热心，答应我把这一单元的第一篇课文《少年闰土》上完。语文课文的编排顺序是有讲究的，如果没有第一课的铺排，上《好的故事》必定突兀。

夜晚的星亮闪闪，黑夜彻底黑下来。十点，我的教学设计初稿出来了，我打算第二天到乔口小学上一次，看看效果，熟悉过程。

虽说是一节课的设计，但实际上我讲好这一节课用了三个课时。原因是乔小的学生从未读过鲁迅的任何文字，对当时的社会背景一无所知，更遑论深刻理解作者表达的意思了。

夜晚的星亮闪闪，黑夜彻底黑下来。

我抛出的问题如石沉大海，没有泛起一丝波纹。学生基本答不上来，是学生不用心不专注，还是问题本身太难了？

要离开乔小的孩子们两天，我反复交代，学习、卫生、纪律、安全等事宜，仿佛要出远门的不是我，而是这帮孩子们。

“周五的广播操比赛，我不能亲自见证你们的表现了，任何事情要么不做，要做就争取做到最好，身为这个学校年龄最大的你们，理应拿到一等奖。等我回来再发奖品，加油！”

也不知道学生们的安静是不是代表着一份承诺。

我决定出发前再在一中金山桥试教一次，对龙山的孩子负责，对这次活动负责，对自己负责。

我选择了徒弟胡鸣涛的班级。一进到班里就感觉人气鼎旺，人数差不多是乔小班级的一倍，教室里都排不下再多的座位了。

他们看到我惊喜不已：“左老师，那是左老师，之前给我们上过《少年中国说》！”

我示意大家做好准备。我拿出了自己发表在《中国劳动保障报》上的文章开始导入，因为这篇文章里我引用了鲁迅《好的故事》中的语言。

一堂课上得行云流水，我所担心的境况没有出现，设计的问题学生都答出来了，而且举手的学生不在少数。是前期预习做得到位，还是学生素养本身就高？为什么和在乔小上的感觉完全不一样？

上完课，学生们纷纷拿出书本来让我签名。这是什么节奏？有学生说：“老师您这么优秀，我担心很快您就会调走，我想留下您的签名做纪念。”他们七嘴八舌地问问题：“您是胡老师的师傅吧？他什么时候回来呀？”乌泱泱一顿嘈杂与热闹，叫醉了我的耳朵。我说：“快快坐好拍个照发给你们的胡老师。”学生们自动地呼号：“胡老师帅不帅？——帅！”“胡老师好不好？——好！”想必远在邵阳绥宁支教的徒弟，也一定被这阳光、这热闹、这活跃、这欢笑所感染了。

那龙山孩子的学习力是介于这两个学生群体之间吗？留有悬念。

下午一点，前往龙山送教、捐助的队伍集结完毕。局党建办两位领导、李校、熊书记，加上几个中层干部和一线教师，一行十人，一路欢笑一路阳光地出发了。

说实话，我们平时忙得焦头烂额，已经很久没有出来透口气了。我们就像飞出笼子的鸟，心向云天。

晚上七点，天彻底黑了，望城区对口帮扶洗车河镇工作队队长周伟在高速路口等我们了。他兴奋不已，说终于看到家乡人民了，就盼着我们多来看看走走，多和我们说说话。

言谈间，我得知工作队的两名同志来龙山已经三个多月了，平时家也回得少。县里财政不景气，这儿一天吃两顿饭，工作餐非常简单，条件确实艰苦。半小时后，车停在洗车河镇政府，我们在那儿用餐。

言谈间，我得知工作队的两名同志来龙山已经三个多月了，平时家也回得少。

为了确保第二天送教、捐助活动的顺利，晚餐后我们决定去学校看看。学校离镇政府几分钟路程，九年制的校园算大的，一栋“雷锋楼”赫然在目，那是望城区投资修建的。

原以为我会在一个桌椅破败、四面漏风的地方上课，哪知一进录播室我就惊叹了，这和一中金山桥有什么区别？色彩鲜亮的内饰，操作便捷的一体机，条件不要太好呀！

洗车河学校校长刘铖说：“这都是望城人的好心哪！”

回到宾馆，我再次熟悉了一遍教案和课件。

第二天早晨，我又一次熟悉了一遍教案和课件。

走进清晨的校园，感觉和夜里的景致完全不一样。校园依山而建，伴水而居。天然的澄碧与苍翠，竟让长期身处楼盘包裹之中的我生出些许羡慕来。

大孩子、小孩子拿着竹扫把在校园里扫垃圾和落叶，看动作就知道是干活的好把式。

捐赠仪式结束后，十点半，我终于见到了六年级的孩子们。

这些孩子穿着红色校服，乍一看和一中金山桥的孩子差不多。但细细看来，却有很大不同。他们大多身材瘦小，皮肤黝黑粗糙，可见城里孩子养得精细多了。

教室里只有30套桌椅，多出来的学生自己搬了凳子，分坐两边，和第一组、第六组的学生共用一张桌子。

我开始和学生拉近距离，首先是面带微笑地扫视全场，然后是情真意切的一番感叹："洗车学校的孩子们，第一次见面，就被你们淳朴的面容、清澈的眼神打动了。"孩子们开始羞涩起来。

"我真是羡慕你们，就在这巍巍青山潺潺流水间学习、生活，这可是身在长沙的我求之不得的呢！你们真幸福！"孩子们眼睛里放出的光代表着某种认同。

"坐在两边的孩子们，虽然没有桌子，但我所讲的知识是面向所有同学的，你们接收到的知识是平等的，我觉得你们能克服困难真是特别了不起！"

两侧的学生乖极了，一副一切听我号令的神情。

"我相信在即将开始的这堂课里一定有不少聪明的孩子，他们坐姿端正、答题积极、表现自信、读书认真，我的奖品就是为大家准备的哦！"

学生们的精神被提振起来了，背挺得直直的。

我开始上课了。我担心的问题始终没有出现。学生们虽然朗读的发音不标准，感情也不太浓郁，但丝毫不影响他们对这堂课的专注，对这篇文章的专注。我看到了一些努力而不服输的脸庞，他们回答问题时表达的笃定与从容，勇于思考问题时的韧劲与坚持，与这矗立的山和经年的河的品质，似乎是一致的。

两侧的学生乖极了，一副一切听我号令的神情。

▲孩子们拿到广播操一等奖

我不断鼓励他们，他们越受鼓励就越来劲儿，这山里的孩子果然有不少好苗子！

看来乔小的学生还得加把劲儿呀！

眼见着课快上完了，我也不知道时间过去多久，总觉得这堂课刚开始一样。我们在师生配乐朗读的和谐唯美的氛围中结束了这堂课。

我讲述了一个梦境，焉知自己也沉浸在梦境里，但愿长醉不复醒？

刘洁主任说超了两分钟，时间把控上总体还好。

我忐忑地看向洗车学校的语文老师们，我说："也不知道这堂课有没有上出你们期待的效果。"她们肯定地说："好极了！你对学生好温柔呀！你一直都是这么温柔吗？"

我但笑不语。

学生们起立了。我说："这样的送教今后还会有，我争取下次再来看望大家。"学生眼中似有依恋。

是学生们成就了这堂课呀！

这也是我职业生涯中第一次走进大山来送教，无上光荣！

就着从天上铺下来的阳光，我走到了洗车河边。河水清浅，大小石块颗颗分明，河水分明是绿的，山绿得分明，完全没有冬的萧索，仿佛春天从未离开。就在昨天，我们还吃到了河里的螺蛳肉和小虾米，都是甜的，就像这天气一样甜，像孩子们的笑容一样甜。

下午，我就得到了乔小的孩子们拿到广播操一等奖的消息，还挺争气呀！

我的心也是甜的！

发现套路

会打球的孩子越来越多了，日子疯长，他们的进步也神速。

会打球的孩子越来越多了，日子疯长，他们的进步也神速。

首先就是杨承宇，这个浑身肉嘟嘟的人一点儿不缺力量。他打得有章法有力度有技巧，有时我没接住他的球他就沾沾自喜：“老师你不行了！”我就用各种理由堵他的嘴，什么球太偏角度太刁钻，什么穿高跟鞋跑位难，什么你的球打在球杆上导致我接不住之类。每次他都鄙夷地说尽找借口。

他也赖皮。我打过去的球他没接住就说不算，陈述的理由和我的差不多，真是以其人之道还治其人之身。

然后我们之间协定的“几比几”就成了一句空谈。他倒是聪明：“老师你说2∶3又有什么用？你即便输了也从不下场，你怎么会输？你就没输过！”

终于发现套路了。

是的，我从不下场。

李岱霖、李岱璇、陈思涵、任子聪也是日趋精进，这些学会扑食的小虎崽，开始透露自己的小威风啦！

下课之后 *

天气好的时候，学生们一下课就跑没影了。

男生们也不怕脏，席地而坐，旁若无人地玩自己带的玩具，下棋，神情投入。

我看过张智钦和刘星源追跑，像极了猫和老鼠的动画片，前面的人撒丫子疯跑，头发像旌旗一样飘扬，后面的狂命地追，头发像马的鬃毛一样飘扬。追上了两人就抱作一团，扭作一团，在草地里滚来滚去，像《动物世界》里撒欢的两只小马驹一样，然后又手牵手相对牵引着绕圈，像罗盘一样疯转，看得我发晕。

多天真的画面呀！多无邪的欢笑呀！这样的疯玩离我有多久远了？这样不管不顾、心无杂念地纯开心离我有多远了？

突然，一幅静美的画在我面前展开。一个长马尾的少女，在夕阳余晖铺满的草地上静静地看书，她温柔美好的侧颜，竟散发着月亮般皎洁的光芒。

是刘心琪！她凭一己之力，创造了这个冬天独特的小乔之美！

她凭一己之力，创造了这个冬天独特的小乔之美！

缄默的他 *

在乔小，要说最缄默的人，莫过于刘勇波老师了。

他身量矮小，别看40多岁的年纪，乍一看跟个小孩似的，全因为一张圆圆的白净的脸。

如果不是他亲口说出年龄，还真不用在意他到底多少岁，永远认作一个孩子也无妨。

校长大会小会从不批评他。他在办公室几乎从不发声，总是默默地改作业、备课，按部就班地上好自己的课，管好自己的班，做好自己负责的党建资料的搜集整理工作。上级文件如何要求，校长怎么吩咐，他照章办事，依规依矩。

这期四位语文老师上了教研课，每次他听完课，都会拿出记录的听课笔记和大家交流观课感受，我看到了他工整的笔迹。

他让我想到了一个叫“安稳”的词。

刘玙腾的字若是不做要求，绝对像山顶洞人在原始部落的胡写乱画。

一本打开就想合上的作业

刘玙腾的字若是不做要求，绝对像山顶洞人在原始部落的胡写乱画。

学期初我就明确了不允许在作业本上涂黑圈圈的要求。结果他的作业，哪怕是简单的抄写，都会带上“熊猫眼”，一对一对的，“此地无银三百两”的感觉，个个明晰地昭示着，写错了，又写错了，再次写错了，还是写错了……

至于字体，自成一派，拉长的、拉宽的、挤瘦的、挤扁的，如果称之为一种艺术，也算是歪打正着。

可惜我欣赏不来。

我说：“重写。”

他很快写完，看相好了那么一丢丢。

我说：“你看，好多了。”

他的笑容还将露未露，我又说："重写。"

笑容在他的脸上凝固，他扯了本子就跑。

很快，他又来了。

我说："越来越好了，试着写次更好的给我看看？"

他笑得像哭，不敢来得那么快，估计是早写完了，故意磨蹭了些时间过来的。

终于没有"熊猫眼"，每个字大体高矮胖瘦能差不多。我放过他："以后希望不要这样回炉另造N遍，能自觉写好就说明进步了。"

但哪有这样说一遍就能改的？

老调重弹是常态，耳提面命是常态。

偶尔看到个没有"熊猫眼"的作业，我也很满足了。

思想者

班上有两个思想者，一上课就开始冥想。

一个是廖泽航，一个是刘俊驰。

这两个人在大家齐读的时候，做笔记的时候，眼神凝视某处，仿佛世界按下暂停键。他们的大脑里不知奔腾着什么，发生着什么，导演着什么，冲撞着什么，他们在同一个场域里营造了一个小气泡，他们在这个小气泡里不受干扰。

有时廖泽航嘬着自己的手指，像是啃咬着天下最美味的鸡腿。

所以以下画面的出现就不奇怪了：当其他人低头做笔记的时候，这两座静止的山峰依旧矗立，无动于衷。

我戳破了这个小气泡的薄膜，他们才幡然回神，待拿起笔时，我们又进入了下一环节。

等到第二次课，又是如此，周而复始，没有例外。

有一次轮流读课文，刘俊驰站起来匆忙翻书，我早就知道他已经魂飘海外，所以找不到要读的地方也不足为奇了。

时隔一天，同样状况又发生了一次。

恰好正在学臧克家的《有的人——纪念鲁迅有感》。我说诗歌的第一节，我可以就班上个别同学听课状态进行创编。

原文是："有的人活着，他已经死了；有的人死了，他还活着。"

我说："有的人身在这儿，他已经心不在焉；有的人身在这儿，他能心无旁骛。"

我看向这两个"思想者"，他们明白了我话里有话，这节课勉强跟上了队伍。

刘俊驰一旦认真起来，回答问题还挺让我惊艳的。这个"思想者"真有可能成为真正的思想者，如果多一点好习惯的话。

终于等到你

区教师发展中心说来了一批鸿合平板一体机，乔口小学可以分得六套。

消息一到，工作群热炸了，老师们纷纷放鞭炮，表示这真是迟来的爱。

消息一到，工作群热炸了，老师们纷纷放鞭炮，表示这真是迟来的爱。

有的老师说，因为多媒体设施陈旧，电脑反应慢，每次上课要在无用功上浪费大量时间。

而我早就受不了黑白映画的投影仪了。

真是想什么来什么。突然觉得这天的太阳也圆得可爱呢！

这天下午，安装人员来到学校，拆除了老旧的多媒体，安装上崭新的一体机和黑板。

学生们惊讶的嘴张得可以塞下一个大馒头，他们自动自发地踩上凳子，撕下黑板上的塑料膜，起初是急不可耐，可发现心急吃不了热豆腐后，他们就开始耐心又细致地寻找塑料膜的边缘，一点一点地抠出一条边来，待豁开一条大口子，再齐头并进往下撕。

拆除安装产生大量垃圾。邓紫嫣和几位女生把泡沫、编织条麻利地塞到箱子里，廖泽航主动请缨，打扫垃圾和灰尘。

场面热火朝天，像极了小时候的大扫除作文里描述的场景。

校长耳提面命，这东西造价昂贵，大家可别上去乱画乱按，语气里全是心疼和爱惜。

我也是如此强调。

当我用新工具播放《我和我的祖国》这部电影给孩子们看时，他们那专注的神情让我心里有些微酸。

好的电影，他们没看过，该看！

好的条件，他们没享受过，该享受！

场面热火朝天，像极了小时候的大扫除作文里描述的场景。

气呼呼

廖泽航气呼呼的，脸被呼出来的怨气、怒气鼓胀着，扬言要请家长来。

我说：“怎么了？”

他说：“被任子聪打了。”

快放学了，我把两孩子叫到办公室。

廖泽航的嘴就像上满子弹的机关枪，突突突地往外冒着话语，速度让人反应不及。

事情的原委是，任子聪和几个孩子在玩“三国杀”的卡片，廖泽航作为好事者过去多嘴，任子聪不爱听就动了手。

典型的一则因口角引发的争端。

廖泽航内心觉得我会有所偏袒，因为平时他喜欢告状，而我在压制他告状的次数。

因为争端，廖泽航校车都没坐，横眉冷对的，非得要个结果不可。

我了解了事情的来龙去脉，让任子聪道歉。任子聪很乖，鞠躬致歉。

你还是第一个被我送回家的学生，要感到荣幸哟！

我说：“廖泽航你也应该宽容，同学之间发生矛盾很正常，动不动就叫家长也不合适，家长挺忙的，不忙怎么挣钱养家？但凡能够化解的矛盾，我们就要靠自己。”

廖泽航的眼神瞬间就柔软了，不再那么剑拔弩张。也许他想不到的是，我竟如此公平地处理了这件事。

我说：“任子聪你先动手肯定是不对的，扣两分操行分。”

廖泽翔彻底服帖了。他说：“老师你原谅他吧，不要扣他的分。”

我被惊异到了，一个平时比较聒噪的男生，我做到了没有区别的对待。在公平处理以后，他也做到了宽容。

真是一群好孩子！

我问：“校车走了，你怎么回家？”

他说：“没事儿，叫爸爸来接。”

我说：“送你回去吧？”

他推辞说不用。我说：“楼下车那儿等我。”

他破涕为笑，颠儿颠儿地跑下楼去。

我说：“你还是第一个被我送回家的学生，要感到荣幸哟！”

他指引着我的前进方向，我们从大道拐上小道，两边的田野和高高的树一直往后退，确实是一段不近的路。

“要不直接家访吧？”

“不不不，人家会害羞啦！”

廖泽航的笑容开始腼腆了。

“那就下次，说好了哦！”我笑了。

“老师我到了！”廖泽翔话音未落，开了车门一溜烟跑走了。

宁静的乡村远处，一轮未落的太阳金得可爱，圆得可爱。

万物可爱。

一次汇报

接区教育局通知，让我作为教师代表，参加市纪委监委驻市教育局纪检监察组对我区“双减”政策落实及师德师风建设情况的调研会议，我得好好准备。

这次会议除与会领导外，有区内三个校长代表、三个教师代表、三个家长代表参会。我的身份是教师代表，我该说些什么？我准备了一份发言稿给唐书记审阅。

虽然他已调离，但永远是我的好领导。

书记看完提出建议，说我应多写写自己在乔口的工作感悟，这样的发言更有意义。

书记看完提出建议，说我应多写写自己在乔口的工作感悟，这样的发言更有意义。

真是一语惊醒梦中人！唐书记总能给我最合适的建议。

我把自己关在办公室，向上次准备龙山送教一样，在静谧的校园里延续一盏灯的明亮，构思自己要讲的内容。

会议开始，市局一行4人，居中而坐的是长沙市纪委监委驻市教育局纪检监察组组长、市教育局党委委员孙兴红书记。

轮到我发言了。我做了如下陈述：

“双减”政策来了，我恰好从城区规模学校交流到了望城区乔口镇的一所小学，所以我想从乡村视角来谈谈“双减”。

我交流的学校只有六个班，学生138人。本学期整个望城区积极响应国家政策，落实“5+2”课后服务全覆盖，乔口小学也开设了课后服务。我任教六年级，班里27个孩子有25人自愿报了课后服务，可见家长的需求还是挺大的。

市局领导的神情越来越和悦，这证明我说的内容是有意义有价值的。

我能为“双减”做什么？首先我做的是优化作业管理，删减机械化的抄写，让学生学会用眼睛去发现自己生活了十几年的乔口之美，用心去感受美丽乡村、美丽屋场的日新月异。我告诉孩子们，静静流淌的柳林江、立于江边的棵棵柳树、株株桂花树，甚至学校青瓦白墙的围栏、校园周边的鱼塘、菜地都是可以用语言去描述它们的美的。我写了三篇关于乔口的文章，均发表在《长沙晚报》上，我读给孩子们听，鼓励孩子们写。恰好望城区文化馆主办的刊物《望城文艺》需要描写家乡望城的学生稿件，学生积极撰文投稿。我已接到《望城文艺》编辑的消息，他们决定留用部分稿件。如果一个从没有在任何报刊发表文字的学生能得到这样的肯定，对于他的成长成才是多么重要啊！这样的作业，岂不比抄抄写写更有意义？

市局领导的神情越来越和悦，这证明我说的内容是有意义有价值的。

我问孙书记：“您还愿意听吗？”

“说，接着说。”他说。

我继续：

我能为“双减”做什么？接着我在规范课后读物这一块开动了脑筋。今年是中国共产党建党100周年，我想着在这里支教一年，总该给学生留下点什么。我想到了鲁迅文学奖得主、望城本土成长的中国作协会员纪红建老师有一本《哑巴红军》的报告文学，这样的作家，这样的作品，学生当然要亲近呀！“双十一”我给班里每个孩子送了一本书。快递到的时候，孩子们围在一起拆包裹、贴标签纸、写姓名。我给纪红建老师发微信：这学期我带着孩子们共读这本书，下学期邀请您来和孩子们面对面交流，孩子们可等着您呀！纪老师回复说：“我一定来！”孩子们高兴极了，拿着书本都生怕弄脏了，他们读书的样子可真美！

孙书记看我的眼神里似乎有赞赏。

我问孙书记：“我还继续说吗？”

“当然。”他说。

我继续：

我能为“双减”做什么？课后服务的内容不光是作业辅导，还应强化体质管理。虽然我是个专业教语文的，但我也愿意让孩子们活动活动筋骨，去操场上跳绳跑步打羽毛球。恰好10月、11月有一系列的好天气，轮到我上课后服务的时候，我就和孩子们组队打羽毛球。我的水平虽然是业余中的业余，但是基本的要领还是可以教给孩子们。学生在和我打球的过程中与我更亲近了。原来师生之间的契合来得如此自然。现在，他们越打越好了，我快打不过他们了。

孙书记笑了。

我又接着说：

我能为“双减”做什么？课堂是教学改革、发挥学校“双减”作用的主阵地，我必须要深入研读教材、研究教法，聚焦素养与能力培养。不光是我，所有的教师都要有这样的意识并付诸行动，让课堂更高效、更实效。乔小的语文组本期重点研讨了古诗课，我们精心准备的教研课学生听得特别来劲。只有生命在场的相互交流，才能碰撞出这样的火花吧！

为了弥补特色课程师资不足的缺憾，“非遗”代表性传承人把陶艺课带到了乔口小学。这也正合了湖南师范大学刘铁芳教授的阐述：我们所有的努力都是为了寻求与世界的相遇，更好的爱世界，通过世界成就自我。

就在前天，乔小的六个班都换上了崭新的一体机。老师、学生们是喜上眉梢，他们盼了多久等了多久啊！农村的孩子享受到了和城里孩子一样的硬件条件，这也充分说明市局、区局为了“双减”政策的落地付出了巨大的心力！

我知道“双减”给孩子们带来了什么，是快乐，是幸福。我知道“双减”给我带来了什么，是身为教育人的快乐和幸福！

如果说要我发表对政策的意见建议，那就是希望上级部门出台多一点的激励机制，放手发动老师，要相信老师的力量，大家集思广益，想出更多的好点子、金点子，让我们湖南省的“双减”、长沙市的“双减”、望城区的“双减”，赢在起点，走在前列！

一席话下来，孙书记对着刘局长说：“这位老师的汇报很美，像散文一样美，她的语文课想来也会很美。”

孙书记接着问：“乔口小学整个报课后服务的比例是多少？不报名学生放学后做了些什么？你帮我调研一下。”

我说：“没问题。”

这位老师的汇报很美，像散文一样美，她的语文课想来也会很美。

会后，我就做好了电子版的调查问卷，调研范围为靖港片区校的义务教育阶段所有中小学。后台产生的数据，我做了简要报告，发给了孙书记。

这真是一次愉快的汇报，因为我在汇报的过程中才发现，我支教过程中所做的、所遇见的、所感受的，都是这样美好！

终于等到他

▲手拿苹果的孩子们

唐书记多次说要来看我，从9月说到12月。

我知道他说的看我，其实是拜托谢校多关心我，多理解我，让我的支教岁月会因为多些理解和宽容，变得更加温暖。

我知道他忙，来与不来，我都感激他。

他知道我支教的日子一定是辛苦的，总是适时地鼓励我，坚持

我知道他忙，来与不来，我都感激他。

下去，总会有收获。

他终于来了，和熊瑞书记、肖勇书记一起。三个大书记都来看我，在2021年快结束的时候，这是多么荣幸又令人开心的一件事儿！他买了一大箱苹果，知道我教了27个学生，说：“每个孩子都有一个。”

我无以为报，只有好好工作，才能不辜负领导们为我周全的考虑，竭力的扶持，用心的关怀，无私的帮助。

她的表现点亮了这堂课，也让我对她格外器重了。

出手成章

刘雨晨的写作能力确实与众不同。

她总是有话写，洋洋洒洒能一写好几页。比起那些一谈写文章就无话可说捉襟见肘的人，她轻松太多。

在我的教研课《书湖阴先生壁》上，我让学生用语言描述古诗表达的画面。班上大部分人因平时训练少、语言贫乏而沉默不语，而她却拿出了一张写得密密麻麻的纸读给大家听。

> 那宁静的小院，有数不清的花，花的颜色十分亮丽，好像天上的彩虹印在了上面，然而还伴随着蜜蜂的飞舞，他们争先恐后，谁都想要摘到那朵最甜最鲜艳的花，连那空气都散发着迷人的香味，这景象使我过目难忘。

不光内容写得长，意境也创设得特别好。她的表现点亮了这堂课，也让我对她格外器重了。

她给了我一篇写家乡的文字，我读来深觉有思想有个性。

一刹那，冬天又来了，我们从穿毛衣改到了穿棉袄，我们这里的冬天十分寒冷，才来没几天，便下了鹅毛大雪，它们光洁得像丝绸，好像雕刻工精心雕刻的一样，十分美丽。花纹花边仔仔细细，像一幅柔情似水的画。我们这里的冬天连水都冻成了冰块，各种小鸟在上面跳舞，好像在开狂欢的party。水里面的鱼儿也被冻住，它们想挣扎，却无能为力。碧绿的小树穿上了雪白的毛衣，忽然索然无味的小树变得津津有味，它们用粉把脸扑得雪白，那青涩的脸露出了可爱的笑容。狂风呼啸，被冻僵的小鸟唧唧直喊冷，它们成群结队向南飞去。

——《温乡飘向季小姐》

多么有灵性的文字，我从中读出了萧红或清少纳言，看不出，想不到，猜不准，原来我的学生，竟是如此有才情！

认真的雪 *

长沙下雪了，朋友圈里和真实世界里一样，白茫茫一片真梦幻。

长沙下雪了，朋友圈里和真实世界里一样，白茫茫一片真梦幻。

雪下得越大，我越担心上班的路该怎么走。路上结了冰可不是好玩的。曾经有一次我在雪地里开车，刹车时车就在不受控制地打圈儿，弄得我的心也跟着打了好几个圈，好在没和其他车亲密接触，只是撞坏了前杠的牌照。

正发着愁，局里来通知了，农村学校停课一天。长吁一口气，祈祷第二天道路上的冰雪能融得快一些。

待到第二天正常上班时，担心也彻底消除了。雷锋大道一路畅通无阻，驾驶感和平日里没什么差别。

一定是各机关、街道、社区齐心协力扫雪除冰的结果。

来到学校，走廊上、栏杆上覆着一层厚厚的雪，校长指挥师生清除走道上的积雪，嘱咐大家别去操场上玩雪，以免弄湿衣鞋导致感冒。

没有被清除的雪静静地盖在田地、屋檐、窗台上。

村子里的雪与田野里的雪是不同的。雪在村子里，村子是主人，雪是客人，雪总有一丝矜持的；而到了田野里，这里便是雪的天下了，它占了路，占了近处远处的树，占了大块小块的稻田，直野到了天边去。

向东而望，云雪一色，天地间唯剩“苍茫”二字。

乡村渴望着这样的雪天，人们在雪天里期望来年丰收的喜悦。他们以雪天做背景，以滴落的檐水为音乐，围坐炉前，暖一壶谷酒与白雪交谈。

我知道雪为什么那么受人欢迎、令人期待了。它净化人心，让美丽的心情接踵而至；它拂去疼痛，即便是人生的挫折，在它面前都会相形见绌；它会告诉你，它是经历了严寒的锻锤，才有了美丽的六角，迷人的晶莹。

学生们可有些不管不顾，他们在春天、夏天、秋天就开始默想雪的冷、雪的灵、雪的俏，如今雪真真地来了，在雪地里尽情玩耍，全然不顾冻红了的小手，还有不时寒风钻进脖子里的冰凉。

雪落下的时候，像给寡淡的乡村生活注入了新鲜的盐粒。如此美丽的冰雪世界在乡村铺展，这才是雪花应该盛开的地方！

雪落下的时候，像给寡淡的乡村生活注入了新鲜的盐粒。

可惜这些纯白的存在没停留多久，就被太阳蒸融了，白的世界变成了金的世界，天底下的一切显得格外光亮。教学楼前的一抹翠绿更抢眼了，地面像被洗过一样干净。

认真的雾

大雪过后就是大雾，我在一片迷蒙混沌里行驶。

到处都是淡淡的，淡淡的，又是虚无缥缈的，薄如蝉翼的，止若流水的。

雾浓得遮住了我眼神所到之处的方向，我冲进它的包围圈它就飘散了，我走过的地方又被它重新填满。这让我有点茫然了，我从哪里来？要到哪里去？

车不能像平日里一样加大马力往前开了，我的感官变得异常灵敏起来，集中精力让自己处于戒备状态。我又异常兴奋起来，因为这一路有雾的陪伴。

习惯了风的絮语，光的温暖，生活有时需要一点庸常当中的异变，需要那么一点不一样。

当我彻底适应了雾的存在时，徘徊在雾之外的阳光进场了，眼前一片透亮。每一辆车都在奔赴前方的路上，每一棵树迎接我然后谦逊退场，每一幢楼房都有太阳留下的一线亮光。

然后，我的心也是一片彻底的透亮。

我的心也是一片彻底的透亮。

▲广阔的天地，透亮的心

欢送

一学期就这样结束了，校长说元旦前大家一起吃个团圆饭，迎接新年，欢送刘宏为老师光荣退休。

事务长周长老师征求大家意见，看喜欢吃啥菜。我们聚在沿街的一个饭店里，上桌的菜品果然齐全，鸡鸭鱼肉，过年似的丰盛。

不要怀疑我们的战斗力，一桌菜很快被风卷残云般扫光了。

不要怀疑我们的战斗力，一桌菜很快被风卷残云般扫光了。

校长举杯说："这一学期老师们辛苦了，祝愿老师们新的一年平安顺遂。"

刘宏为老师举杯说："一直以来自己都是稀里糊涂的，劳烦大家多担待了。"

我对校长说："辛苦您一学期以来的关照。"

我对刘老师说："真羡慕您可以过自由自在的幸福日子。"

他心领神会地一笑，我猜他即将脱口而出的又是些七荤八素不着四六的话。

结果他说："我会继续关注你写的文章的，我的孙女还得拜托你哟！左老师，你不知道我孙女是多么喜欢你，她说我可不可以叫左老师妈妈呀！"

我的心都被萌软了。一个父母长期不在身边陪伴的留守女孩儿，一个懂事乖巧努力上进的可爱女孩儿，在我只来了4个月的时候想把我当成最亲的人，这个"妈妈"我是愿意当的！

第二天，我找到刘晨嫣，告诉她可以把我当作任何她想当作的人，老师、妈妈、朋友……我鼓励她努力读书，为进中学、上大学打下坚实基础。

刘晨嫣继续像一只勤快的百灵鸟，问我下节课需要做些什么准备，一体机需要开机吗，有没有试卷需要复印之类的。

这样的女儿被我认下，是不是占了大便宜呀？

意外之喜

我说要去团头湖转一转，这个号称8000亩水面的湖泊，1972年以后一直未干涸过，周边没有工厂，水质特别好，野生鱼种多，我从未一睹它的芳容。

校长委托周长老师带路，我们挑了个晴日的下午出发了。

周长自诩老乔口，车开得溜。没多久就上了环湖路，绕了一圈看哪个观景点最佳。

结果最佳观景点没挑出来，却绕到了左家山。

周长说这地方盛产橘子，村口一定有卖橘子的。

校长委托周长老师带路，我们挑了个晴日的下午出发了。

▲美丽的团头湖

路旁却一个卖家都没有，倒有几棵结满了柚子的树，不光枝头挂满，地上也落了好些。我想到一个《道边苦李》的小故事，心想这么多柚子没人要，肯定味道不太好。

农家的橘子树就在眼前。周长灵活地爬上去摘了几个，我剥开皮尝了尝，味道真不赖！

周长说左家山的橘子挺出名的，这里的橘子皮薄，味甜，落口消融，种植有400多年的历史，选种优良，再加上人工除草，施有机肥，土壤富含硒，成就了蜜橘超群品质。

原来我所在的地方竟有这么多宝贝，我也太幸福了！

原来我所在的地方竟有这么多宝贝，我也太幸福了！

“爱的教育”

杨承宇最喜欢带些零食过来，总有一堆同学拜倒在他的零食之下，甘作小弟讨他的零食吃。

他带来的羽毛球拍、篮球也成为紧俏货，学生打球要问他借球拍，他总是扮俏，摆出一副“快一边儿去”的姿态，待人家苦苦相求，低眉顺眼时，他才把拍子往地上一扔，貌似大度的样子。

一天正打球，一年级的学生跑到球场中间观战，他五大三粗地横过去，做出一副吓人的表情：“想不想来点爱的教育？”

他抬起的巴掌作势要拍下去，小学弟吓坏了，一脸惊恐地眨巴眼望着他。我立刻喝止，说这样会让低年级孩子有心理阴影的。

杨承宇打输了球，就狠命将拍子往墙上磕，往空中抛，好好的一副拍子砸歪了，摔残了，他也丝毫不心痛。

还是不太惜物啊！

二楼的学生朝他呼喊，快给些吃的来！

他撕开麻花袋子，将麻花一把把从一楼往上抛，有被接住的，更多的天女散花般坠落在地。

还是不太惜物啊！

他闲不住那张嘴，也许是想博得我更多关注吧！词语听写我报“日寇”，他非要说句“花姑娘滴”，引得哄笑连连；我报“手榴弹”，他非要说句“fire in the hole!”（手游《穿越火线》用语，意为注意扫清射界），弄得全班震颤。他在不怀好意等着我生气，我偏不上当。

“杨承宇，我想给你一点爱的教育，可以吗？”我微笑地看着他，走到他身边，伸出手抚摸他的头发，他立刻龟缩起来，把帽子盖住头脸。

“这可是真正的爱的教育哦！”我总结道。

学生们笑得花枝乱颤，杨承宇的脸前所未有的红了。

破戒

食堂飘出一阵香味，这种异香是我从来没有闻到过的。

一上饭桌我就看到电饭煲的内胆锅里盛满了肥瘦得宜的五花肉，油脂和汤水像长出无数只手来似的，勾魂摄魄的，让人欲罢不能。

这可不是红烧肉，而是蒸腊肉。

高胖厨娘就是有这样的好本事，蒸腊肉的佐料无非是豆豉、辣椒、盐、酱油，就这样普普通通的材料，却蒸出了一锅香飘十里的腊肉。

学生们笑得花枝乱颤，杨承宇的脸前所未有的红了。

我吃过萝卜腊肉干锅、蒿头炒腊肉、冬笋炒腊肉，但这样的蒸腊肉还真是没吃过。

我夹了一块放嘴里，完全不是又干又硬的口感，也并没有咸得下不了口。软嫩不塞牙，味道香浓，吃下一块也不觉得腻，我一连吃了好几块。

破戒了，我是打算忌吃腌腊食品的，结果在乔小的食堂彻底没忍住。

我问校长这样优秀的厨娘是上哪儿找的？

吴景林老师面含深意地笑了：“这就是校长统揽大局的结果了，内要统筹安排，外要调查走访，要不是校长这么有能耐，哪能发现这样优秀的人才呢？”

临时的工友，却有绝佳的厨艺。

我若有所悟地配合着点头。

“我们乔口做菜这样厉害的，尽是的！”校长一点儿也不觉得惊异。

真的吗？这样的人我带着走多好啊，过年全家吃饭都不愁。

“你可以带着走啊！校长快退休了，工友接下来是走是留都未知，你要是支教结束了，就带着走呗！”周长戏谑道。

临时的工友，却有绝佳的厨艺。虽然是临时的，但对待工作的态度却非常认真。案板上干干净净，每天的菜品色香味俱全，饭菜的口味根据师生的意见及时调整……真是乔小好员工，好希望她们能够继续留在乔小，就像希望乔小继续长长久久地留在乔口一样。

“你们做的菜真好吃，我又胖了！”就像往常一样，我离开食堂都会说上这么一句由衷的话语。

高胖厨娘的眼都笑没了。这个朴实能干的大姐！

草莓在望 *

不吃草莓的冬天都是不完整的。

回家的路上，总会有些小期待，比如去雷锋大道边的草莓园买新鲜草莓。

走进草莓园，映入眼帘的是一排排整齐的草莓苗，鲜红的果实错落地探出了“小脑袋”。

果农把晶莹剔透的草莓放在小篮子里，有“章姬”“红颜”两个品种，也就是大家口中的“奶油草莓”和“巧克力草莓”。

在交流的过程中，我听出老板说话是浙江口音，他很诧异我怎么猜得这样准，我说天南地北我也走过不少地方啦！

“我在这里种草莓七八年了，收入还算稳定，就在乔口扎下根了。”他说话的当儿，他的妻子也走了过来，还有一条黑狗在朝我摇尾巴。

我买了整整一篮子草莓，每吃一个，就想释放一个微笑。

我买了整整一篮子草莓，每吃一个，就想释放一个微笑。

晚安的温柔 *

双十二来了，吴景林老师说镇上老街的床品特别便宜，领着我去看看。

到底有多便宜呢？镇上有晚安、多喜爱两个专卖店，我们在晚安专卖店挑挑拣拣。

我看中一套磨毛灰底大花的，手抚摸上去，像风吹麦浪一样顺滑。

最大号特价399元，真的便宜呀！

老板娘说这是去年的款，所以特价处理了。她麻利地将这些床单被罩折叠整齐，拿出包装袋装妥帖了，我提在手上沉甸甸的，感觉物超所值。

吴老师说这些店面都是自家的，不需要门面费，街坊邻居几十年了，大家都熟，所以价格也实在。

我看中一套磨毛灰底大花的，手抚摸上去，像风吹麦浪一样顺滑。

我觉得划算，第二天又去逛，结果老板娘指了指对面的门面说，想要挑其他款去那，有的是。

我瞠目了，另一个门面琳琅满目，都是些新款，色彩繁复，质地多样，昨天我是错过了一个大观园。

老板殷勤介绍我中意的款式，厚薄、材质、适合什么年龄层次的人等，如果我买的话，可以帮我送到学校门卫室，不必我费力去提。

他一脸真挚，这份真挚是乔口居民共同的特点。

我看中了最上层的一套蓝色四件套，老板说："那套确实不错，就是有点儿瑕疵，还是要告诉你的。"

他取下来铺展开，告诉我内里的问题出在哪儿，但不影响使用。

我觉得没有大碍，决定买下，夫妻一人执床单的一头，利索地对折、装袋，期待下次我的光临。

"加个微信呗！"老板可能认为我会是大客户，我摇摇头还是不了。下次买床品的时候，我还会来乔口吗？

也许吧！

期末来了

临近期末的一周，大家仿佛都闻到了放假的味道，暗生欢喜。

教务主任杨贝早早就让我们写好部门总结、学科组总结，我也在每个学生的素质报告书上写好了每位学生的学期鉴定。

不知道是不是智能小程序、APP研发太强大，我听说有自动生成学生评语的功能，网上也有大把的可以挪用，世界上的孩童总是那么惊人的相似吗？大体上能找得出可以套用的就行了吗？

我决定自己写。当了一个学期班主任，若是几句针对学生表现进行总结的话都不想动脑筋，这个班主任也就进入了职业倦怠期了。

我也没有选择打印成小纸片贴上去的方式。

手写。

我写下的话以鼓励和肯定为主，也会委婉地提一些小建议、小希望。我想学生们一定会期待看到我对他们的评价，我要保护好他们内心的这份“小期待”。

我想学生们一定会期待看到我对他们的评价，我要保护好他们内心的这份『小期待』。

比如写邓紫嫣和任子聪，我就很肯定他们为班出力的认真劲儿；比如写刘俊驰和杨承宇，我就很喜欢他们活跃的思维；至于刘星源和邓智宸，就差没把他们夸出花儿来了。

小框框其实写不了多少字，我还没有来得及长篇大论就得画上句号。

校长特意抽查了几本，看看我有没有认真对待这项工作。

他还是很满意我这种实事求是的办事作风的。

区里六年级的质量抽测近在眼前，这是“双减”政策后的第一次期末考查，试卷经过了分层设计，靖港片区校用三类卷。

不管是哪一类试卷，把书本吃透是关键。复习期间，我的重点落在了词语、古诗和语文园地上。

考前我再三嘱咐学生考场注意事项，真是操碎了一颗老母亲的心。

除了嘱咐，还有祝福。

我的寒假作业也进行了分层设计，成绩优秀的可以少做作业。

这还是激起了一部分学生的斗志。

我被安排到靖港柏叶小学监考，巧的是这里的六年级也是27个学生。

老师们真客气，泡上芝麻豆子茶，插上暖风机，让我坐在教室里不至于冻成冰棍。

校外搭了棚子办喜事，鞭炮声歌唱声不绝于耳，学生不堪其扰，我也只能尽力安抚，关紧所有门窗。

一个男生做试卷速度可快了，做完后就折纸飞机，等到快交卷的时候，他折了一桌纸飞机，个个立体式流线型，像3D打印出来的一样。

高手果然在民间！

数学考完的那一刻，学生们狂喜，恨不得登时插上翅膀飞回家去。考试期期有，寒假年年放，学生们就是这样心心念念地盼着假期。

考试期期有，寒假年年放，学生们就是这样心心念念地盼着假期。

我也盼着。

我在想，我的那帮学生肯定也是归心似箭了。下午赶回学校，我把纪红建老师的《哑巴红军》发到每个孩子手上，让他们假期再精读一遍，写好读后感，做好读书笔记。

我把《金刚川》的电影放给他们看，这是我答应孩子们考完试后送给他们看的，我老早就下载在电脑里了。这部电影讲述的是在战略匮乏、武装悬殊的困境下，中国人民志愿军冒着敌人的狂轰滥炸，以血肉之躯在金刚川上架起了一座桥。轰炸、修桥、渡江、轰炸、修桥……一场场恶战在风云暗涌的金刚川上演着。这可是关于朝鲜战争的课文《青山处处埋忠骨》最好的补充。

下课铃响了，校车来了，学生们蜂拥而出。

同学们，下期再见！

大调研　大讨论

新年伊始，整个望城区教育系统开展“全面提升教育质量　办好人民满意教育”大调研、大讨论活动，要求全区教育系统教职工结合各自岗位职责，围绕教育评价改革、育人理念更新、队伍建设提质、“三课”（课程、课堂、课题）品质提升、区域学位优化、合作办学改进、城乡均衡发展、“双减”全面落实、“智慧教育”发展、职教体系构建和后勤保障增效等我区教育改革重大问题展开深入研讨。

乔小会议室，老师们畅所欲言。有的提出设立家长开放日；有的提出开辟一块菜地让学生们更好地参与到劳动中来；有的提出优化课后服务课程，让“五育并举”得到进一步落实。

我在这里待了一学期，最大的感触是一个教师要承担多门课程的教学任务，繁重的工作让他们的知识不能得到及时更新，无法满足教育的需求；城乡教育差距拉大，农村中小学生纷纷涌向城镇，农村就读学生锐减。针对以上，我写下了自己的意见。

“吸引更多的优秀人才扎根农村学校，使他们坚定对乡村孩子、乡村教育的信任并充满人文情怀。”

有梦想总是好的，万一实现了呢？

赋等制 *

期末考查成绩出来了，没有分数，只有等第。

我把成绩点对点地发给家长，这让习惯了看分数的家长有些摸不着头脑，“良”是多少分？“合格”又是多少分？

令我长吁一口气的是，“待合格”的人数较以往有所减少，孩子们算是争气的。

期末考查成绩出来了，没有分数，只有等第。

赋等制让老师、家长、学生都不习惯，这是“双减”政策出台后教育改革的一个趋势，多元评价学生，不唯分数，这样的改革需要所有人尽早去适应。

如果用发展的眼光去看待学生，我觉得我这27个学生都是了不起的好孩子！

拭目以待！

第一次发表 *

《望城文艺》冬季刊终于出刊了，我们班那些怀揣希望的孩子们终于等来了结果。

“校园艺蕾”这个板块总共刊发了12篇文章，其中一篇是邓智宸的《顺着江的方向》。

我把50元稿费转给邓智宸的妈妈，并告诉她还有样刊和奖品，她十分感激。我猜，智宸一定会欢喜得不能自已，我仿佛看到了他

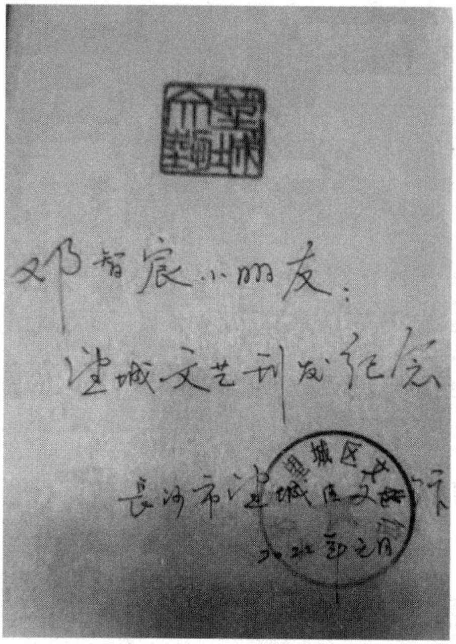

▲奖品

那双扑闪的大眼睛闪着碎宝石的光。

虽然这只是个区级内刊，但对于一个从未发表任何文字的小学生来说，意义重大。这样的鼓励就是星星之火，说不定可以形成燎原之势。

如果我能够聚集这些小萤火，点亮有星的夜空，那也算是遂了自我圆满的一件心事了。

好的开始，意味着更好的风景在路上。

我们的队伍向太阳

新学期初，望城区教育局召开2022年春季教育工作会议暨“我们的队伍向太阳”队伍建设主题活动动员会。局党组书记、局长张红元作了题为“一切为了‘人民满意’”的2022年春季教育工作报告。报告中，他全面回顾了2021年全区教育工作取得的成绩，分析梳理了全区教育系统“全面提升教育质量　办好人民满意教育”大调研、大讨论活动收集的建议意见，并对2022年全区教育工作进行了部署。

朝着大的方向，小学校的工作有的放矢。新学期，老师们聚在会议室，共同商议本期的课后服务要开设哪些特色课程。

老师们各展所能，最后确定了周三为无作业日，并分单双周设立了口风琴、乒乓球、硬笔书法、羽毛球、趣味手工、信息技术、趣味英语等特色课程。

人民教育人民办，办好教育为人民。虽然只是一所村小，但它发挥的能量却不容小觑。

我真想把她认作干女儿，这样一个贴心的小女孩，值得更好的陪伴。

不能没有你

刘晨嫣说：“人真是好奇怪，上学想着放假，放假想着上学。”

是的，这句话看似平平无奇，却道出了常理：没有哪一种僵化单一的模式可以捆绑住人心的。

马上要开学了，刘晨嫣叫上李岱霖、李岱璇来学校出黑板报。报到那天，她把每样教材打包好分发到学生手里，各项寒假作业分门别类做好登记，冰冷的教室，因她的辛勤而温暖。

我真想把她认作干女儿，这样一个贴心的小女孩，值得更好的陪伴。

心怀国之大者

开学第一课，我在国旗下讲话。

同学们：

度过了温馨而又美满的春节假期，我们又回到了美丽的乔口小学，很高兴能再次见到你们洋溢着质朴童真的笑脸！亲爱的同学们，在这里，我要深情地向你们道一句："新年好！"

带着新年的喜悦，我们又迎来了新的学期，新的学期也是新的起点、新的希望。希望在新的一年里，我们一同携手迈向新的征程，在新的征程上，让我们心怀国之大者，争做时代新人！

寒假期间，上映了电影《长津湖之水门桥》，电影以长津湖战役为背景，展现了人民军队的爱国情怀、对党和人民的无比忠诚，生动诠释了伟大的抗美援朝精神。72年前，一个天寒地冻的冬天，一批可爱的人们扛起责任与使命，顶着风雨，冒着冰雪，在极寒严酷的环境下，奔赴朝鲜，创造出了一个又一个的中国奇迹。

方志敏烈士80多年前年写下了《可爱的中国》，他在国民党反动派阴森恐怖的牢狱中，描绘了一个洋溢着无法阻挡阳光和希望的中国："到那时，到处都是活跃的创造，到处都是日新月异的进步……"

从"小小红船"到"巍巍巨轮"，一代又一代共产党人以深沉的使命责任意识和强烈的历史担当精神，带领中国人民为实现中华民族伟大复兴不懈奋斗，取得了彪炳千秋的宏图伟业。

亲爱的同学们，在这里，我要深情地向你们道一句：『新年好！』

心怀国之大者，就要树立远大的志向。2月8日，北京冬奥会自由式滑雪女子大跳台决赛赛场上，一个年仅18岁的小姑娘站在起跑线上，即将开始第三跳。她叫谷爱凌。谷爱凌第三跳成功跳出左侧两周偏轴转体1620的动作，获得94.50分，刷新两跳最好成绩，以188.25分夺得金牌。这是一个难度很高的动作，非常冒险。她成功了，整个世界都为这个年仅18岁出生在美国的中国女孩喝彩。谷爱凌说：“我决定使用这个动作的瞬间，想的是打破自己的界限，即便没有成功完成，仍会为自己骄傲。我选择这个动作并不是出于想打败其他选手，只是想挑战自己，想让世界看到我能做到什么程度。”谷爱凌是冬奥历史上该项目第一个冠军，这也是中国历史上首枚女子雪上运动金牌获得者！每一块金牌背后，都是常人无法想象的泪水和汗水。天赋固然重要，可背后的努力更值得推崇。

立德树人，这就是我写这篇稿子的动因。

心怀国之大者，就要五育并举全面发展。伟大的作家海明威说过：“每一天都是一个新的日子。走运当然是好的，不过我情愿做到分毫不差。这样，运气来的时候，你就有所准备了。”同学们坚持立德修身、强健体魄、健康身心、全面发展，就能为将来的建功立业做好准备、打下基础。

心怀国之大者，就要脚踏实地、实学实干。我被一则无臂少年彭超用脚写字考上同济大学研究生的新闻打动。6岁时，彭超不幸触电导致双臂截肢，但他经过努力，做到了以脚代手、生活自理。不仅如此，他还以608分的高考总成绩考入四川大学法学院。大一下学期，他参加央视的《中国诗词大会》，勇夺首位擂主。无数事实证明，在人生的道路上，没有白吃的苦，没有白受的累，每个人的命运都掌握在自己手里，幸福生活、个人前途、民族复兴，都是一步一个脚印奋斗出来的。

同学们，我们正站在一个新的历史起点上，生逢盛世，肩负重任。道虽远，不行不至；事虽小，不为不成。因为有梦想，我们披星戴月，只争朝夕；因为有承诺，我们义无反顾，勇往直前！

立德树人，这就是我写这篇稿子的动因。

趋之若鹜的藕汤

学生餐标准本期提高到10元。

元宵节的中午，食堂炖了两大盆湖藕筒子骨汤，这样的干货满满的汤可是难得一见，厨娘们有心了。

我负责分发这盆藕汤，味道我尝过，藕炖得粉嫩粉嫩的，融合了骨头的鲜香，是道好汤呢！

这盆藕汤成了乔小的『茶颜』，学生纷纷排队二次品尝。

学生们排着队，起初低年级的一个小女孩经过的时候只是匆匆一瞥，然后丝毫不感兴趣地走了，就像平时看到不愿意吃的其他食物一样。

不能不识货呀！我说："这汤味道可好了，快尝尝！"

她将信将疑地伸个碗来，我舀了一勺藕给她。

人从众，有了好的开局，场面就热闹了。有的抱着试一试的态度，也伸个碗来，汤里的一些骨头肉，我舀给了个头大的学生。

"是金子总会发光的。"这盆藕汤成了乔小的"茶颜"，学生纷纷排队二次品尝。有的只要汤，有的只要藕，有的汤和藕都不想错过，有的还想吃里面的骨头肉，可惜到最后海底也捞不着月了。

那些回味着藕汤拌饭的学生们，终于明白我的良苦用心了。

我这么真心的一个人，怎么会骗你们呢？

跟着书本去旅行

读其书，想见其人的想法，我们大概都有过。特别是自己喜欢的文章、喜欢的作者，总想去实地探访一下，看看那些他们曾经生活过的地方，感受一下是什么样的环境造就了他们的为人与经历。

古人云，“读万卷书，行万里路”，这是相辅相成的。

这样的节目，是最好的“云课堂”，当然值得学生们去观看。

央视为孩子拍了一部神级纪录片——《跟着书本去旅行》，这是一部大型体验式文化教育节目，以中小学课本或经典名著为线索，在“读万卷书”的同时“行万里路”。纪录片领域深广，寻迹河西走廊、长安、苏州园林、吐鲁番、陕西、草原、山海雄关；探秘岳飞故里、齐国故都；感受各地的美食、建筑；探讨动植物、风土人情……

这样有意义的节目，我决定利用午自习让学生们看看。

刚好最新一期的主题是“书里年味”，现在看正应景。

年味儿是什么？是“为欢恐无及，假物不论货”的礼物互赠；是“谈天论地成一片，灯光通明照残夜”的亲友相聚；也是“丑去寅来千里锦，牛奔虎啸九州春”这样饱含着浓浓传统文化特色的跨年祝福。

“礼尚往来，往而不来，非礼也。”中国的传统习俗是，逢年过节亲友之间赠送礼物以表心意。

对于很多人来说，参加过年的大家庭家宴，必将面临一次对亲属称谓、辈分称呼的“大盘点”。中国被称为文明古国、礼仪之邦，在礼仪中，称谓何其重要。

莫言如此回忆：“旧时赶年集，年画之外，泥塑玩具让人流连忘返，泥老虎、泥娃娃、小叫鸡……”虎年说虎的文化门道和热闹可见一斑。

这样的节目，是最好的“云课堂”，当然值得学生们去观看。

有人这样记得我

有时候，苦口婆心的教育收效甚微，不如用同龄人的现身说法来的效果好。

比如展示我教过的学生的习作。

我不知道我曾教过两年的、现读初一的黄梓涵同学会这样记得我。说实话，他不是我操心最多的学生，也不是被我关注最多的学生，成绩谈不上优秀，尽管人聪明得掉渣渣。

他经常节省出自己的早餐钱去买“三国杀”的卡片和其他玩具，所以整个人头大身小，有点儿营养不良的感觉。

他的初中语文老师拍照给我，说我的上届学生有很多在一次月考中写到我，尤其提到了黄梓涵。

对我影响最大的一个人

在人生路上有很多对我有影响的人，可有一个人对我影响最大，那就是左老师。

在我上五、六年级时，左老师教我们语文。左老师非常优异，她是作者，是优秀教师。

她很牛，可从不在我们面前吹。她常常会把她的作品给我们看。她的作品总是非常好的，好像文字在纸上跳舞似的，非常美妙。

在班上我总是被老师关注，从一年级到现在都是。可左老师是最关注我的，我被班上的人称为“四大天王”之首。上课时，左老师总点我回答问题，我从不举手，可她也点我。我总是回答不出，可左老师不会生气。她有一个方法，我回答一个对了的问题就可以坐下。所以在一般时候我都非

有时候，苦口婆心的教育收效甚微，不如用同龄人的现身说法来的效果好。

常想得到坐下的机会，所以会认真听课。左老师也很有教学方法，如有人发呆，左老师不点名，她会说一个笑话，让课堂马上活跃起来，这也是我在她的课中很少发呆的原因。

我认为左老师不是语文老师，是全能老师。她可以把她的课教完后，和我们说这个课文背后的故事。她常常讲述历史、地理、生物等等知识，我上语文课会比上体育课还高兴。

左老师让我爱上了她的课。她鼓励我在期末考出好成绩，重要的是她非常诚信，说过毕业了给全班买奶茶，果然全班每人一杯书亦的奶茶。这个可是年级其他班学生都没有的待遇！让他们嫉妒我们拥有左老师吧！

左老师对我的影响最大，我学习了她的很多优点。最重要的是我对语文有了兴趣，我真想七年级还是左老师教。

我读到这篇文章时，很意外，也很震惊。

虽然语言谈不上优美，用词也不太讲究，但胜在情真意切吧！我读到这篇文章时，很意外，也很震惊。

我把这篇作文读给乔小的孩子听，并不是标榜自己多优秀多受欢迎。用意无他，就是想告诉孩子们，被人记住是很幸福的，教育就是你离开后人家脑海里还愿意记住的东西。

大块头的大作用

陈子信是班里最高大的男生，他招牌式的憨憨笑容消解了体形魁梧带给我的疏离感。

我接手这个班的时候，学生就告诉我男生厕所主要是他打扫的，前任班主任评价说："书读得不好，搞卫生却是个好把式。"

确实，一个学期下来男生厕所的卫生倒没让我操心过，倒是女生厕所，还曾因为刘子睿的安排没人服从而出现几周未清扫的现象，被我说教一通。

令我惊异的是他写得一手极工整的字，大块头写出的蝇头小楷让我暗自叫绝，虽然没到硬笔书法平正宽绰、稳健大方的高度，但干净整洁的观感让我很受用。

他从不插嘴从不捣蛋从不玩危险游戏，是个极让我省心的孩子。

他在一次习作中写道，他的勤奋努力不太被人相信和认可，他为此难过沮丧。

捕捉到了这些小情绪，我总是给予他鼓励和表扬，尽管他随堂检测没及格过。

对于这些鼓励和表扬，他同样受用，露出了他的招牌式的憨憨笑容。

这就是传说中的"大白"吗？

拜访镇长

镇长果然年轻美丽，整个办公室都被包围在知性、温婉的氛围中。

去年，我写了四篇关于乔口的文章，均发表在《长沙晚报》。望城区教师发展中心的沈小青老师激动地说，写得不错，我把它们转发给乔口的姚静镇长，她是我爱人的侄女呢！

早就听说乔口镇有个美女镇长，终于有机会得以拜访了。

乔小离镇政府很近，我很快找到了姚镇长的办公室。

镇长果然年轻美丽，整个办公室都被包围在知性、温婉的氛

▲美丽的乔口镇

姚镇长鼓励我多宣传乔口的美，我说会继续努力的！

围中。

姚镇长笑容可掬，询问我来这儿支教的情况，坦言到这儿来做奉献很了不起，受苦了！

我说一点儿苦也没受着，乔小并不算是严格意义上的村小，条件并不差，校长老师们很热情，风景尤其美丽，我在这儿待得挺开心的。

姚镇长谈到之前我们之间的交集。2020年初新冠疫情突发，区委宣传部组织一批作者抒写区内抗疫先锋的事迹，我撰写的《凌晨三点的“提灯人”》就是时任区委宣传部常务副部长的姚镇长推荐的。

姚镇长鼓励我多宣传乔口的美，我说会继续努力的！

姚镇长坐在窗边温言细语，阳光斜斜地投射到她的周身。她清爽的头发，清秀的脸庞，清澈的眼眸，还有那由内而外散发出的清新自然的气息，绘成一幅清美的画卷。这个秀气的镇长，就是传说中小乔的化身吧！

走出镇政府，突然觉得乔口的美又多了一些。乔口真是一个诞生美、孕育美的地方！

野百合也有春天

相对于书本知识，世情百态更需要被看见。

一次早读，我向学生介绍了黄灯这位作家以及她的《大地上的亲人》。

黄灯和她的丈夫都是从农村通过高考走出来的孩子，通过教育这条路确实也改变了自己的生活命运，他们最终取得了博士学位，成了高校的教师，这样的位置至少使得他们可以在今天的城市立足——不是作为城市的打工者，而是城市的第一代移民。收入不高但有体面的工作，至少保持了相对体面的生活，这种体面相比较于进城务工的乡镇青年自然好很多。即便如此，他们仍与今天的乡村有着强大的联系，正如书的标题中写到的——“大地上的亲人”。

黄灯以其特有的观察和感悟写成此书，其间农村出生的青年在奋斗过程中的阵痛、突围和挣扎不言自明。

接着，我把重点转移到了是她的另一本书——《我的二本学生》。

这本书中，关注的是数量众多的群体，中国最普通二本院校的学生——他们的学习、生活和出路。当中提到，不少出身贫寒的学生，拼尽全力考上二本大学，出来后却混得没有世俗意义上认可的那样好。找工作拼不过“985”“211”这些双一流大学毕业的学生，只能接受普通的现实，干着送快递、卖奶茶的工作，蜗居于城中村，在大城市中漂泊无依。

通过这样的描述，我告诉孩子们，生活不易，竞争激烈，学会生存、适应社会是王道，要立志为自己拼出个未来。如果在茫茫人海中陷入被淘汰的境地，也不要沮丧和沉沦，要相信自己。野百合也有春天，普通人也可以活得精彩，除非你停止了学习的步伐！

一次早读，我向学生介绍了黄灯这位作家以及她的《大地上的亲人》。

瓜分殆尽的萝卜汤

胡萝卜白萝卜炖在一起的感觉，就像红玫瑰和白玫瑰在云中结伴而行那样甜蜜。

这满满两大盆汤要炖出味儿来，没有一上午的耗时是不可能的。

又是高胖厨娘的大手笔了。

我大肆宣扬着萝卜骨头汤的美味，这春寒料峭的哆嗦完全可以在热气腾腾的汤汁面前消解，很多学生信了我的话。

五六年级的学生还没下课，二三年级的学生就在窗口等着加菜了，可见这汤是多么深入人心。

“我要肉！”一个圆脸女孩糯糯的声音。

哎呀，好可爱呀！一个齐着窗口高的小女孩伸出碗来了。她的眼睛就没离开过盆里的大块筒子骨。

真像我小时候，喜欢啃骨头，那种可以吸出骨髓的。

真像我小时候，喜欢啃骨头，那种可以吸出骨髓的。

我在想这么一大块肉骨头她能消灭干净？

她点点头，确定一定以及肯定这块骨头是会被物尽其用的。

我只能默想高年级的学生请原谅，低年级的小弟弟妹妹们吃肉的愿望太强烈。

我舀出这块儿大骨头放进她碗里的时候，像是运送了一块大石头。

她捧着沉甸甸的碗走了。

等到五六年级的学生来打餐时，已经没肉了。

他们不嫌弃，萝卜也行，汤也可以。

一勺一勺又一勺，盆见底了。

我觉得我除了能教书，还能去卖西瓜呢！

字帖有奇效

我得到了一套免费的教辅资料，里面有一本同步字帖。

我想最需要这本字帖的就是刘屿腾了。

我把字帖郑重地交给他，满怀期待又语重心长地说，希望能看到你的进步。

这句话的热度还在，他交上来的小字本和课堂本做到了我对作业的两点基本要求：没有涂改、书写工整。

我都想放鞭炮了，字帖估计还没练几页就有这等奇效，我早干吗去了？

刘屿腾隐藏得挺深哈，害得我改他作业头疼了一学期，原来让他书写态度转变的一个分水岭，只是一本崭新的字帖而已。

我把字帖郑重地交给他，满怀期待又语重心长地说，希望能看到你的进步。

贤惠的思惠

每次看到陈思惠，都会有一种沐浴母性光辉的感觉。

思惠有一张圆润的脸，脸颊中央红扑扑的，她的手纤纤细细，多灵巧呀！

好奇怪，虽然她只是个小女孩，却具有母性天然的美好气质：温和、勤快、内敛、专注……

如果安排她做某处卫生，不用担心清扫不干净；如果让她完成某项作业，不用顾虑质量不过关。

从未听到任何抱怨任何指责的话语从她嘴里蹦出来，她就是传统意义上“温良恭俭让”的典型代表。

叫她朗读课文时，她略带羞涩的朗读，也让我心生怜爱。

虽然她属于看上去不怎么起眼，表现也不怎么惹眼的孩子，但正应了那句诗——“苔花如米小，也学牡丹开。”

这天午自习，我老远就听到教室的喧哗声，班长刘晨嫣在拼命压制：“你们别吵了！”

还是喧哗不断。

我走进教室，声音渐微。

“是谁在吵？”我看向班长。

“不知道，我在测体温。”班长笑着不看我，左右晃动相互交叉的手掌代表着她的某种不敢坦诚陈述真相的尴尬。

这种电视剧才有的戏码，小品里才有的桥段，居然在我的班上上演了！

我有些心寒，也有些失望。

我看向全班：“大家都知道教室里不安静，但谁不安静你们都不知道是吗？”

万马齐喑。

集体沉默。

我说：“那大家就都静静地这样坐着吧，整个中午，整个下午。”

我看向陈思涵：“你也不知道？”

她拿起眼镜做出擦拭状：“我真的没在意，刚在擦眼镜！”她勉强的笑容配合着拙劣的动作同样让我心里一阵悲哀。

天哪！小学六年级的学生居然对说真话有了惧怕，是谁的能量达到了比我说话还管用的地步？这种电视剧才有的戏码，小品里才有的桥段，居然在我的班上上演了！

“我再给你们最后3秒，希望有人能说出实话！”

“3，2，1……”

只见陈思惠抬起了手，她飞快而又恍惚地指了一下她的旁边。

我看向她，用眼神给她支持。

她果断地指向了旁边的杨承宇。

我突然明白了这个小女孩的身上不光有母性的温柔和隐忍，更有母性的勇敢和不屈。

至于为什么大家都不敢直言，那又是另外一个故事了。

春寒料峭

这个春天委实寒冷，让我彻悟春寒料峭的威力。

我批发了一整麻袋的暖宝宝，取快递的时候有人误以为是一袋大米或沙子。我把它们作为奖品发给学生，让孩子们抓在手心里，汲取热度。

我的脚板心贴着暖宝宝，手上抓着暖宝宝，裤子破天荒地穿了两条加绒的，几乎不穿毛衣的习惯也屈服于这透心凉的寒潮。即便如此，在教室里待了一下午，还是浑身颤抖，最终以冻感冒收场。

春雪已经下过一场，转眼又要来第二场。

就像糖吃多了会腻那样，糖给多了，就不太稀罕了。

真是每年都各有各的不同，浑不似那“年年岁岁花相似”。

奇怪的是学生们没喊冷，在前后门大开的教室里坐一天也受得住。操场上的风往脖子眼儿里钻，他们却无惧无畏，一样地撒欢一样地嬉闹。

天地和田地都是一片灰白，看不出绿意盎然的生机在哪里。使者还没来，但大家都知道，一个真正的春天在蓄势。

它若来，也许就在某个夜里。

我突然明白了这个小女孩的身上不光有母性的温柔和隐忍，更有母性的勇敢和不屈。

大气的胡姐姐 *

胡耀宜只比我大些许，但处事的方式却比我成熟很多。

她很容易让我们安心地给出信赖和踏实的反馈。

譬如每学期的教材、作业本，她会点好数放到你跟前儿；譬如每次会议上通报的开销明细，精确到小数点儿后两位的一串数字，突显着她的认真和细致。

胡耀宜只比我大些许，但处事的方式却比我成熟很多。

她不会像我一样扭怩作态，这不敢吃那不敢吃，怕长胖胖了不好看，她大方地吃大胆地吃，胖就胖，胖了未必不好看。

她笑起来透着邻家姐姐的质朴，整日里素面朝天的，黑头发中间分开一缕垂垂地披下来，从未见穿过什么花枝招展的衣服。

真是低调沉稳。

期末老师们在议论课后服务费的发放方式。有的觉得自己教的班人数本来少，如果按人数计算就有点吃亏；有的觉得自己教的班人数相对多，当然乐意按人数计算。

胡大姐在会上提出了一个相对折中的办法，让两类老师的收入不至于拉开太大差距。

要知道，她自己也是教人数较多的班，这个点子当然不是基于她的个人立场。

大家商议着觉得可行。

真是低调沉稳又大气。

一次聚餐，桌子小了坐不下一家子，胡大姐主动站到一边，称站着的吃得多。

真是低调沉稳大气有内涵。

好心的苏大姐

苏利辉大姐和她的丈夫同为学校的保安，两人替换着上班。

苏大姐很热心，只要我到保安室坐坐就会有一杯芝麻豆子茶塞到手里。

她眼是极快的，我一发车她就知道是要出门了，麻溜地推开护栏，打开闸门，貌似不舍得浪费我一分一秒。

一次刘宏为拎了一桶自酿五粮液放在保安室，大放厥词说这酒喝了以后有奇效云云，苏大姐听后臊得红了脸，难为情地笑着说："你咯是港么子鬼！"

校长也不好好管一管？

肯定是被这五粮液买通了。

苏大姐总会拿个塑料袋，把每餐的剩饭搓到里面，说是用来喂鸡的。

放学后的校园静静的，她蹿上蹿下关各个教室的门窗、电源，鞋子的声音哒哒哒。她拿个长臂夹子夹取地面的纸屑垃圾，动作极熟练。而她的丈夫，有时也忙活在各个隐秘角落，修修补补，打打敲敲。

谁说这两人不重要？

苏大姐很热心，只要到保安室坐坐就会有一杯豆子芝麻茶塞到手里。

冷天的亲热

又下雪了。

不过我仗着新车轮胎宽大盘子稳当，竟在雪地里气胆雄浑地开着。

一层白雪平铺在操场上，更显校园的安静。

到校刚好8点，学生们都开始早读了。

一辆送菜的昌河面包车准备倒出来，我将车尽量靠边。我想着身量这么小的一台面包车，我隔着它还有些距离，不至于亲密接触吧！

一层白雪平铺在操场上，更显校园的安静。

结果送菜师傅果然没让我失望，他万万没料到一个闲人也没有的校园里，他的身边还蛰伏着一辆大车。

他一双眼睛瞧着右后方转动方向盘，小车甩着头扭着屁股。

“砰！”

就蹭到了我的车。

噢！我家大旗还没有上牌耶！

求我的心理阴影面积。

师傅抓瞎了，不知道方向盘接着该怎么打，两台车才能脱离暧昧关系。万一方向弄错，遭殃的面积怕更大。

我说别移动现场。

师傅手指上的大金戒指灼灼闪着寒光。他埋怨说我为什么不完全等他倒出来？为什么不叫个喇叭？他对保安苏大姐说这样的剐蹭70%的责任在我。

我只是停驻坐等，就被亲上了，责任还在我？只怪新车不够漂亮不够惹眼，他完全没看他的左后视镜。

我走下车来，雪花飘到我的脸上，凉在我的心里。

我的心理阴影面积至少有70%了。

我说："这么小的车，这么宽的距离，能够撞到也是绝了，谁说了也不算，叫保险公司来定损吧！"

等待有点儿漫长。

雪花飘到我的脸上，凉在我的心里，原本的些微灼热的不适意也彻底消遁了。

也许这场雪让每个人的些微不适意都消遁了。师傅打完保险公司电话，安慰我说别担心，一定会给我一个满意的处理结果。

校长热心地用手擦干净剐蹭的地方，瞪着大眼睛看看严不严重，结论是几乎看不出，不细看真看不出。

就像一个女人多了一两道眼纹，不盯着看看不出一样吧？

最后的结尾是：妥善处理，互致歉意。

雪停了，一些冰敷在新车的细微伤口上，姑且称作——冰敷吧？

原野上的原野 *

近来读到鲍尔吉·原野的访谈，只差没把他的话奉为"金科玉律"了。

我不知现在的我在别人眼里是一个什么样的作家。假如从头再来，我希望当这样的作家：他除了写作外，还是一个心智正常的人，不会让别人觉得他是作家。他没为进阶而写过不诚实的文字。他的作品能给别人带来愉快。

雪花飘到我的脸上，凉在我的心里，原本的些微灼热的不适意也彻底消遁了。

他有独立思考的能力并热爱自由。他敢于承认写作的失败，同时不因为付出过一生精力而感到后悔。他靠心灵而非百度写作。他喜欢诗歌与音乐并从中受益。他对语言的钟爱贯穿一生。他找到了适合自己的叙述方式并敢于抛弃它从头开始。他应该有幽默感。他靠写作能够养家糊口。他不抄袭别人的词句、构思与灵感，引文注明出处。他喜欢大自然和纯朴的人。

鲍尔吉·原野的多篇散文作品被选入大学、中学、小学语文课本以及语文试卷。

这些话让我很受启发，也可以让我有了写作上的新认知。

鲍尔吉·原野的多篇散文作品被选入大学、中学、小学语文课本以及语文试卷。他的文章风格多样，豪放、幽默、睿智、雅洁、朴实、细腻、童心，我想让孩子们走近他、学习他、读他。

课后服务时间，我和学生们共读他的四篇散文：《豆子》《春天如同一个梦》《春天喊我》《我们为什么热爱自己的故乡》。

他对一切美丽事物注以深情，这个用汉语写作的蒙古族散文作家，就像写藏族故事的阿来、写新疆故事的李娟一样让我着迷。

他有一颗美好而诗意的心灵，把辽阔草原和美丽悲壮的蒙古民族描绘得鲜活酣畅，让读者产生了强烈的情感共鸣。骨子里对草原的热爱使得他无时无刻不在表达自己的所见所闻、所思所感。

他的语言是一种自然的流淌，有一种细腻、精致与优雅流注其间，让人感到平淡之中寄寓深味。

他把《成吉思汗箴言》中的箴言“与友人交往像花牛犊一样温顺；与亲人交往像黑牛犊一样温顺；与兄弟交往像黄牛犊一样温顺”归纳为“善良”，并作为自己的座右铭——“做一个善良的人比做一个作家更重要”。

散文何以动人？刻画个人意象，书写私密记忆，独抒性灵，抵达人心最柔软、最幽微之所在，方能动人。

不一样的天空

本期我确定的语文教研组工作主题是“信息化2.0与语文教学的深度融合”，和上学期一样，我第一个上组内教研课。

我挑选的是一篇略读课文——《藏戏》。

这篇课文介绍了藏戏的形成及艺术特色，围绕藏戏的主要特点，从藏戏的形成 、面具、舞台形式、演出方式等方面进行介绍，让学生对藏戏有基本认识和了解，感受藏戏所折射出的少数民族风情和地域文化特色，以及所蕴含的艺术魅力。

梳理文章内容只是课时目标的一个方面，更重要的是学习作者详略得当的写法以及独特的文章布局。

前三段，三个连续的反问句构成排比，不仅是对藏戏特点的总体提示，还表达了作者对藏戏的赞美之情。作者一开始就明知故问，激发读者的阅读兴趣。

之后笔锋一转，不揭示谜底，而是讲述一个传奇故事，一方面通过讲故事的方式，告诉读者藏戏的形成，一方面也丰富文章内容，增强文章的生动性和感染力，也折射出藏戏独有的地域文化特色。接着，中间的主体部分，围绕藏戏特点，从不同方面展开详细介绍，同时也是对前面三个问题的呼应。

在具体介绍藏戏特色时，作者不是面面俱到，而是抓住特色最鲜明之处的面具进行描绘，写出了面具不仅有区分人物身份的作用，还有使戏剧中的人物形象突出、性格鲜明的作用，突出了重点，让人印象深刻，传达出藏戏独特的地域特色和文化信息。

所以在执教的过程中，我很注意把这种陌生的艺术形式慢慢植入学生的认知层。

所以在执教的过程中，我很注意把这种陌生的艺术形式慢慢植入学生的认知层。课前的一段短片，直观地演绎了藏戏的表演形式、由来、特点。

由视频到文字，学生很容易在大脑中建立映射关系。虽说这不是精读课文，但教会学生“品词析句”很有必要。为什么学生的阅读能力总是不容乐观？究其原因，他们还没有觉察文字中所蕴含道理的洞察力。

比如讲到唐东杰布创造藏戏这一传奇故事的段落：

> 那时候，雅鲁藏布江上没有一座桥，数不清的牛皮船被掀翻在野马脱缰般的激流中，许多涉水过江的百姓被咆哮的江水吞噬。于是，年轻的僧人唐东杰布许下宏愿，发誓架桥，为民造福。一无所有的唐东杰布，招来的只有一阵哄堂大笑。
>
> 于是就有了这样一段传奇。唐东杰布在山南琼结认识了能歌善舞的七兄妹，组成了西藏的第一个藏戏班子，用歌舞说唱的形式，表演历史故事和传说，劝人行善积德，出钱出力，共同修桥。随着雄浑的歌声响彻雪山旷野，有人献出钱财，有人布施铁块，有人送来粮食，更有大批的渔民、工匠、流浪汉跟着他们，从一个架桥工地走到另一个架桥工地。随着铁索桥一座接着一座地架起来，藏戏的种子也随之撒遍了雪域高原。

这堂课，有让我惊喜的思维小碰撞，但是还不够多。

我抛出的问题是：找到连接故事的起因、经过和结果的词，圈出来。

学生没有全部找出来，说明对这几段话的关系不甚明了。

我给出的答案是“那时候”“于是”“就这样”。根据图示，学生一下就看明白了，这段话的因果关系十分明显。

这堂课，有让我惊喜的思维小碰撞，但是还不够多。显然我的教学设计的难度高于学生的平均认知水平，尽管如此，我仍要做出努力，改变、提升、拓展，让他们看到属于文字的不一样的天空，就像雪域高原神秘的藏戏一样。

把书读进心里 **

寒假，我让孩子们再次深读纪红建老师的《哑巴红军》，写好读后感悟。

班上的女生大多有着很好的读书态度，我挑出一些用心写的。

哑巴当红军20年，从来没有说过一句话，也从来没有听见人家说过一句话。但是，他还是勤勤恳恳，兢兢业业地做好他自己的工作。

哑巴就是这么一个勤劳、不怕苦、不怕累的革命军人。

哑巴从1935年6月份加入红军队伍，直至1983年6月14日晚8:25在北京逝世，生命就这样带着火焰走到了尽头。

虽然哑巴走了，但是哑巴的精神还在。他走过的每一个地方，都是一片滚烫。

——陈思惠《可爱的红军》

哑巴同志的一生，又是颇有遗憾的，直到哑巴同志去世，仍旧没有找到他的家和亲人，他也没有成家。报纸上刊登了消息，来北京认亲的有很多，还排成了长队，但没有一个是真正的亲人。组织也想给哑巴同志成个家，以后有个伴，但都无果。

哑巴同志是一个平凡且高尚的大英雄。

——李岱璇《阳光照耀下的英雄》

哑巴同志是中国工农红军历史上唯一一位富有传奇色彩的聋哑红军。

在哑巴同志刚来的时候就被当作奸细，让我万分心痛。

寒假，我让孩子们再次深读纪红建老师的《哑巴红军》，写好读后感悟。

哑巴生前有对党的事业的无限忠诚和坚贞；有对人民军队无比热爱的信念和初心。他埋头苦干，有着从不斤斤计较个人得失的奉献精神；他认真负责，有着一丝不苟不徇私情的工作态度。他始终保持着艰苦奋斗、勤俭节约的良好作风。

在我们的心中那个不怕苦、不怕累、不怕死的哑巴同志走了，但是他的精神永远印刻在我的心里。

——李岱霖《传奇人物哑巴红军》

哑巴已经离开了这个世界，可他的精神正如那青山，青山不老。

他不会表达，遇到生气与不满的事情他会向人吐口水，以示自己的愤怒。自从踏上革命征途，哑巴红军不再是哑巴，他用自己的精神告诉了我们所有，他付出的辛勤与努力，都有了好结果。他一路走来，喂马、挑水、烧火、看管果园，无事不做，让我们见证了他真正伟大的一面。

战争的洗礼、坚定的革命信念让他和战友们紧紧地走在了一起，他们成了要好的兄弟。哑巴同志被批准参加红军的那一刻，一定感到无上光荣。他对革命前景充满了向往，正气凛然的军衣与五角星、红领章相得益彰，捧在手里沉甸甸。他轻轻抚摸着，好似这是他用半生拼过来的全部，是世间最重要、最珍贵的东西。

——刘雨晨《红星闪闪映光辉》

哑巴朴实无华且勤俭节约，丢了五块钱，哑巴便会把行军包翻个底朝天。你们是不是觉得哑巴很贪财？那就错了。每到他的战友们缺钱或离队时，他都会把钱给他们。哑巴负责看管果园后，把好的果子送给了幼儿园的孩子，给了战友，自己却吃烂了的果子。他是多么重情重义的一个人！

现如今，哑巴已经离开了这个世界，可他的精神正如那青山，青山不老。

——刘心琪《他是这样一位红军》

哑巴酷爱戏剧，部队里不管大大小小的戏剧他都不会错过，特别是有了彩色电视机的哑巴，更是对电视机里的一切入迷，他真可爱！

人终有一死，哑巴也逃脱不了这生老病死的命运。他1983年6月14日晚病逝于北京，一篇几百字的悼唁稿讲述了哑巴这平凡而又伟大的一生！40年的时间说长不长，说短也不短，但哑巴却把这40年的时间全都奉献给了革命。虽然他走了，但我相信他的革命精神会一直活在我们心中！

——陈思涵《中国的骄傲》

这位聋哑人就这样戏剧性地走向了长征之路，成为一名“红军战士”，并跟着红军开始走上革命之路。从此开始了再也不同于往日砍柴或背货的生活。

哑巴红军的善良、勤劳、勇敢、坚定，是多么难能可贵！

——陈梓萱《您不愧是红军》

哑巴同志有一些缺点和小毛病，比如脾气暴躁，爱用唾沫表达自己的不满等。哑巴同志也有很重要的东西需要去保护，他把几块银元放在布口袋里，贴身放着，生怕丢了，或是被人偷了。

哑巴过世后大家都很是沉默，哭喊声响彻了整个夜晚。这天晚上，从师机关到医院，到处都是灯火通明，寄托着大家的哀思。

精神长存，万古长青！

——刘佳怡《难以忘怀》

中国解放了，生活条件好了，哑巴不用挑水了，却患上了心脏病和高血压，但他仍吵着要干活，随后带病看守果园。其间，他和小孩争，和大人斗，而这一切都是他负

哑巴红军的善良、勤劳、勇敢、坚定，是多么难能可贵！

责的表现。

哑巴病重，住在了医院，生活了十几年，最终于1983年6月14日晚8：25分在北京去世。

合上这本书，我突然想对自己说，就要像哑巴红军一样，做最好的自己！

——邓智宸《做最好的自己》

哑巴是一个勤劳俭朴、爱惜钱物的人。哑巴当时被分到了五连炊事班。有一天，五连中的小马抢了哑巴的布口袋，布口袋中的秘密这才揭晓，布口袋里装的东西非常简单，分别装着六块银元，还有一顶八角帽，一块缀在布上的红五星帽徽和一对红领章。银元是长征路上发的，八角帽、红五星帽徽，还有红领章是参加红军时戴的。部队由红军改编成八路军后，他舍不得扔掉，把这些东西藏起来，当宝贝一样。当得知熊健被召回团部时，哑巴将自己布口袋里的六块银元，拿了一块给了熊健。后来，剩下的五块银元被别人偷了，便再也找不到了。哑巴他并不是贪钱，而是爱惜钱，勤俭节约。

合上这本书，我突然想对自己说，就要像哑巴红军一样，做最好的自己！

——刘晨嫣《您是这样一个人》

然而，让哑巴能够辉煌一生的是他自己的功劳。

在红军长征到南泥湾的时候，奉命进驻南泥湾，实行屯垦，开发万亩良田，把荒无人烟的南泥湾变成“陕北江南”。开展大生产运动的困难是难以想象的，草棚是用树枝搭的，既漏风，又漏雨。在那里，战士们整天劳动，用水需求多，于是哑巴奉命为战士们挑水。能将南泥湾建设成“陕北江南”，哑巴功不可没。

如果将部队里的每个同志都比喻成一个太阳，那么哑巴将会是极为闪耀的那一个！

——刘星源《中国的骄阳》

这本书太小，装不下英雄波澜壮阔的一生。这本书又太大，装下了华夏的革命战争道路。在这本书上，随手翻过的一页内容，很可能是一位英雄的一生。曾有一盏灯，用自己的微光为华夏撕破了暗夜的一角，又有了千万英雄接力，让华夏从无尽的混沌里破暗而出，有了他们才让现今华夏的薪尽火传。

纵然山河有恙，不敌世间盛情……

——彭雅曦《破暗而出》

从这些读后感中能够看出，班上有一部分孩子的的确确认真读了原著，并有自身独特体悟。如果在读后感这一块儿多练笔，拟题能力和内容设计会有更大的进步。

不光是就书谈书，更要跳出书本谈生活中的自己，这样的读后感才是真正有效用的读后有感。

如果在读后感这一块儿多练笔，拟题能力和内容设计会有更大的进步。

傻傻分不清楚

双胞胎廖泽航和廖泽翔我是彻底分清楚了，细看两人模样有明显区别。廖泽翔的面相偏朴实一点儿，喜欢眨巴眼睛，一边说话一边眨巴，一分钟十几次的频率；廖泽航嬉皮笑脸嘴巴没个把门的，叨叨叨不停歇，即使被批评了也是面不改色心不跳，心理素质好得出奇。言行举止又一次将二人的差别拉大。

可是李岱霖李岱璇我至今也有些懵圈，经常将二人弄混。

比如上课叫人回答问题，我看向李岱璇，结果站起来的是李岱霖。

比如擦黑板，我需要的是李岱璇，结果手指着的是李岱霖。

我只能甩甩头拍拍脸，天啦这两人太像我面前的重影了。

但我从打羽毛球的动作和力量可以判断，打得更好的是李岱璇。

李岱霖也不差，极会跳绳。小绳甩得啪啪啪，她就像浪里的花儿。

评选三好学生，俩孩子都不错，但是优秀的也不止她俩。综合考量，我忍痛割爱，报上了李岱璇的名字。

李岱霖也不差，极会跳绳。小绳甩得啪啪啪，她就像浪里的花儿。

我偏偏十分懒惰，排座位又生生不想分开她俩；她俩偏偏穿着同款衣服，扎着同样高度的马尾，戴着同色手表，连看黑板的眼睛都是一样地眯缝着，每每让我傻傻分不清楚。

等到下一堂课，我还是会痴痴地看着某一个，在提问之前，先确定一下："你是李岱霖，对吧？"

"我是李岱璇。"

神哪，救救我吧！

校园明星

我脱掉大衣，换上运动鞋，不过剩下的衣服一点儿也不像运动装，一件蕾丝衫和一条纱裙。

是的，这样的装束去打球。

下楼的路上听到五年级学生的赞美："哇，好仙！"

走到球坪里听到四年级的赞美："这就是那个打球最厉害的老师！"

我觉得自己可以飘起来。

能和我打的时间较长的是杨承宇和任子聪，他俩身坯粗壮，动作有力，还能多较量几个来回，较量的来回一多，自然可看性就强，不同年级的学生或站或蹲，在一旁观战。

一条纱裙完全没有束缚住我，任子聪说我就是校园明星。

哎呀，我又开始飘飘然了。

结果一个三年级的圆脸“小妹纸”跑来说，要和我交个手。她一双大眼眨巴眨巴，纯纯的真招人喜欢。

我说：“行呀！”

她是报了我的特色羽毛球课程的，只是还没开课而已。她的姿势有模有样，一看就不像初学者那般稚嫩。

她使尽全力，球却并没跑多远。

但是很高。

我鼓励着说：“好球！”

杨承宇没心没肺地说：“这也算好球？”

我热情地盯了他好一会儿，这样的死亡对视最终以他的退场告终。

小姑娘拿起球拍继续击中朝她而去的球，有的球角度不好，她甚至蹲下身来，真是个灵泛妹子！

我也是依着她的力量尽可能把节奏调整得慢一点，让她有信心继续精彩。

小姑娘举手投足都透着一股无所畏惧的生猛，如果勤加练习，练习得法，一定会有所精进的。

球打得直脱毛，飞行的路径直截了当，最后带着半边毛的球变成利箭直来直去。我只能说，下次再约。

小姑娘点点头，大眼睛眨巴眨巴，说不尽的可爱！

我热情地盯了他好一会儿，这样的死亡对视最终以他的退场告终。

可敬的小姐姐

因一场意外，她半岁时失聪，她不能像常人一样交流，但她通过读唇语学会了“听”和“说”。凭借优秀的学习成绩，她成为家乡小镇上近年来唯一考上重点大学，最终到清华大学念博士的学生。

郴州宜章失聪女孩江梦南代表湖南入选2021感动中国年度人物。

郴州宜章失聪女孩江梦南代表湖南入选2021感动中国年度人物。

这位小老乡身上有诸多值得我和学生学习的地方，我让学生们观看了她的这段颁奖视频。

尚在襁褓的江梦南，因耳毒性药物导致极重度神经性耳聋，半岁后便生活在无声的世界里。为了让女儿更好地融入社会，江梦南的父母毅然放弃教女儿学习手语，而是让女儿学习发音和唇语。

聪明、好强的江梦南凭借不服输的劲头，在小学四年级之后，自学完五年级的课程，直接跳级升入六年级。

2011年高考，她以615分的成绩考入吉林大学。2018年，她考入清华大学生命科学学院，开启博士研究生的学习与生活。

她认为，通过个人努力来克服身体残缺带给自己的困难，与健全人站在同一个跑道上是一件很酷的事。

学生们鸦雀无声，看得特别认真。这样的勤奋、上进、乐观、聪慧的小姐姐，完全可以成为大家的榜样。

希望作为健全人的我们，一样可以靠自己的努力，酷酷地奔跑于生活的各种跑道上，问心无悔。

以诚相邀　以礼相待

班级的《哑巴红军》读书分享会很快就要来到了，这是我酝酿已久的活动，也是我来小乔想送给孩子们的最大惊喜。

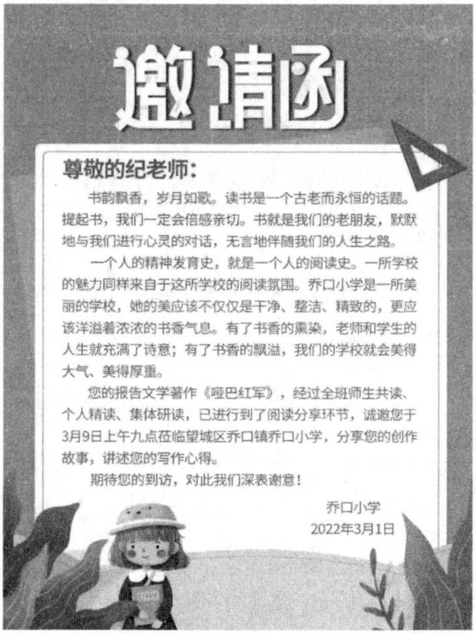

邀请函

尊敬的纪老师：

书韵飘香，岁月如歌。读书是一个古老而永恒的话题。提起书，我们一定会倍感亲切。书就是我们的老朋友，默默地与我们进行心灵的对话，无言地伴随我们的人生之路。

一个人的精神发育史，就是一个人的阅读史。一所学校的魅力同样来自于这所学校的阅读氛围。乔口小学是一所美丽的学校，她的美应该不仅仅是干净、整洁、精致的，更应该洋溢着浓浓的书香气息。有了书香的熏染，老师和学生的人生就充满了诗意；有了书香的飘溢，我们的学校就会美得大气、美得厚重。

您的报告文学著作《哑巴红军》，经过全班师生共读、个人精读、集体研读，已进行到了阅读分享环节，诚邀您于3月9日上午九点莅临望城区乔口镇乔口小学，分享您的创作故事，讲述您的写作心得。

期待您的到访，对此我们深表谢意！

乔口小学

2022年3月1日

▲给著名作家纪红建老师的邀请函

纪老师老早就答应了我的请求，为了表示对他的谢意，也为了表达自己的诚意，我制作了一张邀请函，亲自送给他。

为了表示对他的谢意，也为了表达自己的诚意，我制作了一张邀请函，亲自送给他。

来到纪老师办公室，他正埋首于书堆里，在电脑面前敲字。这是我第二次到他的办公室，也正是因为第一次拜访他时，他将签名版的《哑巴红军》送给我，才有了我想把这本书传递给更多人的愿望。

巧的是两次拜访都伴随着明晃晃的太阳。

纪老师的办公室被书柜隔成了两部分，书柜已满到不能再满，竖着放不下的书，便横着摞在旁边，就像塞满人的火车厢，座位上、过道里、座位下全是人，连空气的位置都被挤占了一般。

他说自己正在创作一本关于长沙窑的新作，十几万字。他的书没低于过十万字的，我诧异地说这动不动十几万字该写多久呀！

“最快的一个月，当然有的时间更长。”

那得是多废寝忘食才能写出这么多字，写之前要查阅资料，写之后要修改订正。这都是白花花的时间啊！

我下巴掉在地板上，自叹即便两个我同时开足马力都弗如。

纪老师鼓励我写好作品，投大刊物。我陡然觉得这是朵遥不可及的彼岸花，难于上青天。

“是很难，所以要勉力去做。只要打开局面，接下来你的稿子就自然会受欢迎了。所以，你要做的就是出好作品。”

纪老师的语言和行动，都在告诉我前路的光在哪个方向。

阳光斜斜照进窗户，时光里流着蜜糖。

“要始终做一个奔跑者，奔跑在时代的前列。”这样的话语，就是他取得成绩的最好明证。

纪老师的语言和行动，都在告诉我前路的光在哪个方向。

小乔大爱 *

周长大清早地等在食堂门口，后备厢大开，说女神们一人一盒奶油草莓，祝大家“没烦恼”。

领到草莓的我们更为自己身为女人而无比庆幸——这么优厚的待遇！

男士也有，周长做事才不会厚此薄彼，我渐渐发现他在学校的调和剂作用了，经常各种救火各种润滑，在我来之前的日子里。

朋友圈里洋溢着被宠幸的甜蜜。局长深情告白，望城一中的男神可劲儿搞笑、一中金山桥男团出动集体送花……只要能博女人一笑，都是成功。

而且阳光和微风也甜香阵阵。

没有理由不开心呀！

下班后，全校老师相约去新康戏乡吃烤全羊。我不吃羊，周长说有烤乳猪。

摊位就设在大桥桥墩下，周长戴着白手套外加塑料手套，殷勤地为大家分撕一头烤好的、老老实实趴在铁盘里的小乳猪。

他真是一个热心的人，很愿意为集体着想。

小乳猪的皮脆生生，肉嫩滑滑，我还是第一次吃呢！

音乐飘起来，羊血汤、炒羊肝、烤全羊合并水果饮料铺满一条长桌，这就是乔小女神节浓重的仪式感。

预演

读书分享会很快就要到了，前期我为这件事酝酿筹划了很久，流程该怎样，形式该怎样。

我想到天心区曹永健老师的整本书导读课，有不少可取之处。思量再三，我不想复制他人，而是决定把舞台交还学生，自己做个“幕后英雄”。

利用周末，我准备好主持稿，选好主持人，确定好各项流程，整理修改好学生的读书心得。

主持人最初想让刘晨嫣、杨承宇担纲，刘晨嫣自不必说，普通话标准，嗓音清脆，台风沉稳，至于为什么要选杨承宇，可能是我脑子进水了吧！

事实证明我脑子果然进水了，杨承宇练习了一下就打退堂鼓，嫌烦，不伺候。

哼！关门，放张智钦！

张智钦“临危受命”，与刘晨嫣一道每天被我请到办公室来练

我准备好主持稿，选好主持人，确定好各项流程，整理修改好学生的读书心得。

习，确保通顺流利有感情。

读后感环节有了，展示手抄报环节有了，我还觉得虚得很，还要落实到文本中研读一下，于是我让孩子们找找书中有哪些最能触动人心的地方，仔细品读，从中看出哑巴红军到底是一个怎样的人。

加了这个环节，活动实起来了。

提问环节也需细细考量，加强问题的针对性，避免无效提问耽误时间。

提问环节也需细细考量，加强问题的针对性，避免无效提问耽误时间。

所有流程必须先彩排一遍，才能预估时间，查验效果。

令人稍不满意的是，学生的朗读偏弱，单个儿读胆子小，放不开，集体读缺情感，较拖拉。

最后只能从十个上台朗读读后感的孩子中挑出五个表现相对大方出众的，这才一切妥当。

卫生、桌椅、文明礼仪又是一通交代嘱咐，我这颗沧桑的老母亲的心呀！

连线纪老师，他说活动需提早，临时有别的安排。

还好还好，没有因为太忙而直接爽约。提早没问题，能来就最好。学生们的兴致已被高高扬起，可别落了空。

万事俱备，只欠东风啦！

架场 **

《哑巴红军》读书分享会，可以说是我来乔小支教策划的最大型活动。为了这个活动的顺利进行，我可是苦心孤诣，提前半年就开始谋划了，步步扎实，真正做到了问心无愧。

早上8点，阳光在操场铺了金地毯，为欢迎贵宾做了天然的准备。有纪老师的地方就有阳光，每次都是这样凑巧。

我还在二楼走道来来回回忙活，苏大姐就骑个电动车在楼下说，有个人进来了，看看是不是今天的嘉宾。

我正准备下楼去迎，拐角就碰上拾级而上的纪老师，他谦卑一笑。果然是个重承诺的好老师！

楼道的阳光在慢慢扩大自己的范围，阴影渐小。一切都在预示着：我们在合适的地方，做着合适的事情。

纪老师特别有心，把亲笔签名的《大战疫》送给了校长。

学生们激动非常，他们扑通扑通的小心心我怎么会猜不到？

活动伊始，我代表校方致辞。接着，小主持人上场了。

纪老师端坐后方，认真倾听学生的读后感。

陈梓萱、彭雅曦两人的表现特别出挑，朗读感情的到位是一定能为稿子加分的。

品读环节，杨承宇、陈玉春、刘玙腾、廖泽翔这些平日里欠缺专注的人，也有模有样起来，正襟危坐，让人刮目相看。

纪老师听完同学们的感悟，很震惊也很感动，坦言现在的学生在阅读能力和表达能力这一块儿的确不同于他读书的年代，看来读这本书大家是真的用了心。自己写的作品能够被这样学生这样尊重，他一定是欣慰的。

一切都在预示着：我们在合适的地方，做着合适的事情。

“纪老师，非常感谢您能来乔口小学和我们面对面交流，我想问问您：‘您为什么想到去写哑巴红军这个人物？’”

“纪老师，您是一个笔耕不辍的大作家。我想问问您：‘您在走访调研的过程中，遇到过哪些困难和挫折，能和我们说说吗？’”

“纪老师，从今天的读书分享会上我了解到，您是一个特别勤恳的人，著作大多是十几万、几十万字，我的作文总是写不长，您是怎么把文章写长的呢？还请您赐教！”

“纪老师，您在学习写作的过程中，遇到过哪些对您帮助很大的老师？”

几位学生依次提问，纪老师耐心解答。解答的过程，就相当于一场微讲座。他告诉同学们，为创作《乡村国是》，他耗时两年多，深入六盘山区、滇桂黔石漠化片区、武陵山区、秦巴山区、乌蒙山区、罗霄山区、闽东山区，西藏山南、新疆喀什等脱贫攻坚主战场，走过湖南、云南、甘肃、宁夏、新疆、贵州、广西、福建、重庆、四川、湖北、江西、安徽、西藏等14个省(自治区、直辖市)39个县(区、县级市)的202个村庄。他一路行走，一路记录，一路思考，对中国农村有着亲身的感受，尤其是对中国民生第一工程“脱贫攻坚”在乡村的具体作为有着深刻的认识。

几位学生依次提问，纪老师耐心解答。解答的过程，就相当于一场微讲座。

“采写《大战“疫”》期间，一线的医护人员中有太多感人的故事，需要我们去挖掘，需要我们去记录。这个时候如果坐在家里面，不深入到疫情最中心的地方，就无法深入内心，无法深入内核，对人生人性挖掘的力度肯定是不够的。在武汉，我希望记录这次疫情之下一些非常感人的事和精神，还有一些值得我们反思的东西。”

“要怀揣一颗爱国、爱家乡的心，如果选择了文学的路，要勇敢地坚持下去，才会有所成就。”纪老师勉励孩子们。

他很感激自己一路上遇到的老师们，是他们的鼓励、帮助，坚定了他的初心。

彭雅曦代表学生献花，同学们排队上台找纪老师签名，整个过程静静的，只听到轻微的“谢谢”在回响。

有同学小声地问：“左老师，这书上签的是什么字？我看不懂。”

“红建。”我笑着说。

签名体不是楷书，学生认不出很正常。

第一次收到签名版的书，也足够他们兴奋好一阵了。

纪老师看向刘晨嫣和张智钦，夸赞这俩主持人表现不俗，全程无卡壳，全场无纰漏。

合照的过程很迅速，学生早就知道了自己的位置，根本没让我

▲著名作家纪红建来乔口小学讲课

浪费口舌，又快又静又齐。

红色的横幅上大大的字：“信仰为魂　奉献如歌——作家纪红建走进乔口小学”。

圆满的活动，以这张笑脸洋溢的合照结束。

这也是孩子们六年小学生涯以来，第一次参与作家进校园的活动，这注定是他们记忆里无法忘却的一抹亮色。

后来听毛泽东文学院的刘哲老师说，这样的活动绝对可以载入乔口小学的校史了。

纪老师来这儿一杯茶没喝完，走的时候也不愿接受劳务费。他说：“为家乡人民做点小事，我很愿意！”

高山仰止，景行行止！

红色的横幅上大大的字：『信仰为魂　奉献如歌——作家纪红建走进乔口小学』。

风雨操场

乔小的操场兜不住风也兜不住雨。

风来的时候，定点站立的几棵桂花树就是操场唯一的遮挡。这样的遮挡有些自身难保的意味。

它们的枝叶统一往脑后梳，个个像打了发胶一样往一处黏，好像在抱团取暖。偶尔掉落几片叶子，又转瞬被风吹得无影无踪，连哀叹伤怀的机会都不给。

总之操场永远都是这样干净，不惹尘埃的模样。

每个到乔小的外客都会因为这片干净空阔的操场而给乔小的整体感觉打满分——嚯！多么整洁明净的校园啊！

风通常搭着雨的肩膀而来。枝叶湿漉漉的，脸庞一样清澈。

看似平整的操场积攒着一摊摊水，像镜子一样倒映着天上密布的阴云。

看似平整的操场积攒着一摊摊水，像镜子一样倒映着天上密布的阴云。

风刮得羽毛球都飞不稳，弄得我技痒了好一阵，活动不开手脚好烦恼。

若是阴雨连绵，学生是不做广播体操的；若是阴着天地上积水不散，学生是不做广播体操的；若是天晴了积水顽固不散，学生是不做广播体操的。

这样算下来学生基本不做广播体操，除非太阳天好到地上所有的水都蒸发得彻彻底底。

学生们无所谓，不做操就去抢占仅有的四个乒乓球台，从这节课下课铃响的那一秒直至下节课上课铃响的这一秒，一秒都舍不得耽误。

杨承宇带了两个篮球，轮换着在篮球架下耍酷。他的手臂前后运球，球从他胯下弹来跳去，不过坚持不了多久球就哒哒哒迈着小碎步跑远了。他气急败坏地追。

所以下课了教室基本就跑空了，邓智宸打球忙到经常不按时发我的语文作业。他们好忙，我成了光杆司令，关键时候只能使唤自己。

我都不好意思说教，仿佛占用他们的娱乐时间，是我莫大的罪过一样。

当这些耗尽了体力喘着气跑回教室上课的孩子落座时，我就知道他们在养精蓄锐，心驰神往着下一个课间了。

我是不是太好说话了？

“乌合之众”

说是要举行跳长绳比赛，杨建红老师负责组一个校队，各班选些精兵强将。

说是要举行跳长绳比赛，杨建红老师负责组一个校队，各班选些精兵强将。

这些精兵强将利用课后服务练习，邓紫嫣和陈子信负责甩长绳。

我说怎么打羽毛球的人越来越少了，原来人都分流了。

仔细看了一下训练效果，额，离我看到的真正的强队，还差一大截呢！

体现在接龙的速度和质量跟不上，没法连珠般一个一个往里跳，也没法做到每一步都不出差错不死绳。

有时候那长绳甩得软塌塌，击打地面底气不足，高处的拱形也形成不了。

算不算一群“乌合之众”？

“左老师，你来啊！”

学生呼唤我加入。

其实我也跳得不咋地。

不过我决定加入。

这些小家伙挺贴心，轮到我跳的时候特意放慢摇绳速度，这是在照顾我这个“老人家”？

我等着绳子处于最高处时进入，按“8”字形从一侧尾部跳进，从另一侧首部跳出，确保绳子不绊住我的腿脚。

“哇，左老师牛！”

学生们好贴心，但凡我成功了，就表扬我一番，这是在鼓励我这个“老人家”？

学生们边跳边玩乐，他们干什么都带着玩儿的心态。

五年级的刘博宇进了跳绳区域就在里面转体360度，还老赖着不走，跳到犯众怒才出来，还是同边出来的。

刘苗却从摇绳者旁边进入，常常被绳子包裹着无法脱身。

陈思涵和彭雅曦两人一起进入，步伐一致跳了三下才出来。

杨承宇是个“千年老赖”，跳进去就不想出来，两个摇绳的加快摇速，非让他跟不上趟，非让他当众出丑，非让他吃点苦头。那啪啪的甩打声，哪里是打到地上，分明是想抽到杨承宇的屁股上，那肥硕的有弹性的地方。

一个身影总是从身后逼近，我总能确切感知并迅速反过头来张望。还能是谁?

杨承宇呗!

他把手举到头顶再平移过来。

“看，我比你高!”

“比我高不稀奇呀，能比所有比我高的人高吗?”我逼近他。

他落荒而逃，不一会儿又靠近我的身后，来一轮比高回放。

他把手举到头顶再平移过来。

“看，我比你高!”

刘苗却从摇绳者旁边进入，常常被绳子包裹着无法脱身。

“你还比我胖呢！”我又逼近他。

他又跑远了。

这个吃饱了没地方消化的家伙！

高深莫测的龙

彭耀龙细窄的身体顶着个大大的脑袋，走路有点内八字，乍一见到我的时候挺老实。

作业写是写，写得很勉强很不情愿，从错一大堆就可以看出来。

哎！果然强扭的瓜不甜。

不久后他就露出原形，把自己等同于晓叶，可以不写作业也不交作业。

要是我话说重了他就掉眼泪。

他的这种策略就叫东风压不倒西风，东风就会自然放弃去压倒西风。

他的做派实在坚挺，上课几乎是躺着，只差没配老板椅、大班台，外加叼根雪茄了。

做试卷他也是一条傲腿，除了ABCD类的题目瞎蒙一通，其他的统统空着。

比起任子聪只拿两分来讲，他有时候能拿四分，还不算成绩最差的。

这样一个聪明绝顶的隐者，喜欢蜷缩在角落，在听到批评后，给个不屑的白眼。

如果在大家都动笔，而他还想坚持“突然的自我”的时候，我

不久后他就露出原形，把自己等同于晓叶，可以不写作业也不交作业。

的眼睛会像探照灯一样射向他，在我营造的某种肃杀氛围下，他会拿起笔杆做做写写的样子，做做思考的样子。

我还有那么点儿面子是吧？

作业他也挑着做，生字、词语他抄，还有破天荒全对的时候，我狠狠表扬过他一次，不过也只是昙花一现。

作文他也交，并且不苟同于抄袭，凭自己的认知写上几句，怎么看怎么像天才的语言。

一般智者到了极限，都是精神濒临某种癫狂的状态。

要不怎么说尼采是疯子呢？

当然彭耀龙还没到这样的层次。

卫生他也愿意做。每周二、周五收垃圾的奶奶过来，他倒是屁颠屁颠拖着垃圾桶去倒垃圾。

我看他平时得的奖励实在少，给了他一支笔，也算是学习之外的肯定。他笑得欢，露出几粒尖牙，发出猫一样的尖叫。

他平时话不多，也很少和其他男孩子玩在一起，沉默是他的标志，但绝不代表平庸。

也许他很容易被忽视。其实他根根直立的发丝告诉了我，他是绝对的出类拔萃，又与众不同。

校长说话几乎没有小声过，这就是惯常说的“狮子吼”。

震耳欲聋

校长说话几乎没有小声过，这就是惯常说的“狮子吼”。

无论是找校长理论，或者校长找他人理论的，校长统统是大嗓门，中气十足、精神振奋的样子，校长中的“战斗机”。

办公室、会议室、食堂，随处都能听到他的吼声，或是催促老师开会迟迟不来，或是任何班、任何人存在的某些现象他看不过去，或是对食堂某个菜的做法不满意。

总之和他对话，若是没有同等分贝的声音，很有可能会被埋没在“砰砰砰”的炮声中，炮弹密集而且当量大，最后对话者憋红了脸使出了洪荒之力，也只能徒劳地淹没在狮子吼的声浪里。

不管有理还是没理，都“阵亡”在这“突突突”的轰炸里。

校长不但用震耳欲聋的声音说话，而且苦口婆心地短话长说。

对了，校长好像没用普通话讲过话。

国旗下的讲话他通常要讲到上课铃响以后，并对不认真听他讲话的摇来晃去的学生点名批评；开会的时候也会将会议时间拖到上课铃响以后，有老师想离会也不可以。

“莫性躁咯，比我还性躁，等我讲完。”

“哎哎哎，刘宏为睡着了？认真听哪！”

与会的老师如坐针毡，幻想自己变成一根弹簧，在会议结束时将自己弹出去。

与会的老师如坐针毡，幻想自己变成一根弹簧，在会议结束时将自己弹出去。

校长很负责，但凡出去开会了都要及时传达上级精神，有些问题展开来讲，结合学校存在的实际问题讲，所以讲起来就会很具体。

起初我是瞪着两眼精气神十足地听他讲；渐渐地我开始低头沉默地听他讲；最后我开始抓着头发强逼自己听他讲。

有个家长说：“你们学校的校长是不是快退休了？会换个什么样的校长过来呢？希望是个年轻点的。”

额，我有些尴尬地笑了，老同志也有他的可爱之处啦！

比如每次我和杨贝要外出开会，在收拾打扮好自己之后，他总会来一句：“到底是去开会，还是出去约会？”

比如有时看我心情好唱着歌的时候，他就会问：“老公回来了？”

我常常想，校长退休以后可以干吗？他的嗓音得天独厚，不去唱摇滚可惜了哦！

心疼这颗牙

课间，班长气喘吁吁地跑过来：“老师，陈思涵嘴里流了好多血，您快去看看！”

还没等我走到教室，陈思涵张着血盆大口号哭过来，血水滴答一路。

还没等我走到教室，陈思涵张着血盆大口号哭过来，血水滴答一路。

“老师，我掉了好多牙齿！”

我一听吓得不轻，掉好多该是多严重？

我立即打家长电话，得去医院处理。

其余老师帮她洗嘴巴，最后把掉出的那粒长牙用纸包好，这颗牙从根部断裂了。她撞到哪儿了？

之前，我听过很多学生之间因为课间打闹嬉戏弄断牙齿的事例，很清楚牙齿的问题不是一件小事儿，而且处理起来比较棘手。

家长很快来接，陈思涵依然是捂着嘴巴号哭不止。

在教室里，我问清楚了事情的原委：邓紫嫣和陈思涵在走廊玩闹，邓紫嫣抱住陈思涵，陈思涵一低头就磕在了栏杆上。

磕在栏杆上，可比磕在某个身体部位上坚硬得多。

邓紫嫣也吓哭了，想必读这么几年书，没遇到过这样的突发事件。她颤抖着手，眼泪汪汪说：“真的不是故意的。”

意外就是这样，不是故意，但也避免不了它的发生。

我安慰她说：“相信你是无意的，但事情已发生，先看陈思涵的情况，自己也需要反思，下课还要不要这样疯闹，还是多把精力用在读书上为要。”

很快陈思涵的妈妈告诉我，乔口附近的诊所表示没办法，要去大医院。

我建议去长沙口腔医院或者湘雅，家长也许考虑路程远，赶过去医生也下班了，不如去望城人民医院。

我想到有医院吴超书记的电话，于是打电话请求推荐一位有经验的牙科医生。

吴书记对此事很上心，很快推荐了牙科主任。

主任的回复是这颗牙脱落时间太长，若是当时用牛奶养着保持它的神经不坏死，或许还有50%的拯救希望。现在只能等18岁后做种植牙，这几年用临时牙先代替着。

算是长知识了，我们所有人都不知道牙齿还有这样多的名堂。

陈思涵戴着口罩过来上学。揭开口罩的那一瞬间，她嘴中间一处空空洞洞。

心疼这颗牙。

破天荒 *

算是长知识了，我们所有人都不知道牙齿还有这样多的名堂。

邓紫嫣和陈子信两个语文随堂检测从没及格过的人，竟然及格了？！

我吃惊又欣喜。

不确定是不是牙齿一事让邓紫嫣有了安心读书的想法，但这次及格让我着实在班里对她狠狠表扬了一番。

这相当于我们班上的“脱贫攻坚”成功了一大步呀！

为师表示非常开心！

有时候59.5和60分相差微弱，但代表着不同阵营不同层次不同类型。

我的溢美之词层出不穷地脱口而出，俩孩子像打了胜仗、胸前顶着大红花一样光荣又喜悦。

他俩肯定极希望时光就此停驻，美好不要离开。

不光是这两人的飞速跨越，陈玉春也挺进了优秀行列，杨承宇离优秀只有0.5分之差，陈思惠成了班上第一，张智钦紧随其后！

思惠呀思惠，不枉我对你的看重和期待；智钦啊智钦，你聪明的脑袋瓜儿终于没有仅仅用在旁门左道上。

为师表示非常开心！

我的赞誉之词像湘江水一样流淌不息，俩孩子被我夸得眼神发光，吸铁石一样盯着我不放。

他俩肯定极希望时光就此停驻，美好不要离开。

他俩肯定极希望时光就此停驻，美好不要离开。

说来奇怪，这班里头把交椅老是换人，没有谁长期考第一，这是好事还是坏事？

破天荒地那么多人及格，那么多人优秀，那么多人进步，这不会是南柯一梦吧？

不要吓唬为师稚嫩的小心脏哟！

这样一支队伍

好不容易碰到个无风的天气，等待打羽毛球的学生贴着墙壁站成一排。这是我执教课后服务特色课程第一次正儿八经在室外的一堂课。

上次，那个三年级主动找我打球的妹子叫李嘉欣，一个大明星的名字，我不费吹灰之力记住了她。

我说：“不清楚大家的羽毛球基础，先每个人和我对打三个球。”

“妹子，上！”我呼唤李嘉欣，我习惯了叫她妹子。

她倒是不扭捏，跳跃到空地前方来了。

从上次到这次，我发觉她的击打力量有长进，球打得很远了。

“老师，她是妹子，我是什么子？”陈思涵有点儿醋醋的。她的反应能力也有了很大进步，要是快速抽杀过去她也能接得住，当真是士别三日当刮目相待。

“绝绝子。”我说。

她笑嘻嘻的，表示很满意。

“老师，她是绝绝子，我是什么子？”张智钦人小小的，球是发得又高又远，不过发完球他就开始晃荡，许是用力过猛站立不稳。

“矮子！”我说。

张智钦站在紧贴墙壁的队伍里，身高只能与三四年级的孩子媲美。

“老师，他是矮子，我是什么子？”任子聪的技巧和力量都进步了。想不到此人考试不行，其他方面倒说不上不行。

“胖子。”我说。

他在一溜儿学生中间，高大壮实，又穿件黄色衣服，十分显眼。

“老师，他是胖子，我是什么子？”杨承宇很期待。

“油渣子。”我说。

众人笑了，十分佩服我这么精准的评价能力。

杨承宇倒也不反对，拿着个歪脸拍子，扬言要“吊打”我。

他的确是学生中打得最好的。

我才不会在来来回回的对打中把自己的体力耗费干净。我开始左右拉锯，让他跑动到气喘。

那句话怎么说——“惶惶然若丧家之犬”。

因为反应、速度、力量他都不缺，只缺一点儿狡猾的心眼儿。

他在我左右开弓的攻势下疲于应对，我乘机快击，杀他个措手不及。

张智钦站在紧贴墙壁的队伍里，身高只能与三四年级的孩子媲美。

就这样，妹子、绝绝子、矮子、胖子、油渣子轮番上阵，边打边笑。

好久没有这样酣畅淋漓了。

有的孩子还不会发球，好不容易发个球都觉得像吃了糖一样开心。我给他们示范，有的学得特别快。

比如廖泽航，平日里没和我打过一球，一上手就打得有模有样的，他开心到得意忘形，一天到晚嘶吼的喉咙里发出沙哑的欢呼。

有个小个子男孩叫刘烜赫，穿着一双皮靴，他还不会发球。接成功的球的次数大大少于捡球的次数。

他的球拍几乎打不中球。

他也不沮丧，只要我不喊他下场，他就很积极地去捡球。

也有不敢尝试的，畏畏缩缩没有开始的勇气，我说：“只要愿意开始，就一定能学会。”

这支队伍站在墙根，高高矮矮，胖胖瘦瘦，男男女女，奇奇怪怪，却又可可爱爱。

就这样，妹子、绝绝子、矮子、胖子、油渣子轮番上阵，边打边笑。

战“疫”有我

疫情防控升级，每个人都不能置身事外。

寒假里，我就制定好了乔口小学赴长沙市一中金山桥学校交流学习的方案，我想通过自己这个桥梁发挥一下联结作用，原本提上议事日程的计划因为疫情只能搁浅。

每天家长都会在群里自觉上传孩子健康码行程码截图，我的工作又多了很多——搜集双码、建立台账、晨午检、教室通风消毒。

张红元局长在“望城区网络学校”面向全区教职员工、全体学生授出《战“疫”公开课》。他倡议家长们共同守护孩子安康，号召教师们坚决守住学校阵地，动员学生们用实际行动向新冠宣战。

师生已进行了两轮核酸检测，老师们戴着口罩上课。

学校储备了洗手液、84消毒液、口罩、艾条等防疫物资，把疫情防控这项工作作为当前的重中之重来落实。

熊祥老师作为本校的安全专干，尽心搜集着各项资料，走路都呼呼带着风；瞿艳斌老师检查每个班的垃圾桶，看有没有将废弃口罩乱丢乱扔的现象；

学生们按部就班坐在自己的隔断间就餐，六年级的他们从2020年开始，就有了疫情防控的基础知识。

战“疫”有我，倾尽全力！

地盘不够大

他的脚下永远摆着摊儿：篮球、羽毛球拍、各色饮料瓶。

杨承宇的地盘总是不够用，要侵占不少公共空间。

他的脚下永远摆着摊儿：篮球、羽毛球拍、各色饮料瓶。

饭盆挂在桌边的钩子上。

这还只是外围。

抽屉里更是个百宝箱，各种瓶盖子、小玩具、乒乓球拍、零食，甚至违禁的打火机和小剪刀都带来过。

他怎么不把家搬来？

这家伙还注重了颜色的搭配。橘色的芬达、蓝色的百事、绿色的雪碧、紫色的美年达，不用诧异这一身肉是哪儿来的了。

他的两只腿没地方搁，只能伸出去放在过道里。

上学上成这样，也挺辛苦的。

他就享受着这种坐拥“百万”的感觉，可惜手下没有一个臣民愿意跟随他。

他常常用语言去撩拨身边缄口不语的陈思惠，人家终于不堪其扰，偶尔回应一两句就能让他志得意满。

要不就用手扫一下前面某个学生的脑袋，或是掐住后面某个人的脖子。

他就享受着这种坐拥“百万”的感觉，可惜手下没有一个臣民愿意跟随他。

总之一双手就没停地拍打、触碰、推搡别人，外加嘴巴的攻势凌厉，饮料喝多的后遗症吗？

一天他去惹了汉子型的刘雨晨，刘雨晨秉着不惹事也不怕事的原则，开启风火轮式的挥舞手臂法反击，杨承宇落荒而逃。

惹谁不好，非得是女人？

他的脖子被刘雨晨的衣服甩到，出现一丝红痕，直喊痛，要我给他擦药。

学校的医药箱里只有创可贴、酒精、络合碘、万金油、棉签。

我给他涂了一点络合碘。

就不喊痛了。还挺温顺的。

这也管用？

隔天又说腿有点伤，又要我涂药。

我给他涂了一点络合碘。

又没事人一样在地上翻滚摸爬。

这也管用？

再说哪里痛，我说自己涂药去。

他便自己去涂络合碘。

我的课后服务特色课程有21名学生，两两组队刚好单出一个。他打得好主意，不跟别人组队，成为单出的那一个。

“老师我跟你一组怎么样？”他朝我挤眉弄眼的。

一脸赖皮样儿。

怎么鼻涕一样甩不掉呢？

写出你的真情

《放学后》小学版在征稿，让我们定一个主题。

我和几位语文老师商量，以六下第三单元的“让真情自然流露”为主题组文，学生有的是内容可写。

名家范文也不缺，史铁生的《那个星期天》和《合欢树》都挺恰切。

《那个星期天》是课内文章。在讲课文之前，史铁生这个人就不得不重点介绍。

史铁生1951年出生于北京，自小聪慧。中学就读于清华大学附属中学。在这所优秀学生云集的学校，他依然是佼佼者，不仅文理兼修，还有不少特长。1967年中学毕业，两年后自愿到陕北农村插队。艰苦的插队生活使他少年时曾有过的脊髓病症再度发作。插队期间，两度回京治病，但病情严重，最终瘫痪。此时史铁生刚满21岁。

21岁突然残疾，恋爱、求职等生活的方方面面让史铁生饱受歧视之苦。

21岁突然残疾，恋爱、求职等生活的方方面面让史铁生饱受歧视之苦。随后几年，疼爱他的奶奶和母亲又相继离世。巨大的不幸，让他坠入深渊。早期的史铁生内心极为痛苦、孤独。

湖南作家何立伟曾在一次读者交流会上提到，当代文坛他最佩服的三个人，就是韩少功、阿成、史铁生。史铁生思想深邃，其作品中流淌着浓郁的温情与爱。《秋天的怀念》《合欢树》里的妈妈，《奶奶的星星》里的奶奶，唤起了读者内心深刻而长久的感动；《我与地坛》在对苦难命运的书写中所流露出的平和、温情和透彻，有着直击人心的情感力量；而在《病隙碎笔》《务虚笔记》中，“爱”也是最重要的主题。

在单元习作指导课上，我把课外的《合欢树》引入了课堂。这篇文章笔调平实、简约、淡泊，自始至终都没有正面描写过“合欢树”，只是借回忆之手，托他人之语，交代“合欢树”的情况，不着一笔，却尽显深情。在这棵合欢树的身上，寄托着母亲对于生命的期待，对于希望的憧憬，对于未来生活的向往。它不再仅仅是一棵树，而是母亲的心灵支柱。史铁生通过合欢树，把怀念母亲的强烈情感寄托在树之上，使小小的合欢树承载着无比深厚的感情，折射出他内心深处对母亲的深深眷恋。

课内与课外的文章，十分自然地促成了同一作者系列文章的主题学习。

恰好单元复习资料中出现了史铁生的《秋天的怀念》，从作者对母亲的深爱里，可以看到他对生活、人生的认识与信念。正是这种厚重的意蕴，使它超越了一般怀念文章的悲悼、痛惜的情感而升华到一种崇高、壮美的境界。作者把对母亲无边的怀念，浓缩到短短的篇幅里，字字句句浸渗的是心血，却又平静得像一泓秋水。

课内与课外的文章，十分自然地促成了同一作者系列文章的主题学习。

我让学生选择一种自己印象最深的感受，回顾事情的经过，回忆当时的心情，然后理清思路写下来。要求把印象深刻的内容写具体，把情感真实自然地表达出来。如果在事情发展的过程中，情感有变化，要把情感的变化写清楚。

“把情感融入具体的人、事或景物之中，在叙述中自然而然地流露情感”，“把心里想说的话直接写出来”，这是在本单元中学生已经习得的表达情感的两种方法。

一听说这一单元的习作有可能会上刊，学生们顿时来了劲儿。

我独自一人走着，一阵风吹来，把什么东西吹了下来，掉在地上发出一阵清脆的声响。我吓得赶紧向前走去，风在我耳边呼啸而过，我停下来，喘着粗气，夜变得漆黑，路灯一闪一闪的，但最终还是灭了，只有月亮为我照明。四周没有一点声音，安静的让人害怕，我浑身颤抖着，不由得加快脚步向前走去，在这寂静的夜里，我走的每一步都格外明显，我受不了这样，在这样的夜里我不想发出一点声音，我慢了下来，小心翼翼地走着每一步。

——邓智宸《月半夜曲》

邓智宸的原题是《月夜下》，我改成了《月半夜曲》。这孩子自从发表了一篇习作后，雄心壮志蹭蹭蹭地积蓄起来了，一往无前的样子真让人喜欢。

为师表示非常开心！

山月会知心底事 *

我是从学生的习作中探知到他们的内心世界的，尤其是书写真情实感的习作。

我是从学生的习作中探知到他们的内心世界的，尤其是书写真情实感的习作。

刘佳怡总是沉默，从没听过她在教室里发出除回答问题以外的其他声音。她细细瘦瘦，架一副金属框眼镜，成日里像影子一样安静，很容易被当成空气。

我老早就发现了她的细密心思。她把很多话写在习作里，她把这块区域当作发声地。

她写了一篇长达五个版面的《身在福中》，写的是自己与奶奶相伴相依的生活。这种生活里明明有爱，却也避免不了一些叛逆、抵触带来的对亲人的伤害。佳怡内心的感动与自责，愧疚与自省，让整篇文章充溢着淡淡真情。

> 妹妹跟着爸爸妈妈去了城里上学，我没去是我的选择。我忘不掉同学们，接下来的日子就只有我和奶奶了。
>
> 奶奶给我下了一大碗面，她是怕我饿着。我就是不知福。她的爱明显得不能再明显。其实我吃面的时候吃不出什么味道，即便是加了盐。

她的声音虽小，面上平淡，却有些不自信和小丧气传达了出来。

跳长绳，她就默默站在一边看，我看得出她是想试试的。我说，快进去跳。

她畏畏缩缩进去了，也没挑个好时机。绳子绊住脚，她小声嘟囔着："没过。"

再一轮，我鼓励她："跳！"

她再次莽撞而入，结果同上。

她小声嘟囔着："又没过。"

她的声音虽小，面上平淡，却有些不自信和小丧气传达了出来。

换我摇绳，她也许是看过两轮别人的跳法，不管不顾跳进来，绳子从她脚下驶过，一切无虞。她还是小声嘟囔着："终于过了。"

无惊无惧、无喜无忧的一张脸，就像平静的海面。殊不知，内里却洪波涌起。

当我每次上课时，总能看到她低沉的头抬起，她镜片后的一双眼看着我，放出一种了然与懂得的光。

但愿我的话，住进你心里。

嘶哑的呼喊

廖泽航一天到晚嘴巴不歇气地喊，唯独读课文时缄口不语，啃着手指。

他的手指总是潮乎乎的，不知道为什么会让他痴迷到难舍难离。

如果你给他点儿阳光，他能和你唠嗑到天荒地老。

相反，他很吝惜课堂上的语言。

他嘶哑着喉咙，完全不是读书勤奋的结果。

我让他回答问题，他的嗓音听起来让人心疼。这家伙下课得多费劲地嘶吼，才会把一副金嗓子糟蹋成破铜烂铁?

他张嘴只能发清音，拼命地往嗓子眼里送气才会出现浊音，他歇斯底里的样子，引来阵阵哄笑。

他欠我太多，课文没背，作业没交，随堂检测不及格，却整天挂着笑脸，看到我十分淡定，万事不足为虑。

连有些改邪归正迹象、当了组长的杨承宇都义愤填膺：“老师，廖泽航下了课就去玩，鬼影子都看不到，课文还没在我这里过关。”

哎呀，怎么说呢？教育就是感化一个算一个，看到杨承宇这么正义凛然，就姑且放过那个声嘶力竭的小屁孩儿吧?

如果你给他点儿阳光，他能和你唠嗑到天荒地老。

感化一个是一个

杨承宇居然考了一次优秀！

上次他仅仅差0.5分就是优秀，这次直接进了优秀圈。

来神了是吧？

比起上个学期满脸大写三个字——“无所谓”，这个学期不要太让人惊讶哦！

我向来是非分明，杨承宇虽然平时作恶多端，但最近的进步显而易见。

我不是不知道他的聪颖，他也从来不认为自己不聪颖，他就仗着自己有那么几分聪颖，坐吃山空，所以明明天才的脑子，考出的却是呆瓜的成绩。

是哪根筋突然搭好了，才有了这样的突变？

他的整个态度都在转变，作文以前只有一二年级看图写话的篇幅，现在可以达到标准字数了。

要是我叫他读课文，他还挺乐意。

《匆匆》全文背下来的最初那几个人中，他算一个。

做卫生连讲台缝隙里都扫到位了，算是细心。

这样的时机我当然要抓住。

一次上课，好男孩刘星源竟然回头讲话。

“刘星源，不要认为左老师喜欢你，你就可以违纪哦，我批评人从来不看颜值的，你看杨承宇长成那样，他进步了，我该表扬表扬。”

杨承宇：“……”

“我向来是非分明，杨承宇虽然平时作恶多端，但最近的进步显而易见。”

杨承宇：“……”

杨承宇，你的这些变化，不要说是因为对我的暗自崇拜哦！

少女情怀像首诗

彭雅曦的眼睛滴溜溜，刘心琪的长发黑溜溜。

这俩孩子长得美，言行举止美，文字亦美。

别说这小小的乔小，这仅仅27人的班级，藏着龙卧着虎呢！

一个像丁香一样清新可人，一个像玉兰一样素雅宁洁。

我实在无法在二人中选择我更喜欢的是谁，哎呀好纠结！

先说彭雅曦的朗读吧！每次让她读文章，都是那样的坦然清澈，像山泉在心里叮叮咚咚，敲击的旋律舒心又惬意。她的普通话很标准，对语言的把控力又强，不必担心一篇美文的文气会被她的朗读打乱，反倒是文章因了她的朗读而神韵毕现。

刘心琪文文弱弱，但在我对发言声音制定的明确要求下，她也越发放得开，说话张弛有度，声音自然熨帖，毫不扭怩作态。

她们知性柔婉的外表下，藏着一颗细腻的心。她们一定是读了些书的，才会有红的绿的宝石般闪烁的文字在笔尖流淌。

一个像丁香一样清新可人，一个像玉兰一样素雅宁洁。

我穿上雨衣去了外面的小竹林，我踢踏着小竹林旁的水坑，仰着面感受绒雨，听雨和竹的密语。它们甚是亲密，雨珠落在竹叶上，吧嗒吧嗒，清脆不已。最出色的莫过于落雨后飞来的鸟，站在滑溜溜的枝干上，声音灵动婉转又自信，像极了私语的小精灵，把天空都安慰在心里。

——彭雅曦《念上心头竹》

浑浊的空气瞬间也无形无影了，大树和房屋上的小水滴踊跃地跳到了地上，想要马上向鱼儿问好，与大地拥抱。微风轻轻拂过脸颊，春天的雨点儿不停地舞动，它们和我一样，都在为那一份快乐的到来而感到高兴吧！

——刘心琪《收获快乐》

有时候，我想象着这两个女孩穿着民国时期喇叭一样袖短露腕、腰身窄小的蓝色大襟袄，一个留着披肩头发，一个编着长长麻花，手里拿着书从我身边经过。她俩朝我看过来，眼里全是温柔与亮泽，明眸善睐的模样。风吹过的地方，只剩甜香。

哎呀，如获至宝！

又双叒叕发呆了

刘俊驰就好了两天。好的这两天是因为我表扬了他。

在我表扬了他之前的日子和此后的日子里，他基本上跟不上趟。

他几乎是不听课的，所以让他回答问题实在难为他，也是在难为我自己。

譬如我让他回答某本书某页某道题，他恍惚着起身，恍惚着看向四周，恍惚地摸摸脑壳，等着援兵告诉他是哪本书哪页哪道题。

又双叒叕发呆了。

他倒是气定神闲，处之泰然，等得到援救后，很快调试过来。

经常在大家都认真写作业，教室里一片肃静的时候，他猛地从“思想者”雕塑的状态回转，脑袋360度旋转，仿佛身在桃花源，带着“问今是何世，乃不知有汉，无论魏晋”的懵圈儿。

接着，就会毫无悬念地传来他低低地询问：“作业是写哪里？”

当那两天他能顺利起身回答问题的时候，我有了“感化一个是

他倒是气定神闲，处之泰然，等得到援救后，很快调试过来。

一个”的错觉。

事实证明确实是错觉，因为两天后他就恢复常态了。

他与廖泽航不同的是，他不嘬手指，而是啃咬手指甲。

与之配合的是目光专注聚焦一个虚点，我都不好意思打扰。

他能背下《匆匆》，我很欣慰，封他为组长。

他来我这背古诗，情形就不大一样了。

“千锤万凿出深山，千锤万凿出深山，我 ×，下一句是，下一句是，哦！烈火焚烧若等闲，对吧？”

我没搭理他。

“烈火焚烧若等闲，然后呢？我 ×，我明明记得。”他把手指拿出来，虚点了几下，然后摸脑壳。

自己回去重背了。

“千锤万凿出深山，烈火焚烧若等闲，我 ×，哦哦哦！粉骨碎身，粉骨碎身……”

又自己回去重背了。

“千锤万凿出深山，烈火焚烧若等闲，粉骨碎身全不怕，对吧？然后，然后……”

再次自己回去重背了。

第四次上来的时候，我拒绝接待，身为组长，一首诗背三次没过，去组员那儿背吧！

可是，不管这些伢子平时怎么玩闹，我又批评他们多少，每次楼梯间、走廊上、校门口遇到，都是一句“老师好”！

一派天真的模样，一切都是浮云，什么都不算事儿。

到底是年少不知愁滋味呀！

一派天真的模样，一切都是浮云，什么都不算事儿。

盗版徐志摩

张智钦戴着一副黑框圆眼镜，咦？这不是徐志摩同款吗？要是他正儿八经起来，还有那么几分诗人气质。

还别说，这小个子男孩堪当大用，上次纪红建老师亲临的读书分享会，他主持得像模像样，除了广东口音平翘舌不分以外，没毛病。

这不是徐志摩同款吗？要是他正儿八经起来，还有那么几分诗人气质。

为师果然一双慧眼，没有看走眼。

但是也不能把他夸到天上去，这家伙一旦上天就为非作歹。

比如一天脑子被驴踢了，拿出稀释过的84消毒水喷陈梓萱的脸。

这也是能开玩笑的？我狠狠训斥一通。

又去拿杨承宇的弹弓射别人。

我不得不回敬一份大礼，让他消停点。

这几次随堂检测，他不是考第二就是名列优秀，像打了鸡血一样追求进步。我又可以自豪地说："感化一个是一个。"

怎么会有这样的奇效？不要说是对我暗自崇拜哦！

"唧唧复唧唧，木兰玩手机，OPPO21，拍照最清晰。"

你看你看，这猴模猴样的人，又开始要聪明了，自创一首打油诗，徐志摩听了要吐血。

大白**

大白原本指的是一个体型胖嘟嘟的充气型智能机器人，有着呆萌的外表和善良的本质，被称为“萌神”“守护性暖男”。

陈子信就是我心目中的大白。他是班里最高最壮实的，像一个能挑四担水的大沙弥。

挑四担水倒是没看到，搬四把椅子却是轻轻松松。

有时候班里上公开课，要去大礼堂搬椅子，他就会两两椅子背靠背，一手提溜两把，呼呼呼顺风而来，好像挑四担水一样，平稳又可靠。

我安排的事情他总是没有片刻犹疑地接受，比如打扫男厕所，绝对做得彻底。

任何班里的坏事不必担心会有他的份，安分守己到让人放120个心。

他成天憨憨地笑，内心满足的样子。

这期最开始他没报名课后服务，我因为一件小事在班里表扬了他，他立马改变主意。

因为一句表扬，就决定上课后服务，每天能多在我眼前晃荡一下，为师突然觉得自己好能耐！

这期他破天荒地考及格了，我在欣喜之余也有些担心，这好景会不会是长景？

结果陈子信再一次及格了，为师突然觉得自己好能耐！

一句话：耐得烦、霸得蛮、恰得苦，这样的大白我好喜欢。

这期他破天荒地考及格了，我在欣喜之余也有些担心，这好景会不会是长景？

谈判

杨承宇大摇大摆进了办公室，坐在我对面。

跷着二郎腿。

“老师，该上音乐课了吧？”他伸出一个巴掌，“我算了一下，五个星期没上音乐课了。”

的确，得亏他提醒，近段时间我想着是毕业班，语文教学抓得着实狠了点。

“看表现喽，表现不好还是上语文。”我暂时采纳他的提议。

他得胜而归，翻滚摸爬出了办公室。他走路向来不光只靠脚的，并一路尖叫。

晓叶又跑来问：“老师，接下来的音乐课上不上？”

“上。”

然后她一路呼号打广告：“左老师说啦，等下上音乐课！等下上音乐课！等下上音乐课……”

我：“……”

她可以去上海滩卖报了。

我按教材顺序给学生放视频。

听赏江西民歌《斑鸠调》，演唱者起初用清脆的嗓音模仿斑鸠和杜鹃的叫声。

杨承宇自然也不会就此放过刷存在感的机会，跟着学，学着叫。

班上开始骚乱。

“是你说要上音乐课哦？”

我开始跟他死亡对视。

他佯装尴尬与顺从，从书包里拿出一包抽取式酒精湿巾，抛掷又接住。

杨承宇自然也不会就此放过刷存在感的机会，跟着学，学着叫。

“给我。”我看向他。

“啪！”他扔到讲台上。

“再拿一包出来呀？”以我的判断，像他这种能把家搬来上课的人，书包里一定还有存货。

果然，他又掏出一包。

“给我。”我看向他。

“啪！”他扔到讲台上。

“再拿一包出来呀？”我相信这家伙还没交代干净。

果然，他又掏出一包。

神算如我。

我回身去调下一首歌曲，再回头讲台就空了。

他趁机拿走了所有湿巾，抽出来给周边的每人发一张，像新郎官给宾客发烟一样殷勤。

那些得了他恩惠的学生，纷纷用这样的湿巾擦桌子。

一节音乐课下来，那些鼓胀而饱满的湿巾包装变得干瘪瘪，而杨承宇的桌上，多出很多四分五裂的丝丝缕缕，这些可怜的湿巾，在欢快激昂高亢的音乐里，被五马分尸了。

他趁机拿走了所有湿巾，抽出来给周边的每人发一张，像新郎官给宾客发烟一样殷勤。

占位 **

天气好的时候，四张乒乓球台是不够用的，所以下课铃响，学生都像子弹一样射了出去。

我乒乓球打得逊，决定练练手，陈子信做我的对手。

廖泽航给我一个光板乒乓球拍，胶皮和海绵早已不知去向，我感谢他的好心。

我想起世锦赛上选手的发球姿势，把球小小抛高，力道控制均匀，拍了过去。

还好，正常的落点，没有越界。

小小得意在心里。

这份得意还没热乎几秒，杨承宇就用他的大掌将球拍了过来。

他直接站在球台中间拦截了。

我和他进行了长达10秒的死亡对视。

我对陈子信说："别理他。"

我继续发，他继续拦腰截断。我再发，他再截。

陈子信就像等着新娘子上花轿一样等在对岸，可惜就是见不到新娘的面。

陈子信就像等着新娘子上花轿一样等在对岸，可惜就是见不到新娘的面。

"信哥，对不起啦！"杨承宇毫无诚意地道歉，吐着舌头扭着屁股，浑身一股汗臭气。

我想着搅屎棍子到底难缠，索性不打了。

去观战。

学霸邓智宸一定打得好。人家留着海尔兄弟一样的头型，出手快、狠、准、刁，发球的动作像削土豆皮一样帅气，推挡、抽杀，一系列动作一气呵成，干净利落，收手迅速，简直不要太帅，我想索要签名。

任子聪说："左老师犯花痴了。"

杨承宇闯入镜头，画风陡然一变。

我转而去看刘星源。

"刘星源，你打得好棒呀！"我真心地奉承。

刘星源的脸蹭蹭蹭红了，无暇搭理我。他眼观六路，目光炯炯，仔细观察对方的技术变化以及球的运行轨迹，当机立断，调整自己的应对策略，推、拉、削、扣，有板有眼。

我看得入了迷，这也太帅了吧！

任子聪说：“左老师又犯花痴了。”

杨承宇突然闯入镜头，画风陡然一变。

算了，我还是去改作业吧！

追风少年

有风，又不能打球了。

也奇怪，怎么今天没有人来骚扰我？

去操场一看，原来小家伙们自个儿玩开了，他们两两组队在接力比赛。

我说再比一轮我看看谁最厉害。

顿时来劲了。

陈思涵和刘心琪一组，李岱璇和刘雨晨一组，杨承宇和邓紫嫣一组，廖泽航和三年级的吴启汉一组。

总共四条跑道，一组占一道。

他们分别站在跑道的起点和中间位置，因为有我的观战而异常专注、兴奋。我发号施令“预备——跑！”陈思涵、李岱璇、邓紫嫣、廖泽航就撒开了腿，下巴高抬，风一样从我面前刮过。

他们分别站在跑道的起点和中间位置，因为有我的观战而异常专注、兴奋。

谁的力量也没藏着掖着，非要争个高下。

我看向他们的背影，仿佛有狗在他们身后追着，他们玩命儿地逃；又仿佛他们自己变成了小狗，在争夺放在终点的大骨棒。

很快换第二棒。刘心琪、刘雨晨、杨承宇、吴启汉接续奋发。

这时候可没有淑女、莽汉和弱鸡之分了，统统化作追风少年，向太阳的方向奔跑。长长的头发像飘舞的丝巾，短短的头发像一顺儿野草，全活泛起来。连同他们不断震颤的腿部肌肉。

刘雨晨率先到达终点，杨承宇第二。这对冤家，突然间又变成战友了。

没有永远的敌人，不是吗？

群众智慧真伟大 *

刘雨晨率先到达终点，杨承宇第二。这对冤家，突然间又变成战友了。

我发现最近男生的抽屉里都有团成团的口罩，这些团团被透明胶绑成一个不规则的圆，这个圆拖着长长的白尾巴，那是一节一节的有弹性的口罩带子连接而成的。

这种粗制滥造的玩具，不知要浪费多少口罩。

风靡男生群体后，我开始调查溯源。

始作俑者是刘玙腾。

我对群众的智慧甚为佩服，他们永无停止的大脑和永无停止的双手，无时无刻不在折腾。

这些有了兵器的人，完全不受雨天不能去操场撒野的限制，在走道里摆开阵势，用这个没有杀伤力的布球弹射对方。

要么手垂直，手掌朝向后上方握住球，用力将球向前抛出。球会自动收回，手掌向上接住，所谓瞬雷出击、抛砖引玉。

要么抬起右手，将球放在约肩膀位置前，挥手将球向右抛出，同时伸直手臂以离心力将球从右边带向左边。当球横过身体，到达左肩的水平位置，便可拉绳将球收回，所谓旋风扫落叶。

真会玩！

等饭吃

第四节课的前五分钟，有的学生就已经开始拿饭盆了，勺子与饭盆的撞击声，像是冲锋号，每个人都在整装待发。

他们有着敏锐的条件反射，快到吃饭的点儿了，校园有了骚动。

一年级的孩子已经排队了，六年级孩子的心已经飞到食物上。

这个时候若是做练习，肯定是没心思了，已经写完的人开始焦躁不安，数着秒针滴答仍嫌它太慢。

若是上新课，读书的声音也有气无力了，不管今天吃什么，这份期待令人痴狂。

只待我喊一声排队，廖泽航、杨承宇、彭耀龙等一众“土匪”把我拨开，像拨开一串门帘一样，杀出一条血路，领先站在走廊靠近楼梯口的地方。

有时候我若是不及时闪避，感觉会被他们撞飞。

这是有多饿才这么穷凶极恶？

廖泽航会为了得到一个较大的鸡腿而没有节操地叫厨娘为“姐姐”。

“姐姐，给个大点儿的鸡腿撒！”他一脸谄媚。

额……

我端着碗来到他们身边。一个五年级的小胖墩像踩了风火轮一样飘到我身边，他的下巴刚好够到我端碗的高度。他伸长脖颈，睁大双眼，低头观察，那双眼恨不得是挖掘机，非要探到底，看看我的菜是不是比他的更好。

有时候我的碗里堆得满，他看我用的是玻璃碗，便撅着腚歪着脑袋从底部观测。

然后一溜烟跑了。

廖泽航会为了得到一个较大的鸡腿而没有节操地叫厨娘为『姐姐』。

无论我站在什么位置，他都能准确快速地到达我这儿，觑几眼又跑了。

被他这样看了20次，我觉得自己不能这样懦弱，决定反击。

一次我又站在食堂里，我料定他会来。果然他像天外飞仙一样来到，我瞪着他，他在我的眼神逼视下改道了，悻悻而去。

再后来，他经过我的时候眼神躲闪，不敢靠前了。

“嘿！左老师，要不要辣椒粉？”杨承宇又开始献宝。

我看着他周围的学生饭盆里都有一层红红的土，他正拿着胡椒瓶子一样的东西往一个学生碗里撒，每个人都被辣得稀里哗啦。

他书包里带的东西就像他大脑里的东西一样层出不穷。

反正别闲着。

我才不吃，我才不要呢！

快快乐乐来上班的我，一看到案板上有包子，就觉得幸福来得好强烈。

被包子投喂的日常 *

经常性地在上班路上接到周长老师电话：“想吃包子吗？”

乔口菜市场的包子店据说开了很长时间，享誉一方。乔小的早餐基本以面条为主，偶尔周长买些包子来调剂一下口味，他发现我挺爱吃。年前还托包子店老板做100个包子，分给大家。那一阵儿吃得我打嗝都是包子味儿。

快快乐乐来上班的我，一看到案板上有包子，就觉得幸福来得好强烈。

“除了包子，你还想吃什么？”

“那就豆浆吧！”

包子个头不大，两个再配一杯豆浆，特别饱腹。一口咬下去，油汁迸出，葱末肉末的包子馅儿露了出来，我满意的笑也露了出来。

看我吃得这么开心，他说我真是一个特别容易满足的人。

但是，我有点儿觉得受之有愧，总让周长这样买包子也不合适。一天，我和他说："不要再给我带早餐了，我也不想特殊化。"

周长爽快地答应了，他说："怎么开心怎么来。"

喜欢生活的小惊喜，喜欢一句充满爱意的话，喜欢照进心底的阳光，喜欢落日的晚霞一抹留恋人间的红嫣嫣。生活里的平凡小事都能成为我的快乐源泉，就喜欢充满幸福感的样子。

做一个容易满足的人，挺好的！

看好你们哟

她较早地明白了，作文和文学作品的区别在哪里。

《望城文艺》春季刊出刊了，不出我所料，刘雨晨的《温乡飘向季小姐》上刊了。

这个外表强悍的女孩儿，却有极其敏锐的语言感悟力。她较早地明白了，作文和文学作品的区别在哪里。

不久，《放学后》杂志编辑说看中了邓智宸的《月半夜曲》，拟6月发刊。

我有点儿小得意了。从我

2022.3 春季刊
望城文艺
LITERATURE AND ART IN WANG CHENG

内部资料免费交流

微信公众号：望城文艺

扫一扫点关注

卷首语
01 春天的书简 苏春光

特稿
04 父母的鄱阳湖 谢宗玉
09 往事散忆 李小嘉

岁月留痕
13 城市的烟火 卢明月
25 侠医奇人 冀汉林

校园艺苑
28 乡音 夏紫薇
29 太阳要出嫁了
30 家乡的荷花池
30 温乡飘向季小姐 刘雨晨
32 西湖公园
33 如虎添翼 李惠可
34 打"怪兽"的能人
35 小蚂蚁

视觉盛宴
36 史治国书法作品

▲《望城文艺》上有刘雨晨的文章

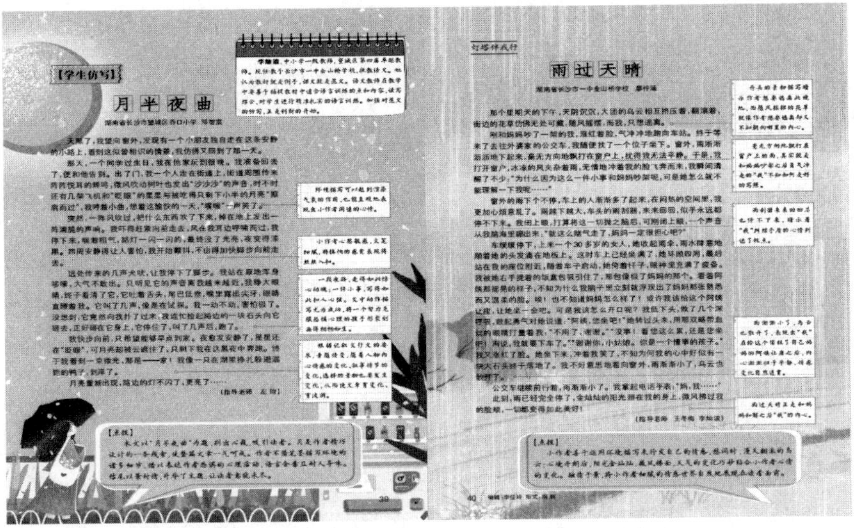

【学生仿写】

月半夜曲

湖南省长沙市望城区乔口小学 邓智宸

雨过天晴

▲《放学后》杂志发表了邓智宸的文章

来这儿支教开始，就想着给班里的孩子能带来点儿什么，哪怕是启迪心智的只言片语，或许就播下了一颗亟待发芽的文学种子。

时至今日，这样的小愿望也零零星星实现了一点点。虽然部分孩子仍然不愿意读书，不情愿看书，但更多的同学，已经明白了个中好处，正在向着更知性和更高品位迈进。

希望接下来，还会有更多上刊的好消息，十分看好你们哟！

两人到办公室来都像刚下战场的斗鸡，气喘吁吁的，激战犹酣的意味。

反差

就在我告诉刘雨晨文章上刊的第二天，又传来她和廖泽翔打架的消息。

两人到办公室来都像刚下战场的斗鸡，气喘吁吁的，激战犹酣的意味。若不是我强行叫停，这两人还想决出个高下。

刘雨晨的脖子被抓出道道红痕，廖泽翔的额角也有同款红痕。廖泽翔口齿不清地激动着，说自己是先被刘雨晨打到才还手的。

刘雨晨说原本这是她和张智钦之间的恩怨，廖泽翔无缘无故加入纷争。

又是张智钦？！

一只南美洲亚马孙河流域热带雨林中的蝴蝶，偶尔扇动几下翅膀，可以在两周以后引起美国得克萨斯州的一场龙卷风。

这只蝴蝶就是张智钦。

她神态镇定多了，话说得头头是道。

有李敖的味道哈！

可以看出，两人打斗，刘雨晨完全没占下风，吃亏的反倒是男生廖泽翔。

我在一分钟内明白了事情的前因后果，看着正在啜泣的廖泽翔，基本同意刘雨晨的观点。

“廖泽翔，刘雨晨和他人的矛盾，你完全不用掺和。即便你挨了一下，也可以告知我，以暴制暴不可取。这件事你做得并不对。”

“刘雨晨，你都已经是发表文章的小作家了，这样的事情是不是有违你的形象？”

两人瞬间无言以对，比刚才进办公室的样子，显得安静多了。

不过我实在想象不出，汉子型的刘雨晨，变成彭雅曦或者刘心琪那种温婉知性款的，会是什么样？

哎呀，费这脑筋干啥？根本不可能，人家分明就是“会挽雕弓如满月，西北望，射天狼”款的啦！

刘雨晨，你都已经是发表文章的小作家了，这样的事情是不是有违你的形象？

非同寻常的关切

晓叶每到课间就会在我办公室门口逡巡瞭望。

可惜我不是她的“情郎”，她却用盼情郎的热情与我搭讪。

“左老师今天好美，你化了妆！”什么都逃不过她的眼睛。

“今天的课后服务是你的对吧？”其实她知道答案。

“哎呀，口罩戴得我憋不过气来，头好痛！”她扶住额头。

她见我不作声，又自圆其说。

“左老师我知道你工作很忙，刚刚上完课想休息一下。那我走了，拜拜！”

她挥挥手，然而并没有走，继续逡巡瞭望，仿佛我的办公室是一个电影院，里面有吸引人的动画片一样，让她念念不忘。

我招呼她过来，喝一杯菜菜老师泡的芝麻豆子茶，然后安排她帮我去指定垃圾桶丢个废弃口罩。她受宠若惊地喝完，兴奋地跑到一楼去完成任务。

然后，又在门口“盼情郎”。

“左老师好美，因为你今天化了妆！”

额，没完了？

“左老师，杨承宇说要你做人低调一点。”

额，杨承宇这个太不低调的人……

“左老师，你有没有发现我今天穿的衣服有什么不一样？”

说完她把外套扯开来，让我看个清楚明白。

是要我夸夸她？

邓智宸过来送作业，我问他晓叶会不会对其他老师也是这样执迷。

“从不！”

左老师好美，因为你今天化了妆！

他讲话就是这样言简意赅。

那就是说，晓叶这样的热盼、等待、缠绕以至无穷地向我套话，是单单只对于我的？

我像吃了豆子茶里面的豆子被噎住了一样吃惊。

晓叶挺仗义执言的，刘子睿只愿跟在她旁边。她总是乐于成为刘子睿的代言人：

“左老师，刘子睿摔一跤裤子湿了。”

“刘子睿的自动铅笔被邓紫嫣拿了，邓紫嫣还不承认。”

“刘子睿说她不想坐在那里，想和我坐在一起。”

…………

她每次仗义执言完，我都能看到刘子睿那张沉默的脸，表情又极其坚定，是在表明晓叶所言确凿。

可是这样一个清白的小妹妹，上课的时候却不清白，天上地下一堆废纸围拢了她，她在欢快地哼小曲。

周围的学生都面无表情，见怪不怪的样子。

下课她照例过来了，有时大胆地迈过门槛，站在我旁边，关切地看我办公。

算不算是一种红袖添香呢？

下课她照例过来了，有时大胆地迈过门槛，站在我旁边，关切地看我办公。

默默耕耘的娟

刘娟，一个很普通的名字。

刘娟，一个很普通的老师。

初见她的时候，她胖胖的，校长说刚出了月子。后来我才知道，她才生完二胎。

去年九月，她和校长作为获奖人，登上了“靖港·乔口教育奖”的领奖台。她所教的三年级英语，在区里排名前列。

她教三、五年级英语和五年级数学，都是主课且跨年级，要教好着实不容易，可见她在教学上钻研得深刻而得法。

有时候我经过她的教室，听到的是她流利的英语发音，看到的是掌控有序的组织教学。

每次走进办公室，都能看到她认真备课、批改作业的身影。

校长说：“娟哎，夏天来了，该减肥了，去跳跳绳运动运动。”

校长果然统揽大局且明察秋毫。

娟笑得赧然。

她的朴实可爱也体现在日常里。我看得出她为了减肥拼命忍住少吃鸡腿的艰辛，就像她对工作的态度一样，她减肥的态度也是认真的。

刘娟就是这样，认认真真吃饭，认认真真工作，认认真真减肥，认认真真待人。奇怪的是，明明很认真地在吃饭，可的的确确是比以前瘦了些。乍一看，还与《武林外传》中的莫小贝形似，又像唐画里的侍女。

这时熊祥老师一路生风走过来，近期他这个疫情防控专干干得是越发专业了。上次刘副局长到学校来督查疫情防控工作，乔小还受到了表扬。“吕秀才”打得一手好算盘，脑袋没忙晕，干劲更足了。

一个莫小贝，一个吕秀才，乔小真是个众星云集的地方！

一个很普通的名字，一个很普通的老师，可平凡普通的岗位上，恰恰需要这许多的普通人。

凑在一起的力量，谁还能说是普通的？

一个莫小贝，一个吕秀才，乔小真是个众星云集的地方！

面包飘香 **

保安大叔拿来两大袋现烤面包，还带着热乎气儿。

老师们围拢来，食物的号召力胜过口号。

校长请客，说每人可以吃四个，这是乔口著名面包店“聚香”荣誉出品的。

我摸摸自己凸出的小腹，感觉没有资格吃四个。

我的脑海里浮现着赞美面包的散文诗：“有谁会不喜欢现烤面包？它就像是一把打开幸福之门的钥匙，你不能拒绝现烤面包，就像你不能拒绝幸福一样。所以，惊艳到你的味蕾，并扎根于你的记忆的，可能是一块你见证了从膨胀站立到撒上糖霜全过程的，带着灵魂的、活的面包。看上去小巧可爱，闻起来奶香扑鼻，吃起来香酥可口。轻轻一口下去，酥脆与细腻交织，唇齿间只留下浓郁奶香。糟了，是心动的感觉！”

让减肥暂时靠边，吃一个吧！

我摸摸自己凸出的小腹，感觉没有资格吃四个。

面包连成串儿，掰下一个来还带起千丝万缕。它看起来个头圆满，捏上去却瞬间缩成一团。最诱人的还是面包的底部，直接接触烤箱托盘的地方，酥脆香甜，还有粒粒白芝麻点缀其间，像刚开的地米花儿一样招人喜欢。

校长一块面包分作三四口吃完，瞿老师一拿就是一对连体的。男老师都没什么所谓，女老师一边吃一边念叨着“这是犯罪，这是犯罪”。刘娟刚瘦了7斤，正是巩固战果的时候，在要不要吃第二个这个问题上，比哈姆雷特还要百般纠结挣扎左右为难。最后，她的选择和我猜到的一样，还是再吃一个吧！

校长已经吃完第三个，他还对每个人吃了几个心中有数。他肯定极重视我，说吃一个那太少了，多吃一个又能胖到哪里去。

我并不是特别馋，也许是不好拂了校长美意，竟又吃了一个。周长的包子已经把我喂成了包子，校长的面包又要让我变成面包，乔小啊，你什么时候将我变成小乔？

我照着镜子，看着自己的脸，哪里是我的脸圆，分明是镜子圆嘛！

我照着镜子，看着自己的脸，哪里是我的脸圆，分明是镜子圆嘛！

躺枪 **

廖泽航没有完成《为人民服务》的背诵任务，我让他把课文抄一遍。

抄了一周还没抄完，一周是我给他的宽限。

他的名字被写在黑板的右下角，起提醒作用。

一个月了，名字还在。

真是劲风中的一根野草呵！

一天他误导广大群众，说下午课后服务取消，可以放学回家。

我都不知道有这样的通知。

结果偏偏学生听从了他莫须有的宣告，纷纷背上书包在走廊上排队。

校长莫名其妙，问："怎么就放学了？谁说的？"

找出始作俑者。

然后扭送到我办公室，希望我这个班主任能管教，来一场触及灵魂的洗礼。

我一看是廖泽航，决定不想多说一句，立马放虎归山。

连廖泽航自己都不相信，怎么想象中的开水没有浇到自己头顶？

校长杀奔过来问："左老师，我以为你会好好教育一番，怎么不到一分钟就完事儿了？"

校长决定亲自操刀。

他把廖泽航叫过来，开启了暴风骤雨式的教育。

结果他发现廖泽航在这样的樯倾楫摧下坚韧不拔地巧笑倩兮。

校长彻底破防，铩羽而归。

领教了人类幼崽的杀伤力吧？

校长转头说我没有拿出威慑力来管教这个班，要严！要严！！要严！！！

他抓着男厕所的水龙头，气急败坏地领着羞涩扭捏的廖泽翔："你看你看，廖泽翔把水龙头拔下来，任子聪被喷得一身浇湿滴，厕所里一四蓝三（水漫金山）！"

廖泽翔一副不敢再造次的样子，讨好似的对我笑。

校长把一根用黄色胶布缠裹好的被蹂躏得变了形的羽毛球拍放在我桌上，我还以为是哪个好心的人给我寄来的快递礼物。

"你看你看，杨承宇干的好事！这个东西打了人下不得地（后果严重）！"

他拿来一个掂量在手里还有点分量的弹弓。

"你看你看，廖泽航带个弹弓过来送人，又不送个好人，竟然送给杨承宇！"

校长摊开手掌，几把手工小刀锋利的刀口对着我。

"你看你看，特色课程上的工具也成了他们的玩具，都是安全隐患啊！"

校长急得像跳脚的豹子，他要我"苛政猛于虎"。

不急，徐徐图之。

上《学弈》，一篇文言文，有些难度，学生们基本云里雾里。

我问廖泽航："这篇课文讲了几个人的故事？"

他把廖泽航叫过来，开启了暴风骤雨式的教育。

答不上很正常，我叫他起来的时候，人还在桌子下面,脸上写满突然被“宠幸”的错愕。

我说：“课文不是配了插图吗？即便你没有读懂课文，看图说话总会吧？难道你连占整个版面二分之一的配图都没看到？”

他知道理亏，有点儿认怂了。

他一看图上画了三个人，张口就理直气壮地说：“三啊！”

“你说三啊，是在我的提示下看图知道的，并不是你通过自己理解弄明白的。这是其一。再者，我从一来这个班就强调回答问题要用完整的语言，大多数同学都学会了，你还在三啊？我示范回答一次：这篇课文讲了三个人之间的故事。”

他知道理亏，气焰小下去。

“学习不用心是一方面，疫情防控期间反复强调的注意个人卫生又忘得一干二净了？昨天是不是你像电动旋转拖布一样在地上打圈儿来着？我们没有停课，是大家共同努力的结果，现在的局面需要大家珍惜！”

他知道理亏，不敢看我的眼睛。

“你要是觉得没人治得了你就代表你有能耐，那你就继续这样作；如果你能改变，我就擦掉你的名字。”

随后我把他黑板上的名字擦掉了。

连廖泽航自己都不相信，怎么想象中的开水浇到自己头上，也并不觉得烫？

然后他嬉皮笑脸起来，像得了大笔压岁钱一样，乖乖地拿笔写字。

我知道，这笑容里是带着一些感激的。

然后他嬉皮笑脸起来，像得了大笔压岁钱一样，乖乖地拿笔写字。

偶尔露个面 *

退休后的刘宏为老师过着优哉游哉的生活，据说是沉迷于“砌长城”活动而无法自拔。

他会像池塘里的鱼偶尔跃出湖面一样，到乔小来露个面。

起初班上的黑板报是班长出的，新鲜出炉的时候我去检查，被几个飘逸洒脱的大字深深吸引——“雷锋精神我传承”，若骏马脱缰，又如蛟龙飞天，笔势雄奇，姿态横生，一看就知道是她爷爷的手笔。

不羁的人，才能写出恣意汪洋的字。

邀请纪红建老师来做读书分享那天，他也应我的邀来教室写标题。我安排的“任务”，他还是蛮上心的。

“写好了哦！”

“好的好的，非常感谢！”我人还在车里呢！

阳光照在他油光发亮的脑袋上，显得天更蓝了。他笑嘻嘻地眯着眼，露出两排白牙。

“信仰为魂　奉献如歌”，教室的四块黑板上红色粉笔和黄色粉笔写就的几个大字苍劲有力，飞若浮云，这些笔画看似随意,实则云烟在胸，一气呵成，毫无半点迟滞。

没过几天，他又在我的办公室门口探出个头来。

“每次看你的朋友圈，都是一种享受，你怎么这么优秀咯，看不出哎……”

我突然地被这么表扬了一下，还没缓过神来。

慢着，“看不出哎”是指什么？难道小个子女人就不能有大能量？

他会像池塘里的鱼偶尔跃出湖面一样，到乔小来露个面。

经常露个面

学校还有一个时不时露个面的老师，叫刘志力。

上个学期我刚来的时候，他是请了病假在家休养的，所以很少见到他。

因为刘宏为老师退休，人手有点儿紧张，校长这期让他过来补充人手。

因为刘宏为老师退休，人手有点儿紧张，校长这期让他过来补充人手。

比如早上到校门口执勤，上低年级的非文化课程，去食堂分发饭菜。

有时候我从门卫经过，他还主动地扬扬下巴："左老师好！"那声音的诚意，像极了江湖上的称兄道弟。

保安苏大姐说："还是左老师面子大！刘志力坐在这里，都不蛮耍起别个（理会他人），不蛮作声的！"

额，我的脸确实不小。

他矮矮的个子方方的脸，黝黑的脸上一对眯成缝的眼睛，好像办喜宴似的开心。既然对方这样热情，我也必须同样诚意地回敬："刘老师好！"

我们之间的每次碰面，似乎只有这两句。

一次午餐，熊祥负责分发芹菜香干，刘志力负责分发包菜。

"香干子喷香滴啦！快来快来，喷香滴！"熊祥开始吆喝。那些犹犹豫豫的小孩儿用犹犹豫豫的眼神打量这盆菜，又犹犹豫豫地伸出碗。

这个大叔叔就这么不可信吗？他又不是狼外婆。

"来来来，同学们吃点包菜发点包气（宝气）啦！"刘志力开始吆喝。

"你想发宝气不？来吃点包菜啦！"

他的神态、声音与大街上卖臭干子的差不多。

那些小孩儿继续犹犹豫豫，不知道到底该不该发宝气，到底要不要吃包菜。

我终于知道为什么这些人成天笑眯眯了。

生活中有无尽的事都可付笑谈中。

男生女生配

疫情期间不能进行剧烈体育运动，男生女生又想到了新的课间娱乐办法。

男生蹲在地上，把自己的宝贝拿出来PK，看谁的陀螺转得久。他们先把陀螺装到发射器上，再拉动锁链一般的拉动杆，上下拉动三四个来回，接着按动发射器上面的按钮，陀螺就成功地发射出去了。它飞速旋转起来的样子，像一座喷发着五颜六色火焰的火山要爆发了似的，酷！

男生不知疲倦地在沙场征战，女生们在教室里扎堆做女红。她们拿起绣花针，在横竖编织成的网格布上丝丝缕缕地一针一线穿行。十字绣考验的不是一个人的手巧不巧，更多的是考验一个人的细心程度以及逻辑思维。简单重复的操作，却诞生了奶瓶兔、奶茶兔、派大星（这些卡通形象我根本不明就里）。小姑娘们手真巧！

永远不要担心下了课的学生会无聊，他们玩乐的点子永远比我的烦恼多。

永远不要担心下了课的学生会无聊，他们玩乐的点子永远比我的烦恼多。

无肉不成席

乔小的伙食最常见的就是肉。

辣椒炒肉、花生苗炒肉、蒜苗炒肉、莴笋尖炒肉、四季豆炒肉、胡萝卜炒肉、酸菜蒸肉、清蒸排骨……厨娘太像我妈了，仿佛离了肉就不会做菜。

起初我顶顶喜欢吃肉了，这些肉入了油盐味儿，可下饭了。可是当我发觉自己也成了一大块肉时，我就开始戒饭戒肉了。

明明乔小的生活幸福得像首歌，我却把自己过成了苦行僧。

明明乔小的生活幸福得像首歌，我却把自己过成了苦行僧。

校长看到我把菜里的肉挑出来，就说："吃点精肉有什么关系？"

他从玉米汤里夹出一大块傍着筋肉的骨棒，往我碗里送。又舀一勺辣椒炒肉过来，肉比辣椒多。

我的碗像坐上快艇一样驶离老远。

决定不吃肉的我，想试试一直没吃过的鸡腿。

高胖厨娘的鸡腿配以葱姜蒜等细碎作料，没有哪一次会剩下一个。

有一次我真的动机不强烈地夹了一个，嫩嫩的肉在各类佐料的修饰下，让人禁不住大快朵颐！

然后又吃了一个。

我安慰自己说之前从没吃过一个，把之前的吃回来也无妨。

"学校的鸡腿一直很好吃呀！"刘娟觉得我后知后觉。

是呀，以前我怎么没发现鸡腿的好呢？

高胖厨娘留了个心眼，她看我有一阵没在学校吃晚餐了，在我偶尔一次吃晚餐的时候，做了鳝鱼粉丝汤。这道菜我在镇上的饭店里吃过几回，味道很鲜。

在学校能吃到，这还是头一回呢！

原来我喜欢吃什么，不喜欢吃什么，她都很清楚呀！

校长说：“今天的菜这么好，这是要招待谁啰？”

大伙儿说：“没看左老师今天在吗？”

咳咳，既然大家都有口福，那就夹起筷子吃起来吧！

有些你们必须知道的事

关于抗美援朝的这段历史，学生们知之甚少。语文教材关于这场战争的有限篇目并不能完全表现那段可歌可泣的峥嵘岁月。

语文教材关于这场战争的有限篇目并不能完全表现那段可歌可泣的峥嵘岁月。

有人说这场战争是一代人吃完了五代人的苦，一代人做出了五代人的事，一代人打完了五代人的仗，一代人建立了五代人的功。

岂止？

我把纪录片《刀锋》带给学生们。

志愿军老战士亲身讲述。他们曾是战士、翻译、军医、秘书、通信员，曾是排长、指导员、参谋、作战科长、团长、政委、师长等各层级的指挥员。片中引用中外参战人士的回忆录、当时的电报公文等作为历史证据。

长津湖战役恶劣的自然条件，换成别的部队未必能胜。《刀锋》告诉我们，九兵团是第三野战军的主力部队，在解放战争中善打阻击战。长津湖战役，给美军陆战第一师、第七师以歼灭性打击，共毙伤俘其一万余人。美军陆战一师和第七师被迫从空中、海上狼狈撤走。这是志愿军抗美援朝中最大的一次胜仗，成建制地消灭了美军“北极熊团”，缴获了其团旗。这一仗，是英雄的志愿军超强的战斗精神与高超的指挥艺术的结晶。

“吃了一碗雪的军人们，端起枪，向美军阵地冲去。”

“鲜血喷洒在白色的雪地上时，还冒出最后一点体温的热气，然后，迅速凝成了血色的冰花。”

“两边山脊的天际线上经常闪动着羚羊般奔跑的中国士兵。有时仅有10多人的志愿军步兵却狂追着有坦克和汽车的上千美军。”

…………

这些语句，令人听之动容，不禁潸然泪下。

“离家犹是少年身，归来已成报国躯。”我们应该缅怀，应该致敬，这群最最可爱的人！

学生们一个接一个地往里跳，杨承宇非逆着队伍的方向跳进来瞎捣乱。

受骗

大风天，跳长绳的队伍一长串。

我在风里摇绳。

杨承宇举起邓智宸在风里摇摆，邓智宸发出风啸般的呼号。

学生们一个接一个地往里跳，杨承宇非逆着队伍的方向跳进来瞎捣乱。

邓紫嫣一把将他推在地上。

要在以往，这家伙瞬间会绝地反击。

可惜这次太反常了，事出反常必有妖。我纳闷地一回头，见他扶住额头蹲在地上，像一只受伤的小兽。虽然口罩遮住了他的大半张脸，我依然能感受到他的痛苦。

我扔下绳子，过来关切地问：“要不要紧，需不需要看医生？”

还是沉默。

我预感到了最糟糕的情况，正打算再询问，邓紫嫣一把扯下杨承宇的口罩："老师，你就看他装哈！"

露出一张百无聊赖的笑脸。

切！欺骗人民群众善良的感情！

我立马拾起绳子又摇起来，停摆的世界又恢复正常。

杨承宇又像只逆流的水牛直往绳里跳，恰好李岱璇也在里头跳，弯起的膝盖触碰到了杨承宇。

只听"啊！"一声惨叫，杨承宇迅疾滚出运动圈，捂住关键部位，在地上呜哇喊叫："我的J，我的J！"

才被骗过一次，我坚决不上当！

"我的J，我的J……"一阵阵呻吟传入耳际，让我实在无法充耳不闻。安全重于泰山，安全是一柄悬在头顶的利剑，逢会必讲安全，安全警钟长鸣！我脑海里一阵警醒。

不行！万一他的身体出现不可挽回的损伤，那可是影响他一辈子的事了，我绝不能忽略不管。

这次杨承宇的脸上没有口罩，他的五官已拧成一团，可见其钻心之痛。

我扔下绳子，过来关切地问："要不要紧，需不需要看医生？"

"我的J，我的J……"

他继续面目扭曲地呻吟。

我预感到了最糟糕的情况，正打算再询问，邓紫嫣照着他厚实的大腿就是一脚："老师，你就看他装哈！"

杨承宇立马弹跳起来，扭头摆臀地活蹦乱跳。

我居然被同一个小屁孩在同一时间段接连欺骗两次！

很好，至少大家的安全没有大碍，为师表示非常开心！

今年的诗词大会总冠军

“2022中国诗词大会”已落下帷幕，来自青岛胶州的姜震是铁道警察学院大三的学生，他和同样热爱诗词的父亲，以“家庭团”身份参加总决赛，现场姜震以丰富的诗词储备一路过关斩将，最终在“超级飞花令”环节击败对手，一举夺魁。

夺冠那一刻，姜震左手握拳，振臂高呼，随后立正敬礼。作为家庭团成员，姜震的父亲姜方程激动得双手同时竖起大拇指。

古意盎然的诗词正青春，值得花样少年们深情拥抱！

多么震撼的一刻！

平日里学生们对诗词的积累过于贫乏，我讲述了姜震的故事。

从幼儿园开始，父亲便教姜震背诵一些简单的古诗词。姜震从诗词入门，开始对历史文化进一步了解。他的诗词之路并不仅限于熟读和背诵。初中时，他就开始尝试写诗。等到年岁渐长，姜震更是将诗词融入了日常生活中。

“诗词对我来说，是生命中不可缺少的一部分了，可能这个部分是看不见、摸不着的，但是如果失去了它，可能人生、生命就会变得索然无味。我想，古诗词从来不是故纸堆里那些佶屈聱牙的生僻字，而是我们中华民族传承了几千年的灵魂和不屈的精神。”

古意盎然的诗词正青春，值得花样少年们深情拥抱！

我们可以去试着了解的小人物

学生的认知面太窄，我在课间时不时会引入一些小人物的事例，去丰富他们的写作素材。

《新闻周刊》特别报道了抗癌考研女孩陈琳琼的事迹。

> 一天，陈琳琼收到了一家心仪公司的offer，然而一次体检，她得知自己不幸确诊鼻咽癌，只好给所有的计划按上暂停键。2021年1月底到2021年5月底，将近半年时间，陈琳琼基本都在病房里度过。
>
> “3天拔了4颗智齿，化疗后还有放疗，3次化疗，30多次放疗，嘴巴里都是溃疡，脖子也开始溃烂……”
>
> 在抗癌阶段，陈琳琼定下了考研的目标，用学习来让自己专注。
>
> “如果能考上研，我还想读博，研究我喜欢的专业和领域。”她的笑脸透出生命的倔强。
>
> 全国考研初试结果陆续公布，她看到405分的成绩时，喜极而泣！在复试结果出炉后，广州大学教育学院的老师们表示，十分高兴陈同学报考了学院的应用心理学专业，陈同学迎难而上的精神令人感动。

“苦难对弱者来说是万丈深渊，但对强者来说是垫脚石。”

人生被她活出了精彩！

旅行，是心灵的阅读。无独有偶，一对父女的特殊计划对于我和孩子们同样具有参考意义。

去年，受疫情影响，一个名叫钭皓倍的“90后”单亲奶爸没有了工作，女儿兜兜也迟迟没有开学，两人闲了下来。

为了给女儿兜兜一个特别的生日礼物，钭皓倍决定带着自己4岁的女儿骑行去西藏，来一场“说走就走的旅行”。

20岁的他就骑行去过拉萨，知道旅途中会经历什么，会有什么样的乐趣，觉得没有什么礼物，能比陪女儿一起旅行更加珍贵。

这次和女儿一起的旅程，他花了3500块给女儿买了个能遮风挡雨，可以防晒的专用小拖车，同时车里准备了许多零食、玩具。

在制定了非常详细的计划和应急措施，做好一切准备后，2020年4月2日，父女俩从广东东莞的家里出发。

一路上，仅凭着一辆自行车，拖着一辆小童车，花费71天时间，骑行走了4139公里，最终达到拉萨，完成了一趟关于爱和陪伴的奇妙之旅。

父女俩翻山越岭，相互鼓励，用行动克服了一个又一个困难，用爱和鼓励冲破了障碍。

云南抚仙湖碧波荡漾的湖面和飘逸的白云交相呼应，茫茫白雪覆盖的大雪山纯洁无瑕，路边的花海、麦田、蒲公英沁人心脾……除了美景奇观，他俩还明白了坚持、乐观和勇敢的真谛，以及对生活的热爱。

钭皓倍对女儿说：“别的小朋友，4岁有动画片和游乐园，我希望你的4岁有诗和远方。”

父爱、教育、理想与坚持，这些元素并行不悖。

学生们全神贯注地听着我的讲述，这些故事是他们之前的认知里并不存在的。

我想借这些故事，告诉我的学生：人可以这样活，路可以那样走，谁会去设限呢？

父爱、教育、理想与坚持，这些元素并行不悖。

激情洋溢 **

口语交际课，内容是“辩论”。

辩论是需要做好充分准备的事儿，要有针对性地搜集材料，选择的事例要有说服力，要根据观点对材料进行梳理、归纳。

立论——自由辩论——总结陈词是基本程序。辩论时既要证明自己，又要反驳别人。我方陈述时，要充分利用时间，清晰表达自己的观点；对方陈述时，要注意倾听，抓住对方的漏洞；自由辩论时，进一步强调我方观点，并针对对方观点进行有效的反驳。总之，各位队员要相互配合，抓住辩论机会，要做到条理清楚，用事实说话，最后的总结陈词，要全面总结本方观点。

课毕，为了让学生了解何为巅峰对决，我让他们观看了2001年国际大专辩论赛决赛。辩题是：钱是不是万恶之源？正方：武汉大学队。反方：马来西亚大学队。

这场经典的辩论赛让全班学生聚精会神地听了一节课。选手们或凌厉剽悍，言辞犀利，或儒雅动情，逻辑缜密，生生让一群小学生目瞪口呆。

原来唇枪舌剑需要这么多的知识储备，政治、历史、法规、文化知识信手拈来的基础是阅读和学习，这样的视频胜过了我的100句说教。

选手们或凌厉剽悍，言辞犀利，或儒雅动情，逻辑缜密，生生让一群小学生目瞪口呆。

也说这段路

一点儿也不觉得上下班的路很长，因为有音乐和清风相伴。

有时候听到一首好听的歌曲，就会将它循环播放到大脑里形成魔音。

居然到了目的地还想听，纳闷儿怎么30公里就这样开完了。

两位老师在讨论自己车的公里数。

“不到一年，跑了将近6000公里。”勇波老师说。

“不到一年，跑了9000公里。”刘娟老师说。

额，我的新车两个多月就跑了4000公里。

我和秋、冬、春、夏的早晨深情拥抱，又在晚风吹过的暮色里穿行。

深秋，阳光剔去了空气中的湿黏，秋风滤去了阳光中的燥热，时光偷换了季节的称谓。天也高，云也淡，风也清，鸟唱伴虫鸣。

初冬，阳光正努力地穿透云层，把笼罩着的雾纱撕破，地里的荒草借着阳光挣扎生长。草根一族的倔强，承载着太多的梦想和希望，温暖了整个冬季。

露水浇灌着青草，泛青的枝丫上鼓出芽孢，屋檐下的燕子返修窝巢，田地间的铁犁开垦泥土。缕缕霞光温柔地穿透茂密的叶片，淡淡如烟的薄雾飘飘洒洒地舞动春的气息，唤醒大地、小草、枝丫、花木……

就像美妙的歌曲一般，这些画面还未让我回神，夏就要到了。一如我不经意间，已到了目的地一样。

我和秋、冬、春、夏的早晨深情拥抱，又在晚风吹过的暮色里穿行。

左撇子

坐在一起吃饭，老师们就议起了我的左手。

初来乔小，杨建红老师就惊呼："左老师，你也是用左手吃饭？我终于找到同伴了！"

我几乎不用解释，自己为什么会用左手拿筷子。大家都知道我姓左，似乎用左手是理所应当的。

但是他们发现我打球也是用左手，而且这样会很占便宜。因为我顺手打过去的球，都需要对方的反手应对。

"那你什么时候用右手？"有老师问。

我只用右手写字，否则我的左手太辛苦。

其实他们不知道，我左手掌勺的菜味道很可以哟！

"用左手，又喜欢吃鱼，难怪这么怪气！"校长总结。

怪气？经大家解释，我明白了是夸我聪明的意思。

好开心呀！我是卖葱的农民——葱民耶！

大家都知道我姓左，似乎用左手是理所应当的。

继续你的精彩

随堂检测，又是刘星源拿了第一。

刘星源，你怎么这么厉害？

刘星源总在我读他文章的时候捂住耳朵。这个时候他的耳朵比猴子的小PP还红。

相比刘星源三门都有90分以上的成绩，杨承宇的就很难看，统统不及格。彭耀龙和廖泽航则在考场上充分展示了坚韧不拔的毅力，几乎不动笔。彭耀龙和任子聪还稍微强点儿，知道作文不写一个字，至少挂个题目赚两分。最慷慨大方的要数廖泽航，他的作文卷只有“廖泽航”三个醒目的大字。

杨承宇这个对学习一点儿都无所谓的家伙，在音乐课上大家讨论周杰伦的哪首歌好听的时候，他居然说什么歌都没有下课铃声好听，然后像獾横冲出树林一样跑出教室去撒欢，还在我的身后做出用一只手掌切割另一只手臂的动作。

“老师，他这是在鄙视你。”有学生贴心地为我答疑。

好的，为师一点儿也没往心里去。天好蓝，呼吸好畅快！

好的，为师一点儿也没往心里去。天好蓝，呼吸好畅快！

一天我在讲台上改作业，他的突然降临把我拿在手里的红笔撞飞了，落在我白色的裤子上，划下一道刺目的红。

这个经常切割自己手臂来鄙视我的人慌了，惹火了女人的后果想必他在家里是领教过的。据说和他一样强壮的老母亲曾给过他一个西风烈的大耳刮子。

他小心翼翼地从讲台和台阶的夹缝里捡起我的红笔，上面挂满了灰尘。

他吐吐舌头朝我尴尬一笑，我用他惯常对我说的那句话回敬了他：“你给我低调一点。”

我再看了一眼刘星源，他好谦虚，好低调，好优秀，好招人喜欢呀！

毕业前的最后一次征文

当教学进度到达最后一个单元的时候，所有人都意识到，真的快毕业了！

教材当中选录了黄蓓佳的《作文上的红双圈》，文中提到的《补考》一文是她的处女作，这篇作文的成功，给了她自信和力量，从此她陆续发表文学作品，最终成为知名作家，所以作文《补考》可以说是她成长中的一块里程碑，而作文上的九十八个红双圈，则开启了她文学创作的大门。

作者对老师、对母校的感激之情可见一斑。

巧合的是，这篇课文的作者竟和一次征文比赛发生了关联。作家黄蓓佳新书《叫一声老师》新鲜出版，江苏凤凰少年儿童出版社面向小学生发起《叫一声老师》作文大赛，"和大作家同题作文"，书写心目中最难忘、最喜爱的老师。

课文引路，毕业在即，这也是小学阶段的最后一次习作了。

我让学生回忆自己生命里最难忘和感激的老师，写下与他们之间发生的感人故事、有趣片段、温馨日常，或给自己人生中留下的难以磨灭的成长印记，抒发自己对恩师的缱绻深情，以及对老师的尊崇与敬仰。

当教学进度到达最后一个单元的时候，所有人都意识到，真的快毕业了！

到学校后老师要讲这张试卷，我直冒汗，慢吞吞地从书包里拿了出来。我坐在第一排第一位，朱老师走下来，拿了把椅子坐在我的面前。我努力地想遮住那道没写的题目，心里直呼救命，但朱老师是看着我试卷讲的，所以讲到那道题目时，我不得不把我的手打开。朱老师看到后并没有批评我，只是一直往下讲。我填上了那道题的答案。

下课后，朱老师叫住了我，我战战兢兢站了起来，随着老师一起走进了办公室。

“你有什么不会的题可以来问老师的。”我看着老师不敢说话，沉默了半天，点了点头。

——《叫一声老师》刘佳怡

我心生胆怯，迈着沉重的步伐走向办公室。来到杨老师的办公桌前，脸像打了腮红一样。看到老师的脸色很沉重，我的心脏在身体里跳起了舞。“老师，你找我有事吗？”我胆怯地问。杨老师说：“哦，对！你上次投的稿获得了二等奖，证书不久就会到。”听了这话后，我的心坐上了过山车，从忐忑不安到极度兴奋，只花了几秒钟。我很开心，但在老师面前却又不敢放肆。

那张证书的后劲巨大，将我前进的步伐推得很远很远……

…………

那张证书的后劲巨大，将我前进的步伐推得很远很远……

——《叫一声老师》刘晨嫣

当我拿到作文时，看见老师在上面画了几条红直线。我傻傻地看着，欣赏着我的画了红直线的作文！我的心怦怦跳着，从前到后一个个数着，一共有6行红直线，这便是语文老师给我的醒目评价！

带着红直线的作文投了稿，我多么期待它有个好的归宿。一天语文课上，老师念着文章已发表的同学的名字，不是我，我的笑容就像一条小船被海浪冲翻了一样，渐渐沉溺。语文老师似乎看到了我的郁郁寡欢，便对我说：“投稿不中是很常见的，大多数人都会经历。坚持下去，总有好的结果在等着你！”

——《叫一声老师》陈梓萱

左老师文笔很好，是一位作家，发表了不少文章，经常念给我们听。要是我能像左老师一样发表几篇文章就好了，哪怕一篇也好，可惜不能。我不知道怎么投稿，更不知道怎么写。这天，左老师忽然向大家宣布了征稿消息，手把手地教我们写。机不可失，我一定要把握好这次机会，争取上稿。我想着即使没有上，我也不会气馁，努力了就行。

稿投上去许久，一直没有消息，本以为没戏了，没承想，我的稿子居然发表了。

…………

感谢命运让我们遇见左老师。时光飞逝，一瞬即过，一年就要过去了，马上要分开了，只愿您还记得我——一个对您深深感恩的学生。

——《叫一声老师》邓智宸

老师带来的不仅是更好的学习方法，还给我们带来了更多希望。

一次写家乡的征文，我们都踊跃参加，都期待自己的作文能够上刊。功夫不负有心人，我们班有人上了刊，并拿到了稿费和奖励，真是羡煞旁人。

虽然我的文章没有被刊载，但整个过程中左老师用心批改，提出修改意见，细心周到，让我深受感动。想起她平时对我的肯定和鼓励，我对写作的喜爱有增无减。

窗外的花开了，正像我们一样，沐浴着这温暖，萌生发芽。

——《叫一声老师》刘星源

这些平淡真挚的文字，值得珍藏在记忆的梳妆匣里，成为美好的回忆。

虽然我只在这儿待了一年，学生对我的感情竟如此深厚，教师这门职业带来的幸福妙不可言。这些平淡真挚的文字，值得珍藏在记忆的梳妆匣里，成为美好的回忆。

别瞧不起谁

平心而论，刚来的时候，我是有那么点儿自命不凡。

校长时不时在楼道巡查，发现我们班班牌有些歪，便拖出讲台上的凳子，踩上去将其扶正。我正纳闷被踩的凳子会怎么处理。只见校长随手拿了第一座学生的教材，在凳子上扑啦扑啦拍打两下，算是清理过了。

直到我听了一堂杨建红老师的课，我对乡村教师的看法有了很大改变。

这也行？

我觉得乡里人有点儿不讲究，遂拿出酒精棉片认真擦拭。

第二天，班牌又歪了，校长仍按前一天的方法神操作一遍。

我又拿出酒精棉片认真擦拭。

是不是任何事情都可以将就而不必讲究？

直到我听了一堂杨建红老师的课，我对乡村教师的看法有了很大改变。

杨建红老师是学校的代课老师，快五十岁了，普通话不标准，按照现在教师的招考要求，一定是属于被淘汰一类。

一次她上教研课《荷叶圆圆》，我看她早早在副板书的位置写好了这一课的生词，偏旁构件、特殊笔画用不同颜色区分，整版看上去醒目又美观。

课堂内容设计上，她也注意了课时目标的完成，既有学生各种形式的朗读、个别字词的解读，又有书写的指导，并且把课文的后半部分留到了第二课时，很从容地完成了一课时的教学。

再看学生。一年级的孩子正是立规矩的时候，很难说一堂课能全程坐得端端正正，听课专心致志，但整堂课下来组织管理并没有杂乱无章，可见功夫在平时。

这堂课自然达不到大型公开课水准，但从常规课角度来看，十

▲花儿朵朵

分朴实也十分扎实，指向了低段学生基本知识和技能的掌握。我甚至想变回小学生，坐到这个教室里来。

有些花儿并不耀眼，那也是春色的一部分，怎可小觑？

有些花儿并不耀眼，那也是春色的一部分，怎可小觑？

到底怎么啦

班长急火火地说："晓叶把大便拉在裤子里了。"

怎么上个学期都没事儿，快毕业了反倒这样了？

"那她怎么不和上课老师说？"我诧异。

"她不敢。"

杨承宇恰好坐在晓叶的座位旁边，他的表情十分到位地演绎了闻到气味后的销魂感觉。

刘俊驰文雅地重复道："老师，晓叶把排泄物……"

“够了！”我不想再听。

那个座位像被划入了禁区，无人愿意靠近。

当务之急是联系家长送裤子过来，我迅速打了电话。

晓叶躲在厕所里不敢出来，有人看到她在哭。

她妈妈很快来接，保安苏大姐拎着她的书包对我说，直接回去算了，在这儿也不方便清洗。

我对战战兢兢从厕所出来的晓叶说：“以后想上厕所直接去，不必请示老师，不要害怕老师会批评你，别再拉裤子里了。”

我有些发晕，怎的昨天的话她没记住，是不是吃错什么东西或是着凉了？

她唯唯诺诺点点头，眼角挂泪。

第二天，班长又急火火地说：“晓叶又把大便拉在裤子里了。”

杨承宇继续他的演技，五官挤在一块儿：“噫——潘臭滴（方言，很臭的意思）！”

我有些发晕，怎的昨天的话她没记住，是不是吃错什么东西或是着凉了？

校长对晓叶说：“干脆莫来哒，恢复正常再返校。”

晓叶只是哭，我耐心地说：“以后想上厕所就直接去，不用跟任何人汇报。要是肚子不舒服，记得去卫生院。”

她再一次唯唯诺诺点点头，眼角挂泪地被接走。

第三天上午，我恰好外出开会，返回班里没看见晓叶。

一问原因，班长说，晓叶又把大便拉在裤子里。杨贝老师打通她家长电话接回去了。

我也弄不明白其中原因究竟是什么，有些无语。

第四天早上，我对晓叶说：“要是想上厕所了，就直接去，好吗？”

她不答应。

“好吗？”

她还是不答应。

“老师，她有可能已经拉在身上了。”班长比我更了解她。

“是吗？”我在求证。

她微不可察地点点头。

她再一次被接走。

我打电话对她父亲说：“还是带到大医院去检查一下为好。”

晓叶的座位上空空的，她没来上课，她发信息给我，说等她不拉了，就来。

一连好几天了，她什么时候才能正常返校上课呢？

兼得鱼和鸡蛋

退休后的刘宏为老师，是“江边蓑笠翁”。

他经常在小河边钓小鱼。一天他突然造访，把一个大塑料袋放在我桌上，扭头就走，我都没来得及说声感谢。

他在微信里留言说：“这些小鱼是早上刚钓的，用盐腌过，只需清水洗洗，然后炸到表皮金黄就可以吃了。”

如此这般操作，果然吃到了香脆新鲜的小鱼。

▲乔江边的垂钓者

退休后的刘宏为老师，是『江边蓑笠翁』。

隔天又收到他用鞋盒子装的土鸡蛋。

为什么这样客气?

是因为刘晨嫣被评为了区级“三好学生”?

那是她实至名归的荣誉呀!

是因为我把自己在《南方周末》征文获奖的奖品套盒和一堆书籍送给了刘晨嫣?

那是我愿意做的呀!

是因为共事半年的同事情谊?

那是本就应该存在的和睦关系呀!

也许有多重情感缠绕在一起，不过用了土特产的形式来表达。

还是要真诚地说一声:“谢谢啦!”

不过我还是要对节目的性质进行把关，三观正是我的底线。

欢动

庆祝六一儿童节的节目，我让刘晨嫣负责。

不过我还是要对节目的性质进行把关，三观正是我的底线。

女生选的舞果然不出我所料，韩国某组合的，衣着打扮眼神，额，实在是，严重不合适。

枪毙!

“我们不会那么夸张啦!”女生们申辩道。

“跳啦啦操不好吗?青春活泼阳光可爱，三观又正。”我和蔼可亲地循循善诱。

立马就有两个女生不想跳了。

那我也不妥协。

剩下的七个女生每天中午都会在大礼堂排练，男生想去一看究竟。

起初我也同意了，结果刘晨嫣满头大汗地跑来说男生只会捣乱。

所以，男生们，就老实待在教室吧？

其实他们待在教室也不会老实。

一天早上，我的办公桌上有一卷小纸，用透明胶把着门，上书“建议书”。

咦？谁这么有民主意识，竟然当起了班级“人大代表”？

展开一看，彭耀龙的一行话情真意切：

“左老师，我可以去看女生排练节目吗？我愿意抄五遍《为人民服务》。”

这个整张试卷都写不了这么多字的人，居然有这样强烈的愿望。

我偏偏是个心软的，果断答应他。

他发出了羊叫一样的“谢谢”，普通话还挺标准！

廖泽航不服气，怎么唯独彭耀龙可以去看节目？

天哪，我居然第一次词穷到无言以对！

是因为彭耀龙像弱势群体经常被这群调皮崽欺负所以需要被关心怜悯？

是因为他终于有了一件开口求我而且他自己十分感兴趣的事情？

是因为我一直待他当作“世人皆醉我独醒”的那一个？

思忖几秒后，我正色道：“我觉得，他有资格去看看。”

“哦！”廖泽航清清楚楚地来了，糊糊涂涂地走了。

估计他也明白不了。

这个整张试卷都写不了这么多字的人，居然有这样强烈的愿望。

绝食

廖泽翔说：“我哥哥没来吃中饭，他今天被校长批评了，校长说干脆莫吃饭了。”

真是个听话的孩子，只听了校长这一句话。

我说：“把你哥哥的饭盒拿下来。”

我打好饭菜，放了一个大骨棒在里面。

“端上去让他先吃了。”

做弟弟的还是屁颠屁颠地把饭盒带进教室。

“我不吃。”廖泽航倔强地说。

“可以呀，带回去晚上吃，反正不能白白倒掉，这可是粮食!”他才为难不到我。

“我可以吃吗？我想吃！”廖泽翔看着骨棒流口水。

果然是亲弟弟。

“不可以，你吃过饭了。”我正告他。

廖泽航突然把饭盒带进工具间，在半掩着的门内吃起来。

不一会儿，他就把吃尽的饭盒给我看。

“以后不许这样了。”

“是校长不让我吃饭的!”

“你也不想想事情的起因是什么，从此你都不吃饭，命还要不要？”

他并非听不懂我的话，也无法反驳我的话。

“不去吃饭也是违纪，自己把教室扫干净了我来检查，地上一丁点儿小纸片儿都不可以有。”我发号施令。

这家伙，地扫得不赖，什么时候，能把心上的灰尘也扫一扫？

这家伙，地扫得不赖，什么时候，能把心上的灰尘也扫一扫?

为了校园美如画

区教育系统开展“我们的校园美如画”主题活动，为建设校园环境优美、校园文化雅美、师生风貌和美、宣传工作展美的“四美”校园，乔小的师生们忙活开了。

第一关就是卫生清扫关。

我变身排长，让学生们规规矩矩地把凳子和书包架在桌子上，然后立正站在自己的位置上。

我语气铿锵地说：“同学们！今天，我们要进行一场垃圾灰尘歼灭战。我相信，同学们一定会用自己不怕苦不怕累不怕脏的精神，打赢这场仗！”

看着大家深受鼓舞的样子，我暗自欣慰。

接下来，我把任务安排到人，在一节课的时间内，务必完成任务。

领命后的学生，各司其职。彭耀龙把大垃圾桶里的垃圾全倒出来，装在大垃圾袋里，刘俊驰积极协助。有的纸屑包装袋粘在垃圾桶内侧，彭耀龙便用扫把棍子将其戳下来，然后用刷子和84消毒液把垃圾桶深黑的内里刷个干净，倒扣着控水。

廖泽航廖泽翔两兄弟负责男厕所，这也是攻坚战。他们大桶接水大桶冲洗，等我去检查的时候，地板已经是锃光发亮了。

杨承宇拿了个长长的扫把清理天花板上的蛛网，陈玉春和刘玙腾清扫走廊。邓紫嫣、李岱璇、刘佳怡这些女孩儿负责擦抹讲台、黑板、窗户、门，邓智宸将桌椅横平竖直地摆放整齐。任子聪和陈子信两个大个子把教室、走廊拖得一尘不染。

卫生工具不够，这些孩子就整个校园搜罗，能借的悉数借来。

所有人都动起来了，我看到了他们勤劳的身影在奔忙。他们爱

领命后的学生，各司其职。

▲一场垃圾灰尘歼灭战

我们的校园美如画，我们的生活美如花！

这个学校，爱这个班级，以他们的方式，用简单淳朴的心灵，守护着这个简单淳朴的校园。

下课铃响，我让所有同学回到自己的位置站定。我看到了里里外外清清澈澈的讲台，看到了没有一片纸屑的地板，看到了整齐有序的工具间，无比满意地说："你们真是一支召之即来、来之能战、战之必胜的队伍，没想到读书之外，你们的劳动能力这样强大，让我刮目相看！520，是表达爱意的日子，同学们辛苦了，棒棒糖发给大家！"

学生们没想到彩蛋在后头，兴奋得不能自已。

晓叶去住院了，一直没返校。我对晓叶的爸爸说，她的那颗棒棒糖，我给她留着，等她回来！

晓叶的爸爸说："好的，左老师！"

我们的校园美如画，我们的生活美如花！

验收 *

刘晨嫣说，我可以去检验女孩们排练的效果了。

我登上了食堂侧面的楼梯，这是我第一次到大礼堂来。

礼堂就在食堂楼上，这个即将上演“六一”庆典的地方，被打扫得空阔敞亮。

刘晨嫣就是每天中午在这儿带着一众女生练舞的。她借走了我的扩音器，麦克风对着平板放出律动节奏。

这群等待我验收节目的女孩儿已经穿戴上了拼多多买的帽子、白色衣裤、白球鞋。行头齐备了，还像那么回事儿！

这些女孩儿太会了，知道把帽檐压低，做出酷酷飒飒的样子。咦？怎么感觉刘雨晨像搞卫生的钟点工？

这群女孩儿跟着音乐跳起来。三分多钟的表演，每一处都是力与美的结合，每一位队员都活泼可爱、元气淋漓，每一刻精彩都源于背后辛勤的训练。她们和着节拍起舞，用激情绘出了童年最美的模样。这模样告诉我，童年的活力永不停歇，童年的色彩永不蜕变。

为师表示非常开心！期待正式演出哟！

这些女孩儿太会了，知道把帽檐压低，做出酷酷飒飒的样子。

国士有双 *

2021年5月22日，中国杂交水稻之父、中国工程院院士袁隆平在长沙去世，享年91岁，同一天，中国肝胆外科之父、中国科学院院士吴孟超在上海逝世，享年99岁。

一天内双星陨落，举国悲痛。

正巧的是，在毕业总复习资料的阅读题中，我们读到了袁隆平院士和吴孟超院士生前的事迹。这个特别的纪念日，这两个特别重要的人物，这两篇十分有教育意义的文章，让我产生了在课堂上进一步生发的想法。

袁老先生生前曾多次畅谈“禾下乘凉梦”和“杂交水稻覆盖全球梦”。正因为有着对梦想的执着追求，从风华正茂到两鬓斑白，他的人生根植于泥土，他的传奇开始于稻田。耄耋之年，他仍下田搞研究，只为“把饭碗端在自己手里”。

我告诉孩子们，纪念袁隆平爷爷最好的方式，就是珍惜每一粒粮食。

这天，易烊千玺演唱的纪念袁隆平的歌曲《种子》的MV发布，歌词来自袁隆平所作的《我有一个梦》。

“我有着一个梦，埋在泥土中，深信它不同。光给了它希望，雨给了它滋养，陪着种子成长。我有着一个梦，走在田埂上，它同我一般高。我拉着我最亲爱的朋友，坐在稻穗下乘凉。”

两年前，我写了一篇关于粮食的文章——《亲切的金子》，“掌上长沙”亚坤夜读栏目进行了朗读，我分享给了孩子们。

我告诉孩子们，纪念袁隆平爷爷最好的方式，就是珍惜每一粒粮食。一粥一饭，当思来之不易；半丝半缕，恒念物力维艰。

“手中一把刀，游刃肝胆，依然精准；心中一团火，守着誓言，从未熄灭。是不知疲倦的老马，要把病人一个一个驮过河。”这是吴孟超院士在荣获2011年感动中国十大人物的颁奖词。96岁的他曾参加董卿主持的《朗读者》。他说：“我今年96岁了，剩下的时间也不多了，要把时间尽量留给病人，只要我还能上手术台，我就要为病人解除痛苦。”当他向观众展示他的右手——食指因长期拿手术刀而明显向另一侧弯曲的情景时，无数人淌下热泪。

“人就像种子，要做一粒好种子。”同学们，长者的话，你们记住了吗？

我的女孩儿 *

马上要表演了，班长说好紧张。

我说："有啥紧张的，我的女孩儿们是最美的，我们的音乐是最嗨的，我们的动作是最有活力的，我是最会化妆的。"

快来宝贝们，让为师这个手残党为大家伙儿捯饬捯饬。

刘晨嫣把刘海一股脑撸上去，闭着眼睛扬起脸，一副完全信任的样子。

我在粉扑上倒上粉底液，边往她脸上扑边说，我的粉底液，品质完全值得信赖，绝对不脱妆。

我用棉签蘸上口红，一边细细在她唇上涂抹一边说，这是经典色号，hold住全场的节奏。

然后我把口红当腮红、眼影，涂在班长的脸蛋儿和眼皮上，所有人的下巴掉在地上。

还可以这样化妆的？

我科普般地说："这就能保持整张脸的色调一致了。"

在刘晨嫣照镜子之前，大家劝她别照镜子。

刘晨嫣很没有自信地说："肯定很丑。"

然后就听到她照镜子后的惨叫，几乎是哭着出了办公室。

我诧异地说："我的化妆水平难道这么不堪？我不是每天都美美的吗？下一个谁来？"

李岱璇一副要杀要剐悉听尊便的样子，毅然坐在凳子上。

我安慰地说道："放心，我的化妆品绝不会脱妆的，完胜其他年级妆效。"

看客们全程姨母笑。

李岱霖的眉毛短短的，我把它画得又粗又长。

快来宝贝们，让为师这个手残党为大家伙儿捯饬捯饬。

我说："美极了，去照镜子吧！"

李岱霖朝镜子里的自己羞涩一笑，她应该没见过这么美的自己吧？

班长跑来说："看了其他班的，确实左老师的妆画得更好些。"

那是，也不看看是谁出马！

即刻便有五年级女生过来围观，说："你看，左老师化妆好夸张，把口红涂得那么红，胭脂抹得那么红！"

非也，小姑娘们，舞台妆就是要这样艳丽才好看。

然后在五年级跳舞的彭雅曦就立马坐到我面前，让我帮她画，她说就愿意让我画。

她的眼睛大大的，眉毛粗粗的，不画，也是极美的。

同志般的信任，像春天一样，我岂可辜负？

她的眼睛大大的，眉毛粗粗的，不画，也是极美的。

我给七仙女画完，她们纷纷顶着媒婆一样的妆容心满意足地出去了。

我向期待回头客的水果店老板一样热情招呼，过两个小时妆花了再来补一次口红哈！

两个小时后，七仙女纷至沓来，妆还保留得挺好。我又用棉签蘸着口红给她们涂抹，并强调，这样用棉签涂口红可卫生了！

下午，所有学生都按捺不住激动的小内心，急不可耐地搬着凳子去了礼堂。

校长亲自执笔写下发言稿，说没让我这个"文豪"出马可惜了。我说："这是您退休前的最后一次大型集会发言，自己写的更显情真意切。"

校长读的时候，的确情真意切。话筒效果不好，他索性弃了，用洪钟般的狮吼说，希望老师们能用心上好每堂课，希望每位同学能记住乔小的好，毕业了，常回来看看！

然后，校长淌下热泪。

越到临近分离，越是依依不舍，一时间礼堂好安静，大家沉

▲班上的“七仙女”

默着。

很快，气氛又活泼起来。

一年级的节目是刘晨嫣排的，二年级的节目是李岱霖排的。低年级的小朋友童稚又可爱，我们班的姑娘们真能耐！

要上场了，我召唤“七仙女”到阳光照进来的空地上。

姑娘们，笑起来！

这群姑娘长大了！

要上场了，我召唤『七仙女』到阳光照进来的空地上。

一个都不能少

要拍毕业照了，勇波老师推荐了镇上一个照相馆的摄像师。

和摄像师谈好价钱，我在班级群征求家长们意见。大家一致同意，纷纷交纳费用。

晓叶的爸爸廖峰也交了费，我说孩子还在住院，就不收了，他说一定要收的，不管孩子参不参加拍照。

“那我等着她！”我说。

“好的，谢谢左老师！”廖峰的激动之情溢于言表。

一天早上，校长看着天气凉爽，适合拍照，就问：“怎么不组织赶紧把毕业照拍了？”

“我们班二十七个人，一个都不能少！”

校长表示认同。

端午节后，孩子们返校，我看见空了很久的一个座位上，晓叶安静地坐在那儿。很好，可以开拍了！

陈子信、任子聪、杨承宇等男生积极地去搬凳子，校长吆喝着所有老师都来参与。

女生前排蹲着，老师们中间坐着，男生们后排围着，朴素的教学楼在身后。转眼我待了快一年的地方，永远定格在画面里了。

女生前排蹲着，老师们中间坐着，男生们后排围着，朴素的教学楼在身后。

又送走了一届毕业生，这是我的第四届。

意外惊喜

在网上不经意搜索，发现刘雨晨《哑巴红军》的读后感已发表在了在今年3月30日《科教新报》上。

这是本期刘雨晨第二次习作发表。

喜讯接二连三。望城区“喜迎二十大·我在春天里”系列比赛评选结果公布，刘佳怡获得了征文类优秀奖。

《望城文艺》夏季刊专门给到一个板块，介绍纪红建老师来乔口

红星闪闪映光辉-----科教...

湖南日报报业集团主办

科教新报

首页 | 版面导航 | 标题导航 | 点击进入湖南在线

2022年03月30日 星期三

«上一期 下一期»

站内搜索

更多湖南新闻 点击湖南在线

3 上一篇 下一篇 4　　放大 缩小 默认

红星闪闪映光辉

长沙市望城区乔口小学六年级 刘雨晨

在长途奔波下，在疲惫万分下，在白雪皑皑下，在波涛汹涌千难万险的大渡桥下，他们从未喊过累，他们因为坚强、善良、勇敢、舍己为人，一心报国，被人们久久铭记在心中，从未忘却，他们有个闪亮的名字——红军。

其中有一位红军，他不会说话，也听不见别人说话，他就是哑巴红军。

他入队前，腰间插着一把发光的白斧头，被误以为是砍柴的，误以为是木匠，误以为是土匪，误以为是乞丐。他穿着十分朴素，皮肤黝黑，很有可能是特务。他始终没说话，只是用手比划，嗷嗷大叫。

谁也不会知道，一个这样的人，最后却成了我们心中的骄傲与榜样。他不怕死，不怕苦，不怕累，不怕脏，是中国工农红军历史上唯一一位富有传奇色彩的聋哑红军。他没有名字，出生年月也不详，他不知道自己的父母是谁，也不知道是否还有别的亲人，他把战友们当亲人，把军队当做自己的家。

他不会表达，遇到生气与不满的事情他会向人吐口水，以示自己的愤怒。自从踏上革命征途，哑巴红军不再是哑巴，他用自己的精神告诉了我们，所有他付出的辛勤与努力，都有了好结果。他一路走来，喂马、挑水、烧火，无事不做，让我们见证了他真正伟大的一面。

战争的洗礼、坚定的革命信念让他和战友们紧紧地走在了一起。他对革命前景充满了向往，正气凛然的军衣与五角星、红领章相得益彰，捧在手里沉甸甸。他轻轻抚摸着，好似这是他用半生拼过来的全部，是世间最重要、最珍贵的东西。

哑巴同志就是这样的一个人，一心为民，心存善良，向往美好，

3 上一篇 下一篇 4　　放大 缩小 默认

第13版：成长　　上一版3 4下一版

版面导航

第01版 头版　第02版 师说　第03版 要闻

标题导航

- 黑暗中的一束光
- 红星闪闪映光辉
- 咏柳
- 你是最美的
- 海水生态鱼缸

© 版权所有 湖南日报报业集团

广告热线：(0731)84326428 传真：(0731)84313258 订报热线：(0731)84313258

邮编：410005 邮箱：kjxb001@126.com 全年订价：168元

copyright © 2008 VOC.COM.CN, Geo Info. All Rights Reserved 湘ICP证 湘B2-20080017

▲学生刘雨晨发表在《科教新报》上的文章

其中有一位红军，他不会说话，也听不见别人说话，他就是哑巴红军。

小学参加《哑巴红军》读书分享会的情况，并刊载彭雅曦、刘心琪、李岱璇的读后感。

我在班里总结，邓智宸、刘雨晨、刘佳怡、彭雅曦、刘心琪、

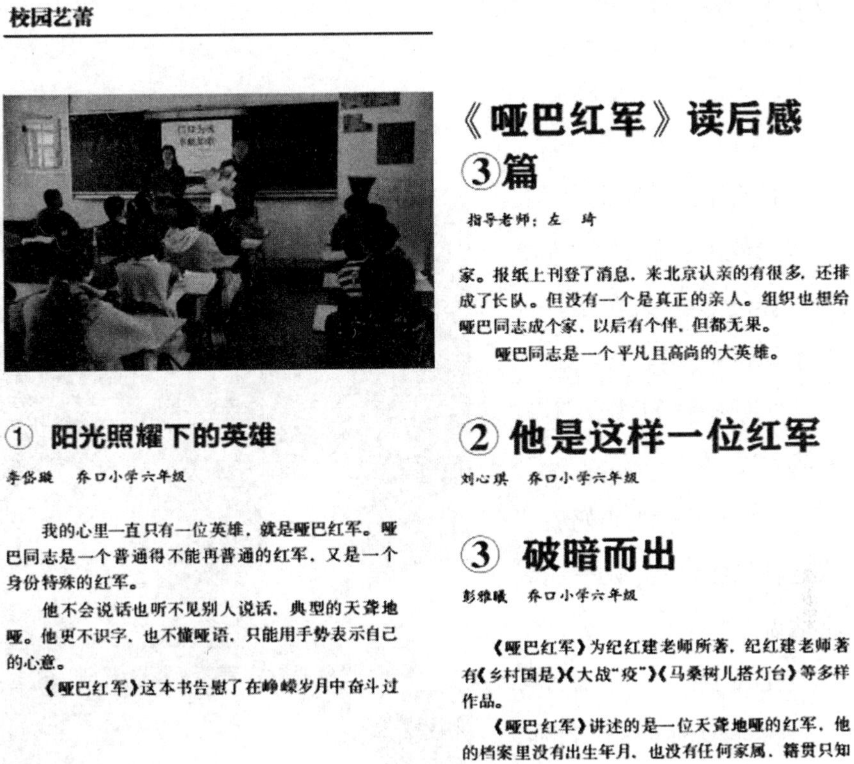
校园艺蕾

《哑巴红军》读后感③篇

指导老师：左　琦

① 阳光照耀下的英雄

李岱璇　乔口小学六年级

我的心里一直只有一位英雄，就是哑巴红军。哑巴同志是一个普通得不能再普通的红军，又是一个身份特殊的红军。

他不会说话也听不见别人说话，典型的天聋地哑。他更不识字，也不懂哑语，只能用手势表示自己的心意。

《哑巴红军》这本书告慰了在峥嵘岁月中奋斗过

家。报纸上刊登了消息，来北京认亲的有很多，还排成了长队。但没有一个是真正的亲人。组织也想给哑巴同志成个家，以后有个伴，但都无果。

哑巴同志是一个平凡且高尚的大英雄。

② 他是这样一位红军

刘心琪　乔口小学六年级

③ 破暗而出

彭雅曦　乔口小学六年级

《哑巴红军》为纪红建老师所著，纪红建老师著有《乡村国是》《大战"疫"》《马桑树儿搭灯台》等多样作品。

《哑巴红军》讲述的是一位天聋地哑的红军，他的档案里没有出生年月，也没有任何家属，籍贯只知

▲学生们发表的文章截图

我的心里一直只有一位英雄，就是哑巴红军。

李岱璇都是好样的，其他同学也不要妄自菲薄，对于取得成绩的同学，要深深祝福，好好学习他人的长处。同时，自己的写作也要坚持下去，总有人会看到你们的文字所发出的光亮，总有一天，你们的文字也会变成铅字，印在各种报刊书籍上。

关于头像

▲我的微信新头像

我换了新的微信头像，邓紫嫣放出彩虹屁：“左老师，你终于换头像了，仙女本仙！”

“我之前的头像不好看吗？”

“太红了！我奶奶就喜欢这种老年红！”她一派天真地说。

扎心了！

廖泽航补刀：“老师，你那张红色头像是你年轻的时候拍的吧？”

又扎心了！

“你那个时候好胖啊！”他一派天真地说。

再一次扎心了！

为师正在难过，刘晨嫣和陈思惠跑了过来。

“快帮我选选，头像是用睁眼这张好还是闭眼这张好？”我有选择综合征。

“我喜欢睁眼这张。”刘晨嫣说。

“我喜欢闭眼这张。”陈思惠说。

这两个人等于没说。

“那就这样吧，闭眼这张做头像，睁眼这张做封面，两全其美！”我终于不用纠结了。

那就这样吧，闭眼这张做头像，睁眼这张做封面，两全其美！

邓紫嫣说：“笑起来那张怎么不做头像，最好看的是那张！”

“咳咳，低调一点为妙。”我一派天真地说。

行将就木的打印机 *

它一紧张就卡纸，一卡就是两张纸。我心挺疼的，心疼它，也心疼纸。

乔小打印机已病入膏肓。

它也不容易，承担了全校各种资料、表格以及六个班的各种练习、试卷的打印复印任务。

好不容易它神清气爽的时候，吴景林老师就趁机拿出一沓试卷来复印，直到它发黑眼晕。

等到它一张纸都吐不出来的时候，大家就消停了。

它一紧张就卡纸，一卡就是两张纸。我心挺疼的，心疼它，也心疼纸。

熊祥找师傅来修过几次，每次它好了，我们就开心了。

我们开心了一阵儿，它又宕机了。

我觉得这样下去影响办公效率，便尝试着和一中金山桥的书记校长沟通，能不能捐赠一台打印机去乔小啊？

书记、校长笑着说：“正好你支教快结束了，我们集体过去看望你，带些物资过去吧！”

哇！一直以来，我都被书记校长们保护得很好，呵护得很好。在这儿支教的最后一个月，我能多为乔小做点儿什么，那也是幸福的！

小小的心荡漾一下 *

我让学生带些盆栽来装点教室，陈思涵提醒我：“左老师，那盆多肉怎么样了？”

我一时也懵了，这盆多肉放在窗台上许久，我也许久没有见过它的容颜。

陈思涵惊奇地叫起来：“它开出了新花！”

果不其然，又到一年夏日长。时过芒种，阳光已泛起了白光，风有了温度，热烈而有力度。

当清纯浪漫的粉色碰撞了高洁梦幻的蓝色，就闪耀出一种如诗如梦的浪漫气息。

披风着意新花美，催雨含情多肉丰。

多肉多肉，肉多肉多！

拒绝太闷 *

复习阶段有点闷对吗？

练习、作业、讲题，读、写、背。没办法，常规动作。

不要紧，为师有办法调剂一下。

看看美丽山河，逛逛你们没去过的地方吧！《航拍中国》了解一下。

第一季第一集新疆篇，从没去过新疆的学生们瞬间就被美哭了。

广阔无垠的巴音布鲁克草原到处翠色欲流，伊犁河谷的杏花春意盎然，薰衣草花海既梦幻又让人窒息，赛里木湖恍若世外桃源的仙境，塔克拉玛干沙漠述说着古代丝路的繁华，塔里木河的胡杨林演绎着生命奇观，让人垂涎欲滴的课文《葡萄沟》里描写的葡萄挂满枝头……

小伙伴们惊呆了，居然还有这样美不胜收的地方，竟然还有这样震撼人心的秘境。

怎么样，同学们，用眼睛去旅行结束了，下面开始做题吧！先读万卷书，再行万里路。

用眼睛去旅行结束了，下面开始做题吧！先读万卷书，再行万里路。

我是不是个大忽悠？不过，老实说，新疆我也没去过，改天一起偶遇吧！

换个玩法

一期的羽毛球特色课程即将结束，我还是带出了几个高徒：杨承宇、刘星源、任子聪、陈玉春、胡轩琦、刘博宇、李嘉欣、李岱璇、陈思涵。

体现在对打中自信明显提升，快、准、狠，有果敢的力量。

都有我的影子哈！

最后一次课上，我把学生分好组，先淘汰一轮，剩下的11人再两两对决，选出了六名优胜者。

这堂课剩下的时间，我不再是往常那样和每个孩子过招，而是召集了几个男生一起，双打。

杨承宇首先就贴过来，嘴上不说要和我一组，实际上心里美得很。

刘星源和陈玉春站在对面。

双打讲求配合，简单点儿说就是：我方两个打对方一个，即进攻方两个人一前一后，攻守兼备，打对方一个人，他只能防守，几次下来，必然会失误。

我和杨承宇就抓着刘星源一个劲儿地攻。即便是这样，刘星源的反应速度也能基本跟上。

为师甚满意哈！

当然，我们的配合很生疏，也有漏洞。比如中间球过来了，就权责不明。

要么是两个人争抢着接，互相影响，要么是两人都放弃接球，眼睁睁地看球落地。

我发现了问题，告诉杨承宇，如果我打算接这个球，我会说："我来。"

接下来我们的失误变少了。

杨承宇提出要和陈玉春交换一下，做我的对手。

然后场上变成了我和陈玉春抓着杨承宇一个劲儿地攻。

还别说，陈玉春的力道大了不少，连续几轮接发，像模像样的。

杨承宇气急败坏地说："好啰，就打我一个是吧？"

"谁要你叛逃？"我给他一个灿烂的笑。

一个新球被我们打得枝折花落，但是我却特别有成就感。我不光带出了一群会写的孩子，还培养了一批能打的孩子，快夸我！

一个新球被我们打得枝折花落，但是我却特别有成就感。

再次写下你们的名字

风再起时，已是今年盛夏。

说不出生命有多少奇缘，也说不出自己有多幸运，我在乔小遇到了一群珍宝。

他们可爱，从没让我咬牙切齿，给了我作为老师的最大体面——不要歇斯底里。

他们乖觉，我说的话，大抵是都往心里去了，有的成长很快，有的慢一点，也能选择了往好的方向生长。

他们淳朴，会用天真的眼睛关注我的一言一语一举一动，他们希望我活得好，正如我希望他们也活得好一样。

他们勤劳，我不需要动一根手指头，卫生会做好，作业会收好，讲台会整理好，人会坐好。

我像初见他们一样，在黑板上再次写下了他们的名字，这次我不需要看花名册，不需要念名字的时候确认长相，他们的名字和长相，已神奇地复刻进了我日益健忘的大脑里，也许，海枯石烂也不会忘记。

这27个名字，像27片阳光下跃动的绿叶，满屏的生气与新鲜。

这27个名字，像27片阳光下跃动的绿叶，满屏的生气与新鲜。

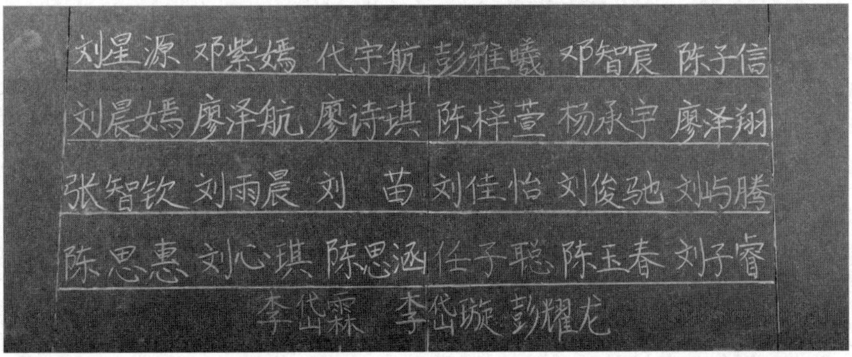

▲写在黑板上的学生姓名

我给即将跨入初中的他们写下小学阶段的最后一次评语，竟发现小小的方格容不下潮水般涌入的夸赞的话语，我不必使用任何批评、抱怨、指责的语言，他们值得一切有趣可爱的文字去形容，去描述，去表达。

追风去吧，孩子们！

追光去吧，孩子们！

追梦去吧，孩子们！

浅浅微笑，深深祝福！

欢送与欢迎

毕业考试结束后，我的支教工作也宣告结束了。

在即将返回长沙市一中金山桥学校的那一刻，陈子信、彭耀龙、任子聪帮我大包小包拾掇物品，往后备厢里填塞。

一点儿也不娇气的、任劳任怨的好孩子，我真舍不得你们！

邓紫嫣说："左老师，您就行行好，给我们买根冰棍吃吧？"

"左老师！"办公室围满了学生，他们正用企盼的亮晶晶的眼神望着我，发出了读课文一样整齐的呼吁。

"没问题呀！"我拿起手机来，联系镇上的商家。

很快，冰棒就送来了。为了防止哄抢，我让刘晨嫣分发给大家。

还好，这样一群听话的孩子，并没有在零食面前失了分寸，他们克制住了原本这个年纪难以克制的冲动，在得到冰棒后，张开双臂满操场疯跑，像即将冲向蓝天的飞机。

"感谢左老师的大恩大德！"校园里欢快的呼喊在回荡。

毕业考试结束后，我的支教工作也宣告结束了。

额，这用词严重不当哦！

靖港片区校的领导们将这一年在该片区支教的所有老师召集起来，举行欢送会。陈超平校长说：“感谢你们为乡村教育所做的贡献，我代表片区校的全体师生对你们表示敬意和谢意！”

他将“优秀支教教师”的奖状递到我手里。我像小时候考了100分一样开心！

真的要说再见了。我发动引擎，驶离了像小乔一样清雅的小镇，在这个太阳晃眼的夏天，遍地芙蕖招展的季节。

我像不像一个刚从战场上凯旋，在受到表彰后旋即投入下一场战斗的战士？

回到娘家，熊瑞书记说：“欢迎回家！”

李军校长说：“左老师，辛苦了，回来还会更辛苦！熊书记早就计划好了，马上启动学校后备人才培训班，你来做执行班主任！你要把你的行政经验、带班经验、教学经验、写作经验都好好地传授给年轻的，尤其是刚入职的老师们呀！”

两位领导向我投来了信任的目光。

我像不像一个刚从战场上凯旋，在受到表彰后旋即投入下一场战斗的战士？

“感谢领导赏识，努力做到最好！”

▲乔口小学教学楼

我打开办公室的门，这个被我冷落了将近一年的办公室，即将温热起来，接下来的工作，依然需要我热火朝天的干劲。此刻，我有些兴奋，我的下一届学生，会不会像乔小的孩子们一样，让我难以忘怀，心有期待？

我的心正张开双臂满操场疯跑，像即将冲向蓝天的飞机……

我的心正张开双臂满操场疯跑，像即将冲向蓝天的飞机……

Part 2 第二辑

优美的身影如同一个漩涡

乔江寻香

清晨，小镇未醒。

我着一袭素衣，迈过乔江书院的大门。飘飞的衣袂掠过台阶，恰如先贤的高德拂过心田。许是我的步履不够轻盈，惊惧到一群闲逸的鸟儿，扑啦啦振翅，朝天井处四散而去。瞬间的凝息后，几片飘摇的树叶，簌簌，那是它们遗落的魅影。

曲径通深窈，帘花檐影颠倒。星星往事，历历在目。

已是秋，香满溢。是器物的馥郁馨香，是学者的兰馨蕙香，抑或草木的疏影暗香？我不得而知，却寻踪而去。

乔江之香，气韵独特，清纯高妙，不浊不野，天下无双。

“后皇嘉树，橘徕服兮。受命不迁，生南国兮。深固难徙，更壹志兮。”屈原，这位以橘为意象表达家国之爱的大先生，心怀“美政”，上下求索。上溯亘古叩问天地，下至楚地思索人世，一歌一咏浪漫跌宕，一章一句瑰丽雄奇。他的胸襟与才情，他的抱负与志向，凝心练血于《楚辞》中，振聋发聩，惊世骇俗。在他抱憾的一生里，亦有纵横捭阖的荣耀与得意——那是他与楚怀王共同怀揣的强大楚国的梦想啊！变法改革，由表及里，官至左徒，合纵抗秦，他的语词无一不是美德的外显，他的行止无一不是高洁的隐喻。公元前 295 年，屈原被放逐江南，在山长水阔、人杰地灵的乔口，一时间对神灵眷恋的遐想、对所求未遂的伤感涌上心头，怀忧苦毒，愁思沸郁，《九歌》得以问世。

乔江，是屈原纵情抒怀的地方。

乔江之香，圆润醇厚，甜馥内敛，不破不燥，回味无穷。

“恭承嘉惠兮，俟罪长沙；侧闻屈原兮，自沉汨罗。造讬湘流兮，敬吊先生。”贾谊，少年十八岁以文成名，所著《过秦论》剑

乔江之香，圆润醇厚，甜馥内敛，不破不燥，回味无穷。

拔弩张，气势恢宏，速被奉为经典，才识令人瞠目。公元前176年，他被贬为长沙王太傅，涉湘水宿乔口，历屈原放逐所经之地。他乘舟乔江之上，俨然从水里照到了屈原的影子，对竭诚尽忠以事其君的前辈深致伤悼，遂作《吊屈原赋》以示悲愤。

乔江，亦是贾谊纵情抒怀的地方。

乔江之香，若即若离，若隐若现，宁静高远，曲径通幽。

“漠漠旧京远，迟迟归路赊。残年傍水国，落日对春华。树蜜早蜂乱，江泥轻燕斜。贾生骨已朽，凄恻近长沙。”生命即将进入大限的杜甫，思乡心切，乘舟出峡。想到自己晚年漂泊无定，国家多灾多难，他感慨万千，在流寓乔口之时，写下了抵达长沙的第一首诗——《入乔口》。杜甫似乎是一个活在冬天的人，他经历了唐朝最黑暗的时代，受苦挨饿，几近丧命，但在他的内心深处，依然鲜活年少，春光闪烁。

就如屈原，宁可跳进江流，葬身鱼腹，也不能让洁白的身体沾染尘埃。

就如贾谊，哪怕时代没有为他创造光的条件，他却用尽一生走向春天，欣欣向荣。

乔江，何尝不是杜甫纵情抒怀的地方？

道同气合，著有遗篇，三贤并立，满祠生香！

乔江之香，通达三界，开启灵窍，拔除沉痼，身心调谐。

乔江之香，通达三界，开启灵窍，拔除沉痼，身心调谐。

书生黄澹，见贤思齐，心怀邹鲁，立教之志甚明。当是时，书院颓败，经营惨淡，黄公倾囊建修，物力维艰。幸而得遇“唱义学、效河汾、兴师礼、训诸生”的长沙县令许熙载，许公嘱其子许有壬全力相帮。许有壬即写《修乔江书院疏》上呈元顺帝，直陈原委：“乔江书院者，经始宋季，再建国初，皋比之座既虚，伊吾之声遂绝。星霜变易，宛有故基，风雨倾颓，鞠为茂草。义士窘于独力，学者叹其无从。”黄澹其人，上达天听。顺帝感其诚，赞其行，御笔亲书“乔江书院”。自此，黄澹担任山长，学宫异彩焕发，名噪一时，享誉一方。

▲乔江书院

黄、许二人，志趣相投，相见恨晚，儒学得兴，青史留名。

乔江之香，绵长灵动，不疾不徐，以道观心，神自归一。

清代袁相国《乔江书院纪略》中有云：“教化行而民风淳，师道立而善者众。前人笃行，启迪后昆，敬明泮宫之颂，思乐芹藻之音。昭昭硕德，式扬耿光，永存碑口。”

乔江之香，绵长灵动，不疾不徐，以道观心，神自归一。

文化之用，泽被后世。“明德敏行”“礼义廉耻”，书院一贯秉持孔子的思想精髓，儒家哲学成了乔口一域行稳致远的秘钥。修己方以安人，知礼方能立世。千百年来，乔口民众抱朴守拙，互敬互爱；乔口学士见贤思齐，心怀家国。生生不息，代代繁衍，历史与人文积淀的美好气息在此地交相辉映，与柳永笔下那“烟柳画桥，风帘翠幕，参差十万人家”的盛世繁华相去无几。

出得厅堂，视域阔朗。柳林江上，云翻，雨泻，风卷，天清。它西接资邑，东入洞庭，延溪循径，绿荫遍地；它南通衡岳，北连云梦，渔舟唱晚，商肆林立。

我在这芙蕖招展、稻浪起伏、山形窈窕、翠屏叠嶂之地，终寻得了一抹香……

柳林风声

瓦蓝的天上就这么一朵白云，挂着，不动。

瓦蓝的水里就零星几根芦苇，立着，不动。

云停驻在天空，像是给天空这张大脸一个深情的吻。

没有风的天空，停泊着雾气一般的云，又轻又薄，它类似于“高光”一类的化妆品，使天空的瓦蓝成为柔和的粉蓝。

就像水鸟飞过天空，就像蜻蜓划过脚丫，它们留下的倩影，绣娘必须添上。

晴朗的黄昏，阳光依旧炽烈。山野晚景清晰明亮，田地里碧绿的缓坡斜下来，与河边深绿的滩涂相连，如上下唇的贴合一般自然。连接处长满黄色的晶莹的碎花，那是给水域涂的唇彩吗？

对岸边的白色小屋影影绰绰，那是身心栖憩的地方啊！天空在小屋身后南北浩荡，一同浩荡的还有这条无声奔淌的柳林江。

眼前的美景梦一般静呈，美好的黄昏就在江边铺展开来。

牛在吃草，在一片绿地里吃草。这草有着最浓烈的生命一般，绿得有着液体才有的质地。牛吃着它，欢欣地摇尾巴。

它们炯炯的目光如此专注，它们除了咀嚼一概静默。它们的尾巴会说话吗？它们会感激水草丰美的柳林江吗？它们健硕的腿和粗壮的身躯在行经的地方消失，乡村这幅油画便要黯然失色了。需要绣娘将这一块儿重新添补吗？

就像水鸟飞过天空，就像蜻蜓划过脚丫，它们留下的倩影，绣娘必须添上。

起风了，挂在天空的那朵云不知哪儿去了，却又从不知名处来了很多云。云在天空，在风的助推下步履轻盈，它有脚吗？它不像时间，时间有脚，时间的移动讲求规则，它从不偷懒懈怠，也从不被外力裹挟。云可狡猾了，想走便走，想睡便睡，突如其来的以泪洗面也没人管着，有时候把脸哭黑了，瞬间又可以白回来。整面天空都是这些魔术家一样诡诈的家伙，有形的，无形的，好看的，说不上好不好看的，一窝蜂到来，一窝蜂消逝……

最后，就剩了这一朵，孤零零挂着，像一个微笑的唇瓣，怪好看的样子。

起风了，江面笑意盎然，它弯曲的眼纹像层叠的鱼鳞一样，如果把它当作一条巨大的泛着蓝色鳞光的鱼也是极恰当的，它是天空的鱼，是小镇的鱼，是这片生生不息的土地上不可或缺的鱼。如果潜入江底，是不是有成群结队的鱼，朝着阳光晒到的暖和的地方云游而去？

“乔口渔都”，鱼的腾跃地，鱼的喜乐地。

江水东流，在温床里很享受的样子，就像婴儿在澡盆里洗温水澡的样子，惬意地闭眼，听大自然的乐曲，风言风语，鸟啼虫鸣。

传说小乔曾在这儿待过，是美人留下了美景，还是美景孕出了美人？也不必深究了吧！

哦！一只水鸟立在芦苇秆上，它姿态美丽，形容乖巧，它刚掠过水面的羽翅湿淋淋，如出浴的妃子。

我可以唤你一声小乔吗？

迎着光的方向。

秋仿佛还没来，就已经走了。

站在桂花树下，拼命吮吸它的芳香，这芳香来得太晚了，晚到“金秋桂子香”几乎成了一句空谈，晚到它搭错车，与冬的脚步一起降临。

这芳香忽地被一阵狂风卷走，它还没来得及停驻我的肌肤，浸润我的内腑，深入我的骨髓，就被卷走了，一丝气息也没有留下。这丝气息像一方丝巾带着弧线的尾，色彩明丽，曲线明晰，引我去追随。我追，我跑，迎着光的方向。

觅得芳踪，像孩子得到意外天降的棒棒糖一样惊喜。这芳香让人生出一些贪婪，贪婪着它不要消逝，贪婪着它愈加浓郁，贪婪着风不要太急太猛，将它丝丝缕缕、缥缥缈缈的清幽，轻轻送入我的肺腑就好。

有着一头张狂发丝的我，在一棵有着一头张狂发丝的柳树下静坐，看一河静水流深。

这柳树最长的发丝已接近河面，是风让它俩发生轻揉，发生爱抚，从而生发情意，生发依恋。临水照影，它觉得自己美不可言，妙不而言。它的美只呈给水，而无意展示于我，就像有人喜欢一个姑娘，而她并不有情于他一样。

但我还是喜欢它。它不像冬天的其他什么树，叶子掉光，枝丫分明，把蓝天切割着、网格着，显得那么突兀和沉郁。

它把头低下去，把腰弯下去，把身子俯下去，把它整个儿奉献出去。它不在乎这是秋还是冬，或不在乎自己身处哪个季节，它像一个永葆年轻的黑发女子那样，永葆一头绿丝绦。

它把头低下去，把腰弯下去，把身子俯下去，把它整个儿奉献出去。

这让我想起了一个村庄，一个因长寿老人而闻名的村庄。人的长寿一定是源于适宜的气候，适宜的习惯，适宜的情绪。这树的年轻，必定也是因着这适宜的气候，适宜的习惯，适宜的情绪。所以这棵柳树的发丝张狂着，肆意张狂，无须打理。

看见它的枝条在翻飞，会不会想变成《格列佛游记》里的小人儿，飞上某片叶子，随它去飘摇，随它去晃荡？一个人如果没有天马行空的体验，没有遨游苍穹的热望，那是疆域没有打开，生命缺少狂想。可驾驶着柳条的感觉是怎样的？它不像飞机或是骏马，不会带来迅疾或是刺激，它和无数的其他柳条朝着同一个方向前进，又朝着同一个方向后退，似潮涨潮落，似月升月降，它抚摸天空、屋顶和人心，人们感受到的是它的博爱与柔软，像白居易写过的琵琶女。

我旁边一个钓鱼人也在同样静坐，他静静地看着鱼竿的动静，眉眼不动，仿佛已入定。可他动作迅猛，几乎与浮漂快速地被拉下水面同频。他旋即入定，等待下一次的迅猛。

他身旁的桶子里游着越来越多的鱼，银的宽，黑的细。这两种格格不入的鱼，被囿于一方窄窄的天地，它们必须学会从格格不入到和睦相处，从意见相左到达成共识。譬如银的宽的鱼想顺时针游，黑的细的鱼想左右穿插游，这是一种乱象。它们必须步调一致，必须同气连枝，在还能享受水的欢娱之前。

鱼在水中游，它们组成了回环中的回环，大大小小的回环组合在一起，像一种叫套圈圈的游戏一样。

鱼在水中游，你的头追着我的尾，你的尾连着它的头，像一种丢手绢的游戏一样。

鱼在水中游，不知道它们这样乐此不疲，是想要去到怎样的终点。它们一次次回到起点，迷茫地继续出发，下一个终点，又会成为下下个起点，这种徒劳的游戏，它们乐此不疲。哪条鱼是它们的头儿？队伍要带到什么地方去？天知道。

想必它们明白，离开水了，才是真的完蛋了。

晒着太阳的不只是人，还有鹅——两只灰鹅和两只白鹅。这四只鹅并不怎么亲昵，它们的身体间保持着相等的距离，就像做广播操的小学生，间隔半个手臂那样的距离。这距离让它们貌合神离。它们自动地按颜色划分阵营，两只灰鹅在左边，两只白鹅在右边。同属一个阵营的灰鹅依然貌合神离，一个目视前方，一个扭曲脖颈。目视前方的鹅眼睛如黑豆，从它没有光亮的眼睛里，看不出它的任何欲念与希冀，这样让人捉摸不透的眼睛，居然长在了鹅的脸上，委实神奇。它静坐的画面与钓鱼人无甚差别，它像是有所期待，又像是百无聊赖；扭曲脖颈的鹅是决计不会患颈椎病的。它是练过芭蕾，或耍过杂耍的，它的脖颈可以从竖直变成平躺，且脖颈依然保有美好的曲线。它脑袋一截够到了肚皮以下，那地方的痒痒它挠得到，蹭得到，这让得了肩周炎、扣不上内衣扣的人羡慕不已，就像不会劈叉的人，对会劈叉、会将自己的身体折叠起来的人的那种羡慕。

鱼在水中游，不知道它们这样乐此不疲，是想要去到怎样的终点。

▲乔口渔都

虽然它们都有着黑色的喙，但没有歌唱，没有聒噪，没有瞎嚷嚷。

虽然它们都有着黑色的喙，但没有歌唱，没有聒噪，没有瞎嚷嚷。它们很安静。

同属一个阵营的白鹅同样貌合神离。一个直挺挺地站立，一个美滋滋地折颈。直挺挺站立的白鹅有着丰子恺笔下所谓的高傲气质，也恰如俄国的作家叶诺索夫的描述——像个海军上将。它的魅力全部仰仗于这根细长的白脖子。这白，显出它的档次是优于那些灰鹅的，这白，让人想到的是优雅，是纯洁，是高贵，是不拘一格。美滋滋折颈的白鹅，与那临水照影的柳树无甚区别，它弯折的脖颈显示着它的柔美，它的活泛，它的韵味十足，这情状像个英文字母“V”。它把头低下去，把腰弯下去，把身子俯下去，把它整个儿奉献出去。这一切表明，它爱它自己。

虽然它们都有着橘色的喙，但没有歌唱，没有聒噪，没有瞎嚷嚷。它们很安静。

在这个太阳天，我可以和桂树说话和柳树说话，和鱼说话和鹅说话，我们都好好的，迎着光的方向，享受光的温柔。

心中一句惊叹

你行经的每一扇窗都会给你一个惊喜。

如果只是简单解构视野里的元素，鱼塘、树、草、房子、电线，那就是对它美的一种亵渎。

连绵的青瓦自带流畅的曲线，斑驳的白墙像一件做旧的艺术品。古朴与精致，风格与神韵，这是小乔迷人的躯体。

一根根石柱将扇面均分成一块块的空隙，这些像由国际象棋棋子叠起来一般的石柱，跳脱出了呆板的圆柱形模式，中西合璧的样子，倒添了些异域风情。

这些个柱子的存在，不让你敞亮着看窗外，犹抱琵琶半遮面的味道，欲说还休的味道，让人生出一番一探究竟的兴致。

若是单纯地把它们看成防盗网或是阻挡些猫猫狗狗闯入的屏障，那又是对它的美的一种亵渎了。

越是不让你大喇喇地看，你越是想直截了当地一览无余。于是只能透过这些间隙，去看另一面的精彩。

清波微澜，是鱼塘的裙裾在起舞。静谧的水面温润婉约，如画的倒影沉静安然。

有时候太阳洒下了碎金子，水浪动荡，一闪一闪的，耀眼却不刺眼。这一整片的璀璨夺目，像极了一张孔雀张开的屏。

电线松垮垮地斜下来，让人生出几分担心，担心它绷不住掉到水里。

这又大可不必。

一只白鹭立在电线上，稳稳的，不像人走边边那样平衡不定，左摇右晃，即便是伸展出双臂也依然重心不稳害怕栽倒。它的稳当连同着电线的稳当，共同构成了一幅静态的画面。这画面倏地发生

这一整片的璀璨夺目，像极了一张孔雀张开的屏。

晃动，就像电视看得好好的突然屏幕一阵雪花一样。

它飞走了。

以一种常人无法反应的速度，却给人无尽的念想。

惊鸿仙子！

墙外的树叶想透过缝隙钻进来，墙里的树叶想透过缝隙探出去。钱锺书早就看透了婚姻这堵墙，但是世人却千百代地在这墙里墙外一顿迷茫。然而树叶毕竟是树叶，它们毕竟没有人类的觉悟和认知，它们总有一种执念去吃墙的另一面的葡萄，只要吃不着葡萄便不会相信葡萄是酸的。

如果你认为我说的只是一扇窗，那你就是对这美的又一次亵渎了。

于是你可以看到这样的场景并且没有丝毫诧异了：墙外的那棵树的枝叶越来越多地伸进了缝隙，像是偷渡成功的难民一样沾沾自喜；墙里的树嗤之以鼻，它想着这样的伎俩是早就玩儿剩下的，工于钻营小打小闹有什么值得一提，直接冒个尖儿越过青瓦去岂不高你一头？

这些树给人上了不止一课。

草也有样学样，似乎比别处的草长势更猛，比着长，逼着长，只为越过这堵墙，去看看不知能不能称之为风景的风景。

所谓折腾就是从自己呆腻的地方，到别人呆腻的地方去。当然这是你的权利。

如果你认为我说的只是一扇窗，那你就是对这美的又一次亵渎了。

暗里着迷

在团头湖边绕了一大圈，可以感受到它360度无死角的美。你甚至会在何处落脚上犹疑不决，仿佛错过了这处，怕找不到更妙处；又担心偏爱了那处，又委屈了经行的某一处。

站在湿软的土壤上，有一种即将下陷的感觉，但又不必担心这种下陷会没有底线。大地的湿软背后是坚强紧实的支撑，当脚下松动到一定程度时，你会稳稳地立住。大地托住了你。

这土壤的裂纹四通八达，像张牙舞爪的枝丫，像不断分流的血管，像破败陶罐的表面。湖里的水若是来了，天上的雨若是下了，这些液体会像万马一样在小沟小壑里奔腾，似前方有宝藏似的，带着勇猛劲头地奔腾，满怀希冀地扩散蔓延，填充每一丝裂纹，直至水涨船高，直至这片裸露的土壤彻底被覆盖，直至看不见这块零落几根枯芦苇的洲，待到来年开春的时候。

比起裸露的土壤，裸露的蚌壳更坦诚。它们的体格大小不等，大的已被掏空，像被洗劫一空的房子，空空如也，空无一物，徒留壳上的一些五彩光泽的纹路；小的也许还保留着内里的躯体，它们因为失去了水分而失去了生命，阳光又继续蒸发了它们身体里最后的所剩无几的水分，所幸飞鸟没有啄食它的肉体，日子也没有让它变得更腐烂，它保留了身体的完整，虽然只是暂时的。

如果把你俯视大地的眼睛放平放远，你会被含情的湖水摄了魂魄。它将情意传递予你，你也学会了用含情的眼眸去看它。它面容清丽，不刻意粉饰，也不曲意逢迎；它温柔婉约，不惊涛拍岸，也不喧哗多语。它朴素的外衣上有一朵璀璨别致的大花，那大花是决计不会出现在其他的物件上的，这大花是太阳独赠予它的，非它莫属的味道，非它不可的味道。太阳在这平滑、纯粹的疆域里辟出一

如果把你俯视大地的眼睛放平放远，你会被含情的湖水摄了魂魄。

块领地，这领地光华耀眼，神奇瑰丽，不容他人践踏，不许庸人惊扰。这些像撒了细小宝石一样的光斑在这独一无二的领地里跳跃，此起彼伏地跳跃，轻快自在地跳跃。它们是在呼应着太阳与湖之间这份心照不宣的柔情蜜意。你会从这派景象里明白什么是“天作之合”。

这连片的跳跃让你的思想、灵魂也跟着跳跃，让你的眼睛即使是闭上了，也有一些虚晃的光在眼睛里头跳跃。所以你千万不要低估了这湖的美丽和魅力，它就是要在你眼里、心里挥之不去，去后留意。

很显然太阳是乐于赠送这朵大花的，很显然湖水是乐意接受这朵大花的。

很显然太阳是乐于赠送这朵大花的，很显然湖水是乐意接受这朵大花的。它们还未来得及在构筑的爱巢里继续缱绻，四只野鸭便闯入了领地。它们没有打招呼，也丝毫不咋呼，队伍像是着意整肃的一样整齐。它们从湖的幽蓝处划来，仿佛它们不是用脚掌游过来的，而是装着自动马达驶过来的一样。它们高昂的头像是新造的船头，它们身量一致像是经过选拔的突击队战士。当它们大义凛然地闯入这片金色的领地，却瞬间在这秘境之地消融了身躯，你看不到它们了！它们蒸融在这秘境里，仿佛掉进了通往童话世界的大树洞里，又仿佛被吸入了通往天界的大隧道里。

也许确实是在童话里或天堂里游历了一番，这四只鸭子的身形缓缓显现于光斑聚集区的另一边。它们恍惚了，迷醉了，四只鸭子的队伍散了，乱了，没形了。打头阵的鸭子还想带着队伍继续走，后面的三只却在原地划着圈圈，不听使唤的样子，不守规矩的样子，为首的鸭子无措了，开始左顾右盼了。

一只水鸟游过来，带着嘲笑似的，笑它们不懂规矩，私闯领地；笑它们自乱阵脚，假装正经。当你大喊一声“美姬子——”，这只小小的水鸟会立刻遁于无形。它把自己掩盖在水里，它的胆怯羞涩让你爱怜不及。你看不到它小巧的头颅、玲珑的身体，你会对这样唐突的喊叫追悔莫及。

▲午夜梦回的团头湖

这样一片湖会在午夜梦回里反复现映。它在你梦里裹着柔雾一样的轻纱，这些轻纱似的柔雾遮蔽住了湖的真容，它看似白纱帐，实则厚障壁。风吹不散它，它反而一股脑儿地向你簇拥而来，将你深深裹挟，引你入画，诱你飞升，带你进入第二层梦境。

浓雾在湖中洲岛边缠绕沉淀，蠕蠕而动，似瑶台仙境，似飘袅天池，丝毫不见湖底暗流涌动，湖面阵阵涟漪。这雾里看花，水中望月的感觉是千般婀娜，万般旖旎。殊不知湖的心里在等着那轮太阳，等着它利刃穿身，拨云散雾。那翩若惊鸿、婉若游龙的仪态，岂是汽蒸雾绕所能掩盖的？

那翩若惊鸿、婉若游龙的仪态，岂是汽蒸雾绕所能掩盖的？

待得第二天的清晨来看这片湖，你会觉得这虚虚渺渺、飘飘摇摇的景象与梦中的画面并无二致，全是因了这湖让你暗里着迷的缘故。

春意流淌的欢歌

雪再一次降临。新叶的娇容和草芽的鲜妍被厚厚的雪块儿压制着，冒不出来。

天空灰白，田地灰白，地上的雪被车轮倾轧着，一片灰白。

没有一星半点儿春的印记。

杜鹃、燕子、黄莺、喜鹊……它们动人心魄的歌声，还未在田间地头玩转。

梅花、迎春、玉兰、山茶……它们姹紫嫣红的身影，也还未漫山遍野铺开。

人们在等待，在等待……等待春风领着树和花儿奔跑，等待鸟儿在天空飞扬。

春的脚步如此迟滞，春的气息这般微妙，人们对它的想念近乎痴狂。

春的脚步如此迟滞，春的气息这般微妙，人们对它的想念近乎痴狂。

就像姑娘们想脱掉棉服披上春衫、褪去厚重挂上轻薄，在漫江碧透的橘子洲头一展欢颜的迫切一样；

就像农人们想卷好裤腿提上箢箕、换上胶鞋戴上草帽，在一生牵挂的肥田沃地深情耕作的迫切一样。

春会恼恨，会怨怪，这错付的春情春意，竟然无人收悉？

然而，她分明在的，她早来了，她是守信的。

雪花簌簌地从天空倾斜而下，它们并不受地心引力的牵制。它们自带动能，划出的一道道弧线优雅又美丽，带着滑板运动员特有的孤勇，无惧高远与险隘。它们从天到地打下一个个同向括号，叠加起来的括号把人包裹起来，把车子包裹起来，把房子、树和世间它喜欢的一切包裹起来，拥在怀里不撒手，梦幻的世界笑盈盈。

春没有年纪，万物美而有情。

当然把它看作一撇或一捺也是极恰当的，上天正使用着一支鹅毛大笔。

我更愿意把它们都看成是带着笔锋的捺画。别看这雪花儿轻柔飘逸，娇弱无力，实则神采动人，通真达灵。脱缰骏马般腾空而来，复又绝尘而去;蛟龙飞天般流转腾挪,旋即回归虚无。它将这包蕴精华、精气、精致的一丝尖尖的尾扫向我，抚向我，清清凉凉，麻麻酥酥，浑似小虎的一条软尾擦脸而过，让人说不尽地受用。须知这绵里藏针的力道，这化骨柔情的蜜意，在这近乎癫狂的原始的生命力的冲动中，聚集的是天地乾坤的浩然之气。

站在旷野里，这一笔一笔的捺，铺天盖地朝我奔来、涌来、欢腾来，拐着弯儿抵达我，殊途却同归，让我生出一股吃到糖葫芦般的甜蜜。它们在我的脸上消失了，在我的手心里隐踪了，在我的衣服上蹭上一点儿涕泪，在我的靴子上留下一丝水印，我听见它们的笑声丁零零。我需要用个盆儿接住这喜庆、这祥瑞、这诚意。

可是，不知道从哪个地段开始，从天而降的不是雪，而是雨，是春雨！同一座星城，却在雪与雨的交替中变奏，在雨与雪的交响里喊春。

天上湿漉漉，地上湿淋淋。

天上明晃晃，地上白茫茫。

天地间一片片珠帘，洼地里一圈圈余晕。土壤吮吸它，绿野亲近它，菜蔬抖落一身冰晶，张开叶瓣接纳它。

土壤吮吸它，绿野亲近它，菜蔬抖落一身冰晶，张开叶瓣接纳它。

雨点儿打在玻璃窗上，嘣嘣嘣，啪啪啪，豆子一样欢蹦、跳跃，孩子一样欢谑、顽皮，毫不安分守己，行止不按常理。

春伸长了脖颈，在瞭望。

鸟儿叫了，说不清什么鸟儿，在清晨。

它喃喃低语或高歌猛进，嗓音清脆婉转如琉璃。它斜身飞过天空，与风中的雨心有戚戚，那自得潇洒的样子，与水里畅游的鱼儿无异。

花儿开了，道不明什么花儿，在夜里。

它饱含心事却欲说还休，身形娇俏妩媚如佳丽。它仰脸面向天空，与雨中的风细语言欢，那自若惬意的样子，与镜前梳妆的女子无异。

田埂上行走着几个农人，披蓑戴笠，斜风细雨不须归的坚持，让他们的步伐奏出“哒哒”之音。

没有一个春天不会到来，那是大地春意流淌的欢歌。

何以江南

我看着你，你看着我，在一个奇妙的磁场里，难分又难离。

也许你喜欢我有三五个理由，但我对你的喜欢，全因着你辽阔的迷惘，和深邃的甜蜜。

你的身形随势而就，因形赋意，可以是湖，可以是江，可以是一个面，也可以是一条线。

我站在面如银盘的你的面前，临水远眺。我的眼神浸润了你干涸荒芜的堤岸与沙洲，你的柔情浸润了我的心。

这感觉怎样？

像一次碎裂，像一场燃烧，你表面平静，却拥有沸腾着一股野火般的个性。

这感觉如何？

像一次远行，像一场祈祷，所有我的阴郁、悲怨、委屈，都得到了你告慰般的救赎。

你明明在我脚下，却貌似在我头顶。你伸出一只无形大手轻抚

像一次碎裂，像一场燃烧，你表面平静，却拥有沸腾着一股野火般的个性。

我的前额，我变得异常温顺。

鱼懂你，时而扑通一声潜跃，打破这静谧。它是你派的使者，在向我传情达意。它动作迅疾让我措手不及，它身在此处旋即露脸在彼，调皮的小玩意儿，多像你！

一个日头在天上，一个日头在水里，天水之间点点摇摇曳曳闪闪亮亮，原来你有一颗极其绚烂的心。

我终于明白什么是“天青色等烟雨而我在等你”，那些天青色的布景，天青色的矮丘，还有水面上漂浮着的天青色的烟雾，都代表着你正期待一场绵延的雨。

空气里的确游弋着一股暖暖的湿意，雨欲来，风满楼。

你需要持久地倾注、深厚地累积、不断地蓄力。你无声无息却带着某种使命。这遥遥一方水域，山川会因你而高峻，田土会因你而肥沃，人畜会因你而兴旺。他们在甘洌清甜里潜滋暗长，他们习惯了你的味道而非你不取。

然后整片儿的山绿肥红瘦起来，整块儿的田蝶粉蜂黄起来，鸡咯咯叫起来鸭嘎嘎游起来，人也哈哈笑起来。

你却不言不语，暗生欢喜。你知道吗？我就喜欢你辽阔的迷惘，和深邃的甜蜜。

我站在细如柳带的你的面前，临水近观。我看到了你孤芳不自赏的适情率意，和顾影不自怜的汪洋恣意。

闺秀与碧玉，是你孕化的两生花。且看一只白翅鸟贴水疾飞，惊皱一江春水。你微嗔的笑语叫醒了四围的风，水里的房子在晃动。

是白翅鸟探中了你的波心，荡漾了你满头珠钗满身金玉。身为明眸善睐的闺秀的你，一点儿也没往心里去。

鱼在江底观瞻，它努着力，努着嘴，以跃龙门的雄姿跳弹而出，灵活的尾弯弯卷起。它想见这天仙般的白翅鸟的急切，犹胜张生想见那崔莺莺。饶是如此，也不挡着它孤注一掷义无反顾地冲出藩篱。

它扑了空，没泄气。它不认为这是没羞没臊，它觉得自己是个

鱼在江底观瞻，它努着力，努着嘴，以跃龙门的雄姿跳弹而出，灵活的尾弯弯卷起。

何以江南？恰似春水一脉向东流。

▲乔江：典型的江南水乡

天真烂漫的“唐吉坷德”，知道勇敢去追寻，那万分之一可能的碰撞和相遇。

它吐着大大小小的泡泡，像个绅士吐着大大小小的烟圈圈，和水面上大大小小的涟漪相应和，也浑然不惧这白翅鸟笑它痴傻笑它不自量力。

身为我见犹怜的碧玉的你，巧笑倩兮，一点儿也没往心里去。

你就是这样，带着辽阔的迷惘，和深邃的甜蜜。

白翅鸟绝尘而去，留下一个遐想无限的幻影，在这无与伦比的迷蒙倒影里，在这水天一色的深情凝望里。

鸟在水里游，鱼在天上飞。

物我两相忘，何似在人间。

何以江南？恰似春水一脉向东流。

小镇奇人 *

在乔口待得久了，那奇人轶事就如虾蟹爬上了堤岸。

起先最佩服冯骥才笔下那“刷子李”，市井里巷的凡夫俗子，普普通通一手艺人，刷得一手好墙面。手臂悠然摆来，悠然摆去，啪啪声里一道道浆，衔接得天衣无缝，墙面好比一面雪白的屏障，而他通身的黑衣不染一星儿白浆。

然则这样的奇人不曾真的出现在我的视野。

乔口这先生姓吴唤树林，名字倒也好记。初见时无甚稀奇，精瘦身材，眼纹皱起。见他陶陶然打开电脑里一段视频，航拍镜头下，层层绿浪推动片片金黄油菜，一幅画卷便铺陈在心底，随即掀起直冲脑门的巨浪来。这万顷田地的华彩，是他领衔的手笔？

眼见为实。他蹭蹭蹭倒腾双腿，前头领路。或说这是播种插秧的器械，或说这是温室育苗的暗房。行至敞快地段，几条粗管抽取井水花花流向各处，甚为壮观。

却看到横平竖直的块块水池里，满屏绿色的牛蛙晒太阳。

这蛙阵密得不漏一丝间隙，触目惊心，活活一部《蛙来哒》的影视剧。它们一样的神采一样的姿势，会让人误以为是其中某一只的无数克隆品。也有一些排列稀松的，在水里浮吊，上下肢松快着，怕莫是“躺平”。有顶着一双黑豆眼看我的，浑身乌黑并附着一些疙疙瘩瘩，仅头部一点儿青绿还未褪去，若放到男人头上怕是要恼。它眼珠毫不流转，让人发怵并心生疙瘩。不知道是它喜欢看我，还是对我的注视心怀怒意。

乔口这先生姓吴唤树林，名字倒也好记。

有些个蜷曲双腿，三三两两，摆弄出诡异图案，又与最初的只此青绿有异。好像人也如此，住在那写字楼里满满当当，一人一个格子间，偶尔也有三五个住住洋房别墅，或者离群索居，全凭性好。

牛蛙越大，表皮越黑，就越想有个私密空间，行止不再是那谁谁的复制。一池一池看过去，看的是蛙群，实则是一只牛蛙的一生。等到它的姿势不再愿意雷同周围，附庸同类，四肢足够粗壮，姿态足够随性，嗓门开始“呱呱”时，就可以转卖了。也就半年。

吴先生指那黑箱子的物件，道这是自动投饵机，只需定点投喂，鱼儿就会蜂拥而来。在翘嘴巴鱼塘里放些鲢鱼，水会清澈，但虾蟹决计不能同池，不像那鸡兔同笼的应用题。因单打独斗的蟹对付不了同仇敌忾的虾。蟹和脚鱼也过不到一块儿去，蟹会被吃个抹嘴儿的干净。

一根白白细管深入塘底，谓之水质监测。再者此处养鱼又与别处不同，塘周围铺一圈纱网，让土里的芬芳浸入鱼的骨血。浑不似那水泥围挡，隔绝了土壤与鱼的天然亲近。方知现在水产养殖与科技的密接，正应了“与时俱进”“科技赋能”的深刻要义。

吴先生领我绕进一扇门里，一个蓄水的玻璃缸里趴着一只大龟。他劈开缸口蛛网，伸手握住那龟的尾巴勉力一提，一手拖住龟腹。想必这20年的龟正做那春日美梦，闲适的日子最好不要打扰，冷不丁被人生生拽醒，便有些懵懵懂懂不明就里。它的头并四肢遂伸展出来，给了个正面亮相。海龟一般大。

又取出一条粗壮黄鳝，身形如蛇。我不敢靠近，只叹今日所见尽是些稀奇物事，大开眼界。

纯蓝天空下不含一片云，春风吹得人醉醉又熏熏。一根高高信号塔矗然挺立。这东福村的悠悠长臂，散播信号也散播福泽，百里乐业，村民安居。吴先生对自己的周全思虑颇为得意，也因为这类似行举，得了邻里赞誉。

这东福村的悠悠长臂，散播信号也散播福泽，百里乐业，村民安居。

又拐到了韭黄地，菜苗一茬一茬似那荞麦青青。妇人戴着草帽劳作田里，那是吴先生的妻。

我这妻，贤惠至极。当年我被传销骗尽家财，又碰上开车撞倒一人，连夜雨浇了破瓦屋，几次创业几番东山再起，倾家荡产也没遭她嫌弃。

吴先生的目光远远又遥遥，正对上转头而来的妻。

屋脚一些刀枪棍棒同中药贴膏尽收眼底。吴先生原是习武之人，兼精通中医药理，无怪瘦而不虚，通体的韧劲儿。

办公区，鱼塘、蛙池、菜地各处监控同公司规章楚楚又清清。吴先生说这湘柳源农业科技公司不纯为利，一套完整产业链的成型运作模式才是他毕生追寻。

想那五月的虾、十月的蟹，鲜嫩的滋味儿在心里流蜜。再看这吴先生精瘦的身材、皱起的眼纹，又与那高高信号塔并刀枪剑戟作比，真是立得正、过得硬。那多年风雨、多年霜雪的磨砺，也没有击倒这百斤不余的男子。窄细的肩膀担起的重负，常人不可理喻。

原来真有奇人，在这湘水相依的小镇里。

问风

春天化成风，划破长空。

小鱼极细，鳞片极小，统统朝东摇头摆尾巴。它们长着最简单的式样，就是幼儿初学画画涂鸦的那种款式，一笔而成，从尾巴开始，一条弧线在鱼嘴处弯折回返，最后与起笔处汇合。就是一条鱼。

不知道这样的鱼有多少条，一条旁边伴着一条，一条后面跟着一条；不知道这样的队伍谁在领头，还是各走各的；不知道它们之间是什么关系，或者以后会成为什么关系，兄弟姐妹，抑或妯娌连襟。

在江水表面的浅近处现身的，通通是这种鱼。它们看上去没烦没忧，像运行在不同轨道的列车一样前进。它们一味赶路也没顾上吃饭，它们遵守原则谁也没挡谁的道，既不会出现斜刺里穿插过来的状况，亦没有倏地来个出其不意的惊喜。它们前后有别，但速度一致。

这些鱼能见到大海吗？

一些鱼尸体露出白肚皮，树叶似的漂在水面。它们银亮亮，在风的牵引下朝西而去。它们还没游到某个地方，生命就戛然而止了。它们是一群看不见大海的鱼，心里却装着海。虽然只是一条小小的鱼。

活着的鱼为什么不在上维空间游？也许是不想与死去的同伴迎面撞上吧！死去的已然死去，活着的继续活着，日子就像这流水，这是鱼都懂的道理。

两条一顺儿朝东和一顺儿朝西的队伍无不侵扰，让它们上方的人的眼睛饱览了奇观。

如果不是这些交错而行的鱼的存在，你会以为空气凝滞了，世界静止了。

红顶的白房子，两座；蜕光了旧叶新叶待长的秃头柳树，两棵；汲水而过的飞鸟，两只；废弃的烟囱，两根。云在水里买了别墅，哪里住着全凭自己兴意。

一切都像一只鸟张开的两翼，在人的视域移动里平稳飞行。这只是你平视的效果。如果把它理解为航拍镜头下的一条道路亦可，当然这又变成了俯视。总之画面就是如此匀净。假若这是一张对称的图画，你可以沿着江堤那条线将其对折，红顶的白房子、蜕光了旧叶新叶待长的秃头柳树、汲水而过的飞鸟、废弃的烟囱，还有云，都可以因对折而贴合，刚刚好到没有一丝差错，决计不会旁逸斜出。

如果不是这些交错而行的鱼的存在，你会以为空气凝滞了，世界静止了。

天蓝在水里，水蓝在天上。江就是个镜子，自己的本来面目去了哪里？

只有轻微的颤抖晃动才可以明辨现实与虚幻。起风了。

红顶的白房子在轻漾，蜕光了旧叶新叶待长的秃头柳树在扭动，汲水而过的飞鸟羽翅处起了褶皱，废弃的烟囱弯曲了，云笑起来。

你便像成功分辨真假悟空一样乐了，原来水里的一切是梦幻泡影。

明知是假的，可是这样的幻景像是伸出了手，把你拉进一个树洞里，接下来的经历，就是一场漫游奇境，不愿抽离更遑论苏醒。

风狂起来。它是从哪里产生的旋流？天知道，但它是吃饱了餍足了过来的，攒着一股力量和劲头。它把红顶的白房子、蜕光了旧叶新叶待长的秃头柳树、汲水而过的飞鸟、废弃的烟囱，还有云，吹没了踪影。

如露亦如电。

水不再蓝得沁人心脾，亦不复平滑如镜。它的大面积皱纹覆盖了内里的一切，小鱼、水草和石块，一样都看不见，被施了术一般。

有些着恼对吗？

就像拥有千百城池的王，突然家徒四壁一样。

就像孕育千娇百媚的园，突然一地残红一样。

风把一切带走，凡可以入梦的东西。

一双橹在水里摇，嘎吱声与船夫手臂的抬放形成节律。澄阔的江面上，他的眼在四处搜寻。

他没有关心红顶的白房子、蜕光了旧叶新叶待长的秃头柳树、汲水而过的飞鸟、废弃的烟囱，还有云，是否真的来过这里。他伸出一个用木杆连接的网兜，像使唤一条悠然长臂，精准地捞取漂浮在水面上的一切物体：瓶子、叶子、烟头、纸片。他极其小心地用这只长臂抚摸这片江水的皮肤同纹理，像极了一位给睡梦中的婴孩掖被角的老父亲。

他每天这个点都会来。

嘎吱嘎吱，遥遥远去的声音和遥遥远去的身影，消失于秘境一样的画面里，就像离我们远去的亘古，还有离我们远去的小鱼。

风贴面而过，空气凝滞了，世界静止了。

你又要去哪里？

后记：宁静的热情

我曾无数次站在柳林江的堤岸上。

风的绵柔，光的灿烂，水的律动，柳枝的纷飞，飞鸟与鱼的缠绵，都让这块地方有一种神奇的魔力，只要我一靠近，内心就会一片宁静。

我的身边总有一些大叔，带些简单的渔具，就在此地，一坐就是半天。

这样的半天，我可以备好不少教案，改下不少作业，或者上完两三节课，而他们，就是这样静静坐着，不露声色地收获一尾尾小鱼，这些小鱼，就是他们半天时光里的最大快乐。

我钦羡他们的闲适自在，这是一种心头了无烦忧的悠闲，是完全彻底的卸下担子的自在。这样的状态启发了我：一生中有亿万件事，哪一件是急得来的？

他们赖以居住的地方，曾是屈原心中的兰芝慧草，曾是贾谊心中的沉郁感怀，曾是杜甫心中的江南春梦。最年轻的我们和最古老的流水，相遇在此地。

记忆庞大。

2022年8月的鱼塘，还在反射着烈日的光亮，晃得人睁不开眼睛。站在空旷的操场，超高的气温都快把我烤化了。我像个站在荒野里唯一一条公路上的行人，终将被一台叫作“时间”的公交车带走，我的箱子里，全然是这一年里沉甸甸的回忆。

酸甜苦辣。

若要问我城区学校和农村学校哪个好？这真不是一个非A即B的选择题。就像问我红玫瑰和白玫瑰哪个好，阿娇和阿花哪个漂亮一样，各有各的美和好，怎能穷尽其中各自的好？

从我见到六年级的27个孩子的第一眼时，我不止一次地在内心里惊叹，这些大多成长在爷爷奶奶臂弯里的孩子，这些在条件尚简单的农村学校里学习了将近六年的孩子，简单淳朴，他们就像遍布于周遭的鱼池里的游鱼，就像菜园子里吸纳阳光汲取养分恣意生长的菜蔬，一派天真。

是的，正因为乔口的流水上氤氲的宁静的薄雾，正因为这些孩子天然去雕饰的容颜与本性，才让我在十几年的教书生涯里前所未有地投入了自己都难以相信的高浓度、高纯度的热情。我在这两百多个晨昏里长途跋涉，在课内与课外知识的勾连牵引中旁征博引，在日日陪伴里发现着孩子们的改变以及我的被改变，是这方水域和这里的童声稚气，让我度过了生命里意义非凡的一年。

此刻，孩子们的一张张脸在我脑海里一个个地清晰浮现，他们的形象像电影胶片一样连成一串儿。很多老师会在学生毕业时感叹：“现在的学生呀，是一届不如一届。”奇怪的是，相比去年我送走的一届毕业生，这届未必算差的，甚至可以说更好，他们本来就很好！

我并不认为自己在乔小工作一年就会让这群孩子产生质的变化，但我在这里充分享受到了教育的快乐和美好。教育是慢的艺术，是润物细无声的艺术，是将学生培养成人格完整的人的艺术，有时候，不必纠结到底是该让孩子去操场上活动活动腿脚，还是让他们多做点儿试卷，让他们一派天真，这样也好！

当然，我也发现了孩子们知识结构的缺陷，这种缺陷还不是一时半会儿就能被改善的。他们对很多常识一知半解甚至一窍不通，勤于学习、敏于求知、与人合作的品质与能力也亟待加强，读书的自觉意识也还未形成，但这些并不代表他们不具备可培养的素质。恰恰相反，只要训练有素，假以时日，这样的状况会有很大改观。

也许是我一开始并没有对这群孩子制定较高的目标，所以他们的点滴进步都会让我觉得自己的存在非常有价值。我看到了很多丰盈的、善良的内心，他们用富于色彩的文字与我交流了一处处隐秘的世界，这让我意识到，生命的内在是需要细心去探知的，每一片叶子都不容小觑，野百合的春天其实很绚烂。

在这一年的语文教学里，我执着地把语文的思维、发现语文的敏锐、追逐语文美的欲望带给学生。基于母语的灵魂塑造和精神培育，这是我的职业信仰。

秋去，冬至，春往，夏来，一年很短，回忆很长。我很诧异自己怎么能用笔记录了这样多的镜头，捕捉了这样多的可爱瞬间。这些从时间缝隙里钻出来的文字，赶走了我的疲倦，点亮了平淡岁月。它们被我用一本书这样的匣子，存放得妥妥的，存放在时间的流里，存放在岁月的河床上。

我一定会重临此地。风的绵柔，光的灿烂，水的律动，柳枝的纷飞，飞鸟与鱼的缠绵，都让这块地方有一种神奇的魔力，只要我一靠近，内心就会一片宁静。

E|N|D